U0118680

文學研究叢書・古典詩學叢刊

古典詩詞選講

張叔言　張江暉　著

代序

中國文學燦爛發展

中國歷史五千年，為世界上少數悠久的民族，在這漫長的歲月白紙上，灑滿了許多的歷史元素，悲壯的戰爭故事、浩氣的人物情懷、燦爛的文化演進，以及淵遠流長且價值非凡的文學發展。

中國文學的發展，詩詞可以說是佔絕大部分，篇篇精采、句句精闢。最早從秦漢時期就開始有詩的發展，一直到現代社會還是有詩的佳作屢屢出現，以現代詩、詩歌等形式呈現。而詞就是在歷代文學最鼎盛的時候——宋朝出現，伴隨著詞與音樂的融合，更將其意境發揮到極致，聽者隨之起舞，唱者隨之翩翩，成為當代最具影響力的文學。

要了解這廣大且數量如繁星般多的詩詞作品談何容易，且如何選擇當朝代表作或是作家也非易事，然而透過叔言兒及其弟江暉兒的這本《古典詩詞選講》，已經幫讀者精選了五十九首歷代代表作品，再加上簡而易懂的解析，讓讀者更能快速理解各朝代的民風。

本詩詞選講的內容由詩學起步的先秦時期談起，其代表《詩經》是一本內容成熟、文字內斂的詩歌總籍。另外當然也包含詩詞學發展顛峰的唐宋時期，作品更是如雪花般飛出，代表作家有李白、王維、杜甫、李清照及三蘇等，中國文學在此時邁向高峰。到了元明清就是文學發展多元化的時期，詩、詞、歌、賦、小說、樣樣流行，名作家有曹雪芹、袁牧等。書中都有選自這些名家的作品。

修辭法的運用賞析

　　本書除了單純字義解釋及文意翻譯，更加上了修辭或是寫法的賞析，讓讀者在學習文章時能夠運用現成例子快速了解修辭的用法。像曹操的《短歌行》中，就有談到曹操如何運用「引用」法及「比喻」法，來展現其文章的明確想表達的思想。

文史合一的呈現法

　　詩詞作品的出現，多少跟時代背景有關，當時的民生環境、民風國情，都會展現在詩詞裡。作者首先在目錄裡就已為讀者分好朝代，再用作品帶出其當時歷史背景，例如，書中講到王維的《九月九日憶山東兄弟》，就先介紹王維的時代背景，及當時的社會狀況，也在文句基本翻譯中，帶到其呼應當時環境下的思想的走向，叔言及江暉二兄可說是深具巧思，專為讀者方便的撰寫模式。

作品延伸推薦

　　一種國情不一定只有在一個朝代會有，每個朝代都會發生類似的事情，相對的，作家也會有意境類似的作品出現，因此作者在每篇的最後，都會附上推薦的詩詞作品，增加讀者延伸閱讀的方便性，讀者可約略了解還有甚麼人物的作品風格類似，能夠同時作比較一起欣賞。像其中曹操的《短歌行》，在篇末就推薦了劉邦的《大風歌》，都是敘述作者想要成就大業而後衣錦還鄉的鴻圖大志，並且也同樣流露出渴望求才的內心思想。

文化傳承，文學傳遞

　　「文化」，可以代表一個時代的核心，文學的傳遞也是文化傳承，傳遞與傳承皆有賴於後人的努力，中國文化與文學之傳承為我炎

黃子孫不可推諉之責；而文學中古典詩詞的發揚，更是有不可忽略的重要性。這些經典巨作，不祇代表著中國文學發展的歷史，其背後更可以映射出中國歷代社會的縮影，常言道「文史不分家」，兩者息息相關的程度，不可言喻。

　　叔言及江暉二兄此次精選歷代詩詞代表作，並加以解析、解意，帶領著讀者，以簡單串聯的賞析模式，清楚快速的引領入門，為我這種非文學專業的讀者建構了中國詩詞賞析基礎；而對文學本科系或是相關研究的讀者來說，也有對照及參考的價值。這本書對中國文學的傳承，打開了學習之路，余樂為之序。

王祿旺　謹識

二○一二年十月

于臺灣世新大學

自序

編輯審完書稿後，囑我寫篇序言，說是臺灣讀者有讀作者自序的習慣。我想，就爆幾個小料吧，事雖小，卻有些樂子，也有回味，讀讀笑笑，是最好不過的。

老實說，寫書繞小彎是有的，可這次作者繞了個三百六十度的大彎。原定書名是《史記閱讀隨筆》。開始動筆有如趕集，動作自然要快點，四個禮拜光景，就草就了《「火牛陣」說奇計》、《項羽，怎一個「悲」字了得》、《善將將，劉邦笑在最後》、《張良之計毀譽參半》等十一篇文章。由於不熟悉文檔編輯操作，一不小心，這些香煙熏出來的文章，消失得無影無蹤，「尋尋覓覓」，以至黑屏。後來還是電腦公司來人弄出來的。當時我腦海裡莫名其妙地冒出一個念頭——乾脆另起爐灶，換個書名再寫。這書就是親愛的讀者您手裡拿著的《古典詩詞選講》。這本書寫起來還算順手，電腦由生疏到友好，「雙方」滿意度在曲折中提升。而我老是琢磨兩個終究沒有答案的問題：一、人的決策有時深思熟慮，有時在一念之間，敲定是否應順其自然？二、人有常規思維，是否存在「閃電思維」、「魔幻思維」？但這不是本書討論的範疇。

寫書如同廚子師傅辦菜，要合眾人的口味才行，這其實是頗費周折的事情。為此，筆者特以郵件形式將二稿發給了幾位常一針見血的 qq 好友，在保密的前提下，希望他們一邊嘗鮮，一邊挑剌。還是先看看來自千里之遙的旁敲側擊吧。

「看來，你不是政客，不拿政治開道，也沒有假、大、空的官腔，但你城府很深，我常常被你牽著鼻子走；你也不是博士，你老買驢，『一紙有驢』，好個急性子；你也不是拾荒的，不啃別人吃過的饅頭。你也許是個拓荒者，常常獨闖蹊徑，一意孤行.；你也許得了幻想症，腦殼裡滿是帝王將相、遷客騷人、小樓思婦、黃沙古渡、月夜桃林、潸然淚下、墓草淒淒、孤魂魅影……」──網友「飄忽不定」

「你的書稿我翻了一遍，還有點農家插菜子的味，少一分青菜的時鮮，多一分罈子菜的清香。可惜啊！如今鄉里人吃厭了插菜子，城裡人想吃又沒有口福，這就好比是本書的命運。趁早賣給收廢紙的吧，一口價，三毛五。氣死你，『脹牯牛』！」──網友「圍棋陷阱」

「你說，初次去臺灣，給你留下最深的印象是阿里山，阿里山最勾魂的是黃昏下那棵有著王者風範、如今卻遭死神附身的千年古樹，以及那些裡面能開吉普車的死樹兜。真是怪得可愛！看你的書稿，懷疑感染了這種思維「病毒」，怪不得很多提法與眾不同，好幾處近乎離譜！什麼「古詩如月」、詩中有詩、「詩的鬼味」等，「滿紙荒唐言」。不過，我有一句『名言』：方丈的木魚敲不出瘋和尚木魚的味。這也許是你這本書出味的地方，鬼知道呢！」──網友「刺蝟酒郎」

以上僅舉三例。聊友的意見多滿嘴胡言，但仍不乏金石聲，不可全信，也不可不信，而我常常從中受益。

這本書有機會在臺灣出版發行，實屬意外，對作者而言是十分開心的。我把它比作一根和絃，尋聲聽去，回蕩著炎黃子孫潮汐般的歷史腳步聲；我把它比作一面小小的銅鏡，那晃動的是文人墨客滿腹牢騷的人影；我把它比作一縷清風，帶去的是黃河不息的濤聲、鐘山習習的晨風、寒山寺悠長的鐘聲、田田荷葉裡輕飄的採蓮曲。我愛臺

灣，愛阿里山的清涼、太魯閣空濛的石洞、日月潭破碎的倒影、大海盡處的迷茫……

我視拙著如小花，露香長留島人家。

目 次

元明清 時期

詩經

伐檀

坎坎伐檀兮①，置之河之幹兮②。

河水清且漣猗③。

不稼不穡④，胡取禾三百廛兮⑤？

不狩不獵⑥，胡瞻爾庭有縣貆兮⑦？

彼君子兮⑧，不素餐兮⑨！

坎坎伐輻兮⑩，置之河之側兮。

河水清且直猗⑪。

不稼不穡，胡取禾三百億兮？

不狩不獵，胡瞻爾庭有縣特兮⑫？

彼君子兮，不素食兮！

坎坎伐輪兮，置之河之漘兮⑬。

河水清且淪猗⑭。

不稼不穡，胡取禾三百囷兮？

不狩不獵，胡瞻爾庭有縣鶉⑮兮？

彼君子兮，不素飧兮！

注釋 ①坎坎：砍伐檀木的聲音。兮（ㄒㄧ）：啊，呀，語氣助詞。②置：放置，放在。幹：岸。③漣：水面被風吹起的波紋。這裡形容水波動盪。猗（ㄧˊ）：助詞，與「兮」作用相同。④不稼不穡（ㄙㄜˋ）：不種不收。稼、穡，泛指農業勞動。⑤三百廛（ㄔㄢˊ）：和下文的「三百億」、「三百囷（ㄑㄩㄣ）」，言禾把多，非實數。廛，同「纏」，束、把（量詞）。一說指一畝半地。億：同「繶」；囷，同稛，都是「束」和「把」的意思。一說「億」指數詞，萬億。⑥狩（ㄕㄡˋ）：打獵。⑦爾庭：你的院子。縣（ㄒㄩㄢˊ）狟（ㄏㄨㄢˊ）：掛著的狟。縣，同「懸」。狟，幼小的貉（ㄏㄜˊ）。⑧彼：那，那些。君子：西周春秋時對貴族的通稱。⑨素餐：白吃，指不勞而獲。下文的「素食」、「素飧（ㄙㄨㄣ）」意思相同。飧：熟食。⑩輻：車輻，車輪貫軸處，這裡指制輻的木材。⑪直：平，這裡形容水波不興。⑫特：三歲的獸。⑬漘（ㄔㄨㄣˊ）：水邊。⑭淪：細小的波紋。這裡形容水波細小。⑮鶉（ㄔㄨㄣˊ）：鳥名，即鵪（ㄢ）鶉。

一 《詩經》簡介與題解

　　《詩經》是我國最早的一部詩歌總集，又稱《詩》和《詩三百》，漢代學者奉為儒家經典，改稱《詩經》。《詩經》收入西周初年至春秋中葉五百多年的詩歌三百零五篇，分風、雅、頌三部分。風包括十五國風，共一百六十篇；雅，樂曲名，分大雅、小雅，共一百零五篇；頌，祭祀樂歌，分周頌、商頌、魯頌，共四十篇。《詩經》中思想性和藝術性較高的是國風，多為當地民歌。《詩經》的現實主義創作精神和賦、比、興的表現手法，在我國文學史上有深遠的影響。

　　〈伐檀〉選自十五國風中的魏風。魏，指周朝初年分封的魏國

（今山西省芮城縣北），西元前六一八年為晉獻公所滅。「伐檀」，即砍伐檀樹。檀樹屬雜木，木質堅硬，古代用來製造車子。詩以「伐檀」為題，是取本篇首句裡的「伐檀」二字，《詩經》裡的篇名大都用此法。後來的《論語》等也沿用這種方法，這是早期文學的特點。關於〈伐檀〉的主題，最早《詩序》以為是「刺貪也。在位貪鄙，無功而受祿，君子不得仕進耳」。後世多以為這一見解較偏頗。〈伐檀〉描寫伐木工勞動的艱辛，反映了奴隸與奴隸主兩個階層的尖銳對立，突出表現了奴隸們的反抗精神，揭露了奴隸主的掠奪本質。

二　首章串講

〈伐檀〉共三章，三章文字大同小異，這裡串講第一章，附帶分析下面兩章。

坎坎伐檀兮，置之河之幹兮。

「坎坎」之聲不絕於耳，給人以沉悶感，描寫勞動的單調、乏味與艱辛。首句寫伐木奴隸艱辛的勞動過程。他們到山上砍伐檀樹，然後扛到河邊，再用來製作車子，年復一年，周而復始。奴隸受「井田制」的限制，沒有人生自由，奴隸主可以自由買賣奴隸，甚至隨意處死他們，或用來陪葬，奴隸們除了打仗，就是長年累月繁重的體力勞動。

河水清且漣猗。

此句寫景。伐木工由河水的自由美好，情不自禁地聯想到殘酷的

現實，自然引出下面對奴隸主的質問。這種寫法在修辭上叫「興」或「起興」。興是《詩經》中常用的一種表現手法。對於興的解釋，宋代學者朱熹的定義最權威。朱熹說：「興者，先言他物以引起所詠之詞也。」這裡的他物，即「河水清且漣猗」；所詠之詞，即下文作者對奴隸主的責問。再舉《詩經‧風‧周南‧關雎》一例說明。「關關雎鳩，在河之洲。窈窕淑女，君子好逑」中的「關關雎鳩，在河之洲」，即興；「窈窕淑女，君子好逑」，即所詠之詞。本詩二、三章中「河水清且直猗」、「河水清且淪猗」，均是同一手法。

　　不稼不穡，胡取禾三百廛兮？
　　不狩不獵，胡瞻爾庭有縣貆兮？

　　這四句是奴隸們指贓審賊的質問。質問一、你們不播種，不收穫，為何拿走我們無數捆禾把？質問二、你們一年四季不打獵，為什麼院子裡掛著那麼多的獸皮？這質問是勞而不獲者對不勞而獲者義正詞嚴的抗議，詩人以事實為依據，表現出奴隸們對強取豪奪的奴隸社會制度的強烈控訴。

　　彼君子兮，不素餐兮！

　　這句話的意思是，這些大人先生們啊，（可不）白吃飯啊！此句既是諷刺，也是反語。「君子」在西周春秋時是對貴族的通稱。這些貴族老爺們自詡品德高尚，戴著君子的面具，卻過著寄生蟲的生活，靠榨取勞動者的血汗來養肥自己。「不素餐兮」，說他們不白吃飯，是反語，意在揭露其坐享其成、貪婪無厭的本質。

三　人物形象簡析

　　本詩的人物──伐木工奴隸。這些伐木工和其他奴隸一樣，處於社會的最底層，沒有人身自由，經年累月從事繁重的體力勞動以求活命。但詩中的伐木工雖是一群普通的奴隸，卻有其特殊性，主要表現在兩個方面：一、在殘酷的現實面前不哀傷，不沉淪，憤怒中充滿著樂觀。他們從早到晚無休止地伐檀造車，非人的勞動卻沒有泯滅他們對美好生活的憧憬。輕輕蕩漾的河水撥動他們對自由自在生活的遐思，因而發出對不平等社會制度的責問。他們甚至敢嘲笑掌握生死大權的奴隸主，諷刺奴隸主為君子，揭露其佛面蛇心的醜惡本質。二、有一定的政治覺悟、反抗意識和鬥爭精神。伐木工提出的問題不侷限於改變目前自身生活的苦楚，而是對腐朽的奴隸社會制度提出質疑，這是本詩思想最可貴的地方。這些有政治覺悟的奴隸不斷覺醒，發展、壯大，最終必將成為沒落奴隸社會的送葬者。

四　疊章體形式

　　本詩是疊章體形式，換韻更詞，反覆詠歎，有力地表達了伐木者的反抗情緒，在內容上二、三章起到補充的作用。這種形式是《詩經》最常用的表現形式。如《詩經・小雅・黃鳥》：

> 黃鳥黃鳥，無集于穀（桑、栩），無啄我粟（梁、黍）。
> 此邦之人，不我肯穀（可與明、可與處）。言旋言歸，復我邦族（諸兄、諸父）。

　　〈黃鳥〉第二、三章文字雖有變化，但更換不大（依次見括弧

內）。下篇〈碩鼠〉也是這種形式。這種重疊反覆的章法，使詩的內容層層深入，集中而明確地表現同一主題。這種形式是唱詩的需要，《詩經》及後來的古詩是用來唱的，能唱的詩一般一首詩用一個曲譜，反覆吟唱，這就要求未分章的詩充實內容，改成分章形式（包括句數、詩句長短和結構等），讀者熟知的〈陽關三疊〉便可見證。這樣相對統一，易於記憶。瞭解這一點，就不會覺得本詩的第二、三章是多餘的。

附 〈黃鳥〉注釋

黃鳥：黃雀，麻雀的一種。此喻異國統治者。穀（ㄍㄨˇ）：褚樹，葉似桑，樹皮有白斑。栩（ㄒㄩˇ）：柞（ㄗㄨㄛˋ）樹。梁：同粱。不肯我穀：不肯與我相善。穀，善。不可與明：不可曉諭。明，曉諭。處：相處。言：乃。旋：回還。復我邦族：返回我原來的邦族。復，返。諸父：伯叔父輩。

詩經

碩鼠

碩鼠碩鼠①，無食我黍②！
三歲貫女③，莫我肯顧④。
逝將去女⑤，適彼樂土⑥。
樂土樂土，爰得我所⑦！

碩鼠碩鼠，無食我麥！
三歲貫女，莫我肯德⑧。
逝將去女，適彼樂國⑨。
樂國樂國，爰得我直⑩！

碩鼠碩鼠，無食我苗！
三歲貫女，莫我肯勞⑪。
逝將去女，適彼樂郊。
樂郊樂郊，誰之永號⑫？

注釋 ①碩：大。②黍（ㄕㄨˇ）：一年生草本植物，果實去皮後叫黃米。「黍」和下面的「麥」、「苗」均指莊稼或糧食。③貫女（ㄋㄩˇ）：養你。貫，侍奉、

供養。女，同「汝」。④莫我肯顧：莫肯顧我。顧，顧念、顧惜。⑤逝：往。⑥
適：到、往。⑦爰（ㄩㄢˊ）得我所：（這）才得到我（安居樂業）的處所。
爰，乃、才。⑧德：恩惠。這裡作動詞用，施恩的意思。⑨樂國：（使我）快樂
的地方。國，國家、國度。⑩直：這裡指公正的待遇。一說指處所。⑪勞：慰
勞，犒勞。⑫誰之永號（ㄏㄠˊ）：誰還（會）長久地哭泣呢？永，長。號，
哭。之，助詞。

一　題解

　　〈碩鼠〉選自《詩經・魏風》，是魏國的一首民歌。《毛詩序》
說：「碩鼠，刺重斂也。國人刺其君重斂，蠶食於民。不修其政，貪
而畏人，若大鼠也。」朱熹《詩集傳》云：「民困於貪殘之政，故托
言大鼠害己而去之也。」以上見解是重要參考。詩以碩鼠喻奴隸主，
冷嘲熱諷，再現了當時農民遭受殘酷剝削忍無可忍的社會現實，反映
了農奴階層的覺醒，表達了他們追求美好生活的強烈願望。

二　首章串講及翻譯

　　全詩分三章，內容基本一致，串講部分重點分析第一章，結合分
析二、三章。

　　　　碩鼠碩鼠，無食我黍！

　　大老鼠呀，大老鼠，請不要偷吃我們的糧食。這兩句語調急促而
充滿怨恨的感情，表現出奴隸們對奴隸主的切齒痛恨和極大的蔑視，
是奴隸們對奴隸主強盜行徑的血淚控訴和警告。詩人把統治者比作大

老鼠，老鼠偷竊成性，令人厭惡，成語「賊眉鼠眼」、「獐頭鼠目」、「鼠目寸光」、「城狐社鼠」、「過街老鼠」可見一斑。在西周、春秋時代，統治者佔有土地，出現了大大小小的封建領主，農民男子青壯時戍邊，頭白時方能回家種地，並隨時聽候領主的派遣，替皇家、莊園主修建城堡、宮殿，疏通河道等，若有機會種地，還須先耕種「公田」。他們生活常常無以為繼，餓殍遍野，司空見慣，而領主不事勞動，靠榨取奴隸的血汗享盡榮華富貴，逍遙自在，與老鼠比有過之而無不及。

　　三歲貫女，莫我肯顧。

　　（老鼠啊）多年養著你，（你卻）一點也不肯顧念著我。此兩句揭露統治者本性貪婪，喪失人性。「三歲」，言時間之長。「莫我肯顧」，是賓語（我）前置，即「莫肯顧我」。老鼠是不能用恩德來理喻的，像碩鼠一樣的統治者永遠也不會改變「鼠性」，對養活牠們的奴隸感恩報德。「莫我肯顧」、「莫我肯德」、「莫我肯勞」，是奴隸們在長期被掠奪過程中的清醒認識。

　　逝將去女，適彼樂土。

　　（我們）將離你而（遠）去，到那快樂的地方。詩句反映出奴隸們的覺醒，他們終於不堪重負，發誓離開這被壓迫、被剝削的鬼地方，去尋找自己理想生存的天地。奴隸主可以用「井田制」箝制奴隸，甚至用鐵鍊鎖著他們幹活，但是壓迫與反抗是相互並存的，奴隸們在慘無人道的迫害下，也常常有集體逃亡、破壞生產工具、甚至以命換命的時候。「逝將去女」是他們身陷絕境時的呼聲，是反抗者的

誓言。

　　　　樂土樂土，爰得我所。

　　樂土呀，樂土，（這）才得到了我（安居樂業）的處所。這裡「樂土」（樂國、樂郊）一詞重疊，表現出奴隸們對美好社會的強烈嚮往，「爰得我所」、「爰得我直」、「誰之永號」，則是「樂土」之樂的具體化。「樂土」雖然在當時社會是不存在的，因為「溥（ㄆㄨˇ）天之下，莫非王土」（《詩經‧小雅‧北山》），但是它作為一種信念、一種理想，永遠激勵奴隸們生生不息地生活下去，並為之奮鬥。有人說，這首詩先言「樂土」，次言「樂國」，次言「樂郊」，是奴隸們認識的深化，是層次的遞進，這其實是一種想當然，如果詩按樂土、樂郊、樂國順序排列，似乎也無不可。詩中「樂土」、「樂國」、「樂郊」意思雖有細微的差別，但其含義都是前面提到的理想的處所之意，之所以將一個意思一分為三，是分章唱詩和韻律的要求，可視為修辭上的互文。

三　作品的思想意義

　　〈碩鼠〉的思想意義有三點：

　　一、首次在詩歌中把奴隸主比作大老鼠，刻畫剝削者不勞而獲、貪婪、毫無人性的本質特徵，這一比喻對後世文學創作產生了極為深遠的影響。舉古詩數例如下：「不知龍神享幾多，林鼠山狐長醉飽」（白居易〈黑潭龍疾貪吏也〉）、「野鼠獨偷高樹果，前山漸見短禾苗」（賈島〈送崔約秀才〉）、「官倉老鼠大如鬥，見人開倉亦不走」（唐曹鄴〈官倉鼠〉）、「寺裡掇齋饑老鼠，林間咳嗽病獼猴」（宋許洞〈嘲林

和靖〉）、「冰蠶不知寒，火鼠不知暑」（蘇軾〈徐大正閑軒〉）、「僧院倚山馴栗鼠，野塘漲水下茭雞」（陸游〈訪山家〉）。應當指出，《詩經》中還有很多篇什涉筆老鼠，但整篇以鼠為喻，只有本篇與〈相鼠〉（附後）。

二、首次在詩歌中提出了「誰養活誰」的問題。「碩鼠碩鼠，無食我黍！三歲貫女，莫我肯顧。」這四句詩所包含的內容實際上涉及到勞力者與勞心者誰養活誰的大問題，而「食我黍」、「食我麥」、「食我苗」、「三歲貫女」就是無可爭辯的答案。孟子所謂「勞心者治人，勞力者治於人；治於人者食人，治人者食於人；天下之通義也」的「大聖哲言」，雖多有狡辯，但無法否定勞力者養活勞心者鐵的事實。

三、首次在詩歌中發出逃離黑暗，尋找理想國度的呼聲。這一思想集中體現在「逝將去女，適彼樂土。樂土樂土，爰得我所」、「逝將去女，適彼樂國。樂國樂國，爰得我直」、「逝將去女，適彼樂郊。樂郊樂郊，誰之永號」幾句中。因前面已作分析，不再重複。

四　藝術特色

這首詩在藝術表現上最大的特點是以碩鼠比貪恨的領主，這種手法前人稱之為「比」。朱熹說，「比者，以彼物比此物也。」比，即今天說的打比方。《詩經》中用比比比皆是，上文提及的〈黃鳥〉就是一例，詩用黃鳥比喻統治者，明寫黃鳥「啄我粟」、「啄我梁」、「啄我黍」，暗諷統治者強取豪奪。朱熹詮釋此詩說，「託為呼其黃鳥而告之曰：爾無集於穀而啄我之粟。苟此邦之人，不以善道相與，則我亦不久於此而將歸矣。」（《詩集傳》）〈碩鼠〉與〈黃鳥〉這種表現手法，也有人說是象徵，即用碩鼠和黃鳥象徵貪婪的統治者，揭露、諷刺其

不勞而獲，貪得無厭的本質。象徵說無疑是正確的，它是作者對同一
表現手法從不同層面的理解。

附　《詩經·國風·相鼠①》

相鼠有皮，人而無儀②。人而無儀，不死何為③！

相鼠有齒，人而無止④。人而無止，不死何俟⑤！

相鼠有體⑥，人而無禮⑦。人而無禮，胡不遄死⑧！

注釋　①〈相鼠〉一詩以鼠作比，斥責奴隸主禽獸不如，不如早死，憤
怒之情、自豪之感充溢全詩。相：視，看。②儀：威儀，使人敬畏的嚴
肅容貌和莊重舉止。一說「禮儀」。③何為：為何，為什麼。④止：同
「恥」，廉恥。鄭箋釋為「容止」，亦通。⑤不死何俟（ㄙˋ）：俟何，賓
語前置。俟，等，等待。⑥體：肢體。⑦禮：禮儀，指知禮儀。⑧遄（ㄔ
ㄨㄢˊ）：快，趕快。

屈原

國殤

操吳戈兮被犀甲^①，車錯轂兮短兵接^②。

旌蔽日兮敵若雲^③，矢交墜兮士爭先^④。

凌余陣兮躐餘行^⑤，左驂殪兮右刃傷^⑥。

霾兩輪兮縶四馬^⑦，援玉枹兮擊鳴鼓^⑧。

天時懟兮威靈怒^⑨，嚴殺盡兮棄原野^⑩。

出不入兮往不反^⑪，平原忽兮路超遠^⑫。

帶長劍兮挾秦弓^⑬，首身離兮心不懲^⑭。

誠既勇兮又以武^⑮，終剛強兮不可凌^⑯。

身既死兮神以靈^⑰，子魂魄兮為鬼雄^⑱！

注釋 ①操：拿，持。兮：語氣助詞，相當於「啊」、「呀」。被：同「披」。犀甲：用犀牛皮製的鎧甲。②錯：交錯。轂（ㄍㄨˇ）：車輪貫軸處。短兵：指刀、劍等短兵器。③旌：用羽毛裝飾的旗子。④交墜：交相墜落。指流矢在雙方的陣地上紛紛墜落。⑤凌：侵犯。躐（ㄌㄧㄝˋ）：踐踏。行：行列。⑥驂（ㄘㄢ）：古代一車駕四馬，兩邊的叫驂，中間的叫服。⑦霾：同「埋」。縶（ㄓˊ）：拴住。⑧援：拿，拿起。玉枹：嵌有玉石的鼓槌。⑨懟（ㄉㄨㄟˋ）：悔恨。威靈：神靈。⑩嚴殺：殘酷地廝殺。⑪反，同「返」。⑫忽：遼闊渺茫的樣子。⑬秦弓：秦國製造的弓，指好弓。⑭懲：悔恨。⑮誠既勇兮又以武：（你

們）確實勇敢又英武。⑯終剛強兮不可淩：始終剛強啊，不可侵犯。淩：欺淩，侵犯。⑰神以靈：精神由此顯靈。以：已經。⑱鬼雄：鬼中的英雄。

一 作者、楚辭與題解

屈原（約西元前 340～278 年）是我國最早的偉大愛國詩人。名平，字原，戰國時楚人。屈原曾任楚國左徒、三閭大夫等職。主張任用賢能，內修法度，抵禦強秦。因受上官大夫誣陷，被懷王疏遠。頃襄王時，因令尹子蘭嫉妒，被流放到今湖南湘水、沅水一帶。後國事日危，他悲憤憂鬱，投汨羅江而死。

屈原是楚辭的創始人和代表作家。楚辭又稱騷體，其特點是「書楚語，作楚聲，紀楚地，名楚物」，有濃厚的地方色彩。屈原楚辭的代表作有〈離騷〉、〈九歌〉、〈天問〉、〈九章〉等。〈國殤〉是《九歌》中的第十篇（共十一篇），是楚人為祭祀為國戰死沙場的將士而寫的輓歌，經作者改編而成。「殤」字有二義，男女未冠而死和在外而死。「國殤」，指為國捐軀（一說指為國捐軀的將士）。〈國殤〉是一首以戰爭為題材，追悼為國犧牲的將士們的輓歌，全詩充滿愛國主義精神，場面宏大，風格雄渾、剛健，語言質樸。

二 關於本詩的題材

〈國殤〉中描寫的戰爭，從該詩分析，只能得出是楚國與某一強國的一次戰爭的結論。屈原時楚國也是一個強國。《史記・楚世家》記載，西元前三一八年，六國「合縱」擊秦，楚懷王因勢力大，為縱長（聯軍先勝後敗）。其時能與之抗衡的只有秦國和齊國。因屈原是主張抗秦的楚之高官，且楚齊為抗秦盟國，據此推論，〈國殤〉中描

寫的戰爭當為楚秦之戰。屈原被罷官後，楚、秦之間大戰有兩次：西元前三一三年，懷王因憎恨張儀言而無信（張儀許諾，楚齊斷交。秦願獻商於（ㄨ）之地六百里，斷交後，張儀狡言六里），興師伐秦，秦大破楚軍於丹、淅（二水名。丹水發源於陝西，入河南。淅水在河南境內），斬首八萬，虜楚將屈匄（ㄍㄞˋ），取漢中。西元前三一二年春天，楚懷王深入秦地，大舉擊秦，魏國趁機擊楚於鄧（今河南鄧縣），楚即回師，從此楚陷入困境。〈國殤〉作為祭歌，絕不能憑空虛構，其紀實性無可質疑。應當指出的是，〈國殤〉中所描寫的戰爭並不偏限於楚秦某一次戰爭，它可能是多次戰爭的概括、提煉和形象化。

三　全詩串講及翻譯

　　操吳戈兮被犀甲，車錯轂兮短兵接。

　　楚軍將士手持吳國製造的鋒利武器啊，身披堅硬的犀牛皮鎧甲，雙方戰車交錯啊，短兵相接。「操吳戈兮被犀甲」，寫楚戰士武器精良，表現其威武的形象和高昂的鬥志。「車錯轂兮短兵接」，描畫戰爭浩大的聲勢和激戰的艱難。古代作戰，小戰一般為步兵戰或出動少量的戰車，大戰投入戰車少則數百十輛，多則數千輛。

　　旌蔽日兮敵若雲，矢交墜兮士爭先。

　　敵軍戰旗遮天蔽日啊，如烏雲一般湧來，箭矢如雨紛紛墜落啊，戰士們奮勇爭先。「旌蔽日兮敵若雲」，描寫敵軍人數之多，來勢之

猛，反襯出將士們英勇無畏的氣概。「矢交墜兮士爭先」，描寫將士們面對強敵，勇猛百倍，已做好了殉國的準備。這是一場殊死決戰，一方以眾暴寡，一方殊死戰鬥，鹿死誰手，扣人心弦！

> 凌余陣兮躐余行，左驂殪兮右刃傷。
> 霾兩輪兮縶四馬，援玉枹兮擊鳴鼓。

敵軍侵犯我們的陣地啊，踐踏我們的行列，指揮官戰車左邊的戰馬被殺死啊，右邊的戰馬被砍傷。兩個車輪被埋啊，四匹戰馬被拴住，鼓手們仍拿起嵌有玉石的鼓槌啊，擂響進軍的鼓點。有人分析「凌余陣兮躐餘行」一句，是交代戰爭的性質，筆者認為根據不足，「陣」，指陣地，「行」，指行列，爭奪陣地，踐踏行列，這是敵我雙方交戰時常見的情形。本詩是禮贊楚將卒為國捐軀的愛國精神，不必拘泥於此。

> 天時墜兮威靈怒，嚴殺盡兮棄原野。

老天怨恨啊，神靈震怒。殘酷地廝殺啊，將士們拋屍於野。詩人未寫幾個回合的僵持，直接寫將士們英勇捐軀，這可能與祭歌有關。祭歌重在表現死者驚天地、泣鬼神的精神，以引起後死者的傷感和懷念，激勵國人前仆後繼，守土盡責，保家衛國。詩中戰士們在主帥一駕四馬一死一傷，兩輪被埋，四馬被栓的生死關頭，仍擂鼓進軍，直至橫屍遍野，這正是祭歌所要弘揚的人在陣地在，人亡陣地丟，「生當作人傑，死亦為鬼雄」的不朽精神。

以上是第一部分，寫戰爭的經過與殘酷，表現將士們以身殉國的英雄氣概。

　　出不入兮往不反，平原忽兮路超遠。

　　出征參戰啊，一去不復返，平原遼闊啊，路途遙遠。「出不入兮往不反」，描寫將士們以身許國，義無反顧的堅定信念。古代從軍一去就是半輩子，或戰死沙場。王翰詩「醉臥沙場君莫笑，古來征戰幾人回」、杜甫詩「去時里正與裹頭，歸來頭白還戍邊」，正是唐代社會戰爭現實的寫照。「平原忽兮路超遠」，與岳飛詩「八千里路雲和月」意思相近，言征戰路途遙遠。

　　帶長劍兮挾秦弓，首身離兮心不懲。

　　詩轉入追述。佩戴長長的寶劍啊，挾帶秦國製造的彎弓，身首分離啊，赤子之心不變。前句寫全副武裝，後句寫生死報國，讚揚將士們矢志報國，「匹夫不可奪志」的高尚愛國情操。

　　誠既勇兮又以武，終剛強兮不可凌。

　　真正是又勇敢又英武啊，始終剛強，不可侵犯。敵人雖強大，但楚將士們以他們的血肉鑄成鋼鐵長城，神聖不可侵犯。楚有這樣「首身離兮心不懲」、「終剛強兮不可凌」的威武之師，是制勝最堅實的基礎。楚之所以為強秦所併，內部主要原因是朝綱腐朽，佞臣當道；外交上與齊絕交，失去強援，不能獨全。清代學者蔣驥在〈山帶閣注楚辭〉中論及此詩時指出：「懷襄之世，國蹙兵亡，徒使壯士橫屍膏野，以快敵人之意，原蓋深悲極痛之。」

　　身既死兮神以靈，子魂魄兮為鬼雄！

人雖已死啊，英靈不滅，你們精神剛毅啊，死了也將成為鬼中的英雄。「子魂魄兮」，一作「魂魄毅兮」。「子」，對人的尊稱，此指陣亡將士。這兩句寫楚將士雖死猶存，魂繫故里，其愛國精神和民族氣節天長地久，光照千秋——這是祭者的禮讚。

以上是第二部分，禮讚將士們以身報國的偉大精神。

四　寫作特點

就內容而言，以刻畫群體形象為主，以表現人物精神為主。詩歌展現了楚軍戰前的威武雄壯（「操吳戈兮被犀甲」）、激戰中高昂的士氣（矢交墜兮士爭先）和危急中的鋼鐵意志（「霾兩輪兮縶四馬，援玉枹兮擊鳴鼓」）。作者禮讚的不是某一人，而是整個楚軍「首身離兮心不懲」、「終剛強兮不可凌」視死如歸的愛國精神。

就形式而言，全詩均為七言，突破了《詩經》以四言為主的格局。七言較之四言，能容納更多的內容，更能表現廣闊的題材和重大的主題，這是屈原詩歌的發展和革新，是屈詩在詩歌形式創新上的貢獻。

樂府詩

上邪

上邪①！

我欲與君相知②，

長命無絕衰③。

山無陵④，

江水為竭，

冬雷震震⑤，

夏雨雪⑥，

天地合⑦，

乃敢與君絕⑧！

注釋 ①上：指天。邪（一せˊ）：同「耶」，啊。②相知：相親相愛。③命：令，使。這句說，使愛情永不衰絕。④陵：山峰。⑤震震：形容雷聲。⑥雨雪：降雪。雨（ㄩˋ）：下，落。⑦天地合：天與地合而為一。⑧乃敢：才敢。

一 題解與漢樂府簡介

本篇在《樂府詩集》中屬《鼓吹曲辭‧漢鐃（ㄋㄠˊ）歌十八曲》，是一位癡情女子對心上人的自誓之辭。由於這位姑娘表愛的誓

詞出奇而熱烈，詩得以千載流傳。有人認為〈有所思〉（「有所思，乃
在大海南」）和本篇有連貫性，前篇考慮徹底決裂，本篇是痛苦思量
後作出永不分離的誓詞。從男女地位、人之常情和誓詞的堅定性看，
都不可信。有人認為〈上邪〉中的女子是曾經搭救過漢高祖劉邦（救
於枯井並供食宿）的戚姬（劉邦後來的寵妃），也缺少證據。本篇可
視為一首民歌，寫一位民間女子的熱烈愛情，這也符合漢樂府詩歌的
內容。

　　漢樂府是漢武帝時開始設立採集、整理、配樂、演唱民歌的官方
機構，其作用是采風、娛樂、粉飾太平。這些樂章、歌辭後來統稱為
「樂府詩」或「樂府」。今存兩漢樂府中的民歌四十多首，多出自民
間詩人之手，反映了當時某些社會矛盾，風格樸實純真，感情強烈，
不事雕琢，在古詩中別具一格，有較高的思想和藝術價值。

二　全詩串講及翻譯

　　　上邪！
　　　我欲與君相知，
　　　長命無絕衰。

　　上天啊！我願與你相親相愛，讓我倆的愛情永不衰絕。古代文人
詩詞描寫少女、少婦愛情的不少，大多描寫她們的「長相思」。如：
「終日望君君不至，舉頭聞鵲喜」（馮延巳〈謁金門〉）；「身無彩鳳雙
飛翼，心有靈犀一點通」（李商隱〈無題〉）；「天涯地角有窮時，只有
相思無盡處」（晏殊〈玉樓春〉）；「君淚盈，妾淚盈。羅帶同心結未
成，江頭潮已平」（林逋《長相思》）。以上四處引文大體分別是寫相

思中的驚喜、相思中的相知、相思中的閨怨、相思中的離情。〈上邪〉則不同，詩中女主人翁用一種超乎尋常的方式——對天發誓，表達愛情。古人敬畏上蒼，一般情況下，不輕易驚動天威，可見她表白心跡的莊重和嚴肅。下面的詩句果然不同凡響。

> 山無陵，
>
> 江水為竭，
>
> 冬雷震震，
>
> 夏雨雪，
>
> 天地合，
>
> 乃敢與君絕！

　　除非山變成了平原，江河乾涸枯竭，冬天陣陣打雷，夏天下起了雪，天地重合到一起，才敢與你分離！女主人翁列出了三組奇特的自然變化作為「與君絕」的條件：「山無陵，江水為竭」，是說世界上永久的存在物突發巨變；「冬雷震震，夏雨雪」，是說大自然永恆的規律發生怪變；「天地合」，是說宇宙出現天地重組的人類末日。這些自然現象件件離奇荒誕，非人類所能掌控。詩人這樣寫就把發誓者的愛情強調得無以復加，從而排除了「與君絕」的一切條件。這種獨特的抒情方式準確地表達了熱戀中少女特有的絕對化的心理。清人張玉谷《古詩賞析（卷五）》評此詩說：「首三，正說，意言已盡，後五，反面竭力申說。如此，然後敢絕，是終不可絕也。」

三　藝術特色

　　創新、浪漫主義構思是這首小詩最大的特色。〈上邪〉通篇寫愛

情誓詞，既是對心上人說的，也是對老天爺說的，這種全篇用誓詞對天表白、抒發愛情的詩當屬第一篇。這首詩用浪漫主義的創作方法，將愛情與大自然怪異現象聯繫起來，想像時空遙遠、廣袤而奇特，對後世詩歌創作影響較大。古詩「枕前發盡千般願，要休且待青山爛。水面上秤錘浮，直待黃河徹底枯。白日參辰現，北斗回南面，休即未能休，且待三更見日頭。」（敦煌曲子詞〈菩薩蠻〉）有模仿〈上邪〉的痕跡，可見〈上邪〉構思的影響。另外，用人物的語言表現人物的性格，語言直白、樸實、感情強烈，也是這首詩的特色。

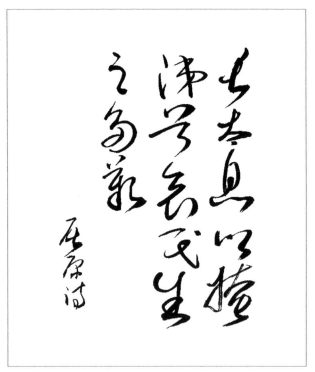

長太息以掩涕兮，哀民生之多艱。

（屈原／離騷／作者手稿）

古詩十九首

庭中有奇樹

庭中有奇樹①，綠葉發華滋②。

攀條折其榮③，將以遺所思④。

馨香盈懷袖⑤，路遠莫致之⑥。

此物何足貢⑦？但感別經時⑧。

注釋　①奇：佳美。②發華滋：花開得很繁盛。發，開放。華，即花。滋，茂盛。③榮：花。④遺（ㄨㄟˋ）：贈。⑤馨：香氣。盈，充滿。⑥致之：送到。⑦貢：獻。一作「貴」。⑧末句的意思是：只因離別經時，借折花表思念之情罷了。

一　《古詩十九首》簡介與題解

　　《古詩十九首》是東漢後期佚名的文人五言詩，梁蕭統因這些詩藝術性高、風格相近、無作者名、舊稱古詩，遂合編在一起，題為《古詩十九首》，收入《文選》，後世沿用這一名稱。這些詩模仿樂府民歌，大多寫失意傷時和相思離愁，抒情性強（〈十五從軍行〉、〈上山采蘼蕪〉是敘事詩），語言樸素清新，表現委婉曲折，對後世產生了很大的影響。

　　〈庭中有奇樹〉寫一位少婦對遠遊丈夫深切思念之情。詩由樹及葉，由葉及花，由花及採，由採及送，由送及思，逐步彰顯主題。

「庭中有奇樹」為題,是取詩的首句為題,《古詩十九首》均如此,如詩題「西北有高樓」、「冉冉孤生竹」,分別是這兩首詩的首句。

二　全詩串講及翻譯

　　庭中有奇樹,綠葉發華滋。

　　庭院裡有一株佳美的樹,綠葉扶疏,開滿茂密的花朵。開篇交代時令、地點並狀景。寫景意在表明「人生天地之間,若白駒之過隙,忽然而已」,轉眼春風吹綠庭中樹,鮮花怒放又一春。「綠葉發華滋」大概是妙齡少婦「忽見陌頭楊柳色」的感受,春色惱人閒不住,深閨難鎖是芳心。古代女子因受封建禮教的束縛,活動圈子很小,她們往往被藏在深閨,足不出院,對外界知之甚少。正因為如此,她們對季節轉換、氣候變化、花開花落則甚為敏感。花開一度,虛擲一春,思念之情不絕。

　　攀條折其榮,將以遺所思。

　　攀著枝條,折下一束花兒,將把它贈送給日夜思念的親人。「榮」,即花。「遺所思」,意即贈送給所思之人,即丈夫。由花想到以花贈人,轉入下層,過渡自然。這花凝聚著女主人翁的思念、希望和哀怨,寄託著她深純的愛情。她指望花兒能夠帶去相思之情,感動久去未歸的遊子之心,使他早日回到自己的身旁,執子之手,漫步綠蔭花下。詩句言簡意賅,含蓄蘊藉。

馨香盈懷袖，路遠莫致之。

花的香氣充滿我的衣襟和衣袖，路途遙遠，我無法將花送到親人的手中。「馨香盈懷袖」字面的意思是花的香氣充滿周身，詩句暗含溫馨、希望滿懷之意。「路遠莫致之」意思有轉折，女主人翁突然想到，遊子在外，阻山隔水，縱有鮮花，也無從送達。言下之意是閨怨人莫知，相思無盡時。

此物何足貢？但感別經時。

這花有什麼珍貴呢？只是因為別離太久，想借花兒表達懷念之情罷了。這是主人翁無可奈何、聊以自慰的自問自答。詩先寫樹奇花美，此言「此物何足貢」，目的是共同表達「但感別經時」這一相思的主題。詩句曲折委婉，送花者原想通過折花贈人，平息心中的思念之情，未想到思念非但未息，反而平添一層新愁，讀來耐人尋味。貢，一作「貴」。

三　本詩與〈涉江采芙蓉〉比較

之所以拿這兩首詩比較，是因為這兩首詩同屬《古詩十九首》，同屬相思題材，同為八行詩。這兩首詩挺有意思，思路竟不謀而合：兩地相思，採花寄情，路遠難致，憂傷滿懷。但深入分析，這兩首詩還是有一定的區別。首先是所思對象不同：一寫少婦思遊子，一寫遊子思家鄉「同心」人（可理解為妻子）。其次是心理描寫不同：《庭》詩中的主人翁心理較細膩，曲折而委婉，明顯帶有閨中少婦的心理特徵。（如：「馨香盈懷袖，路遠莫致之。此物何足貢？但感別經時。」）

〈涉〉詩採花人心理則更顯曠達超脫，帶有遊子的心理特徵。（如「蘭澤多芳草……長路漫浩浩。」）

> **附　〈涉江采芙蓉〉**
>
> 　涉江采芙蓉，蘭澤多芳草。
> 　采之欲遺誰，所思在遠道。
> 　還顧望舊鄉，長路漫浩浩。
> 　同心而離居，憂傷以終老。

樂府民歌

孔雀東南飛

　　漢末建安中，廬江府小吏焦仲卿妻劉氏，為仲卿母所遣，自誓不嫁。其家逼之，乃投水而死。仲卿聞之，亦自縊於庭樹。時人傷之，為詩云爾。

　　孔雀東南飛，五里一徘徊。

　　「十三能織素，十四學裁衣，十五彈箜篌，十六誦詩書。十七為君婦，心中常苦悲。君既為府吏，守節情不移，賤妾留空房，相見常日稀。雞鳴入機織，夜夜不得息。三日斷五匹，大人故嫌遲。非為織作遲，君家婦難為！妾不堪驅使，徒留無所施，便可白公姥，及時相遣歸。」

　　府吏得聞之，堂上啟阿母：「兒已薄祿相，幸復得此婦，結髮同枕席，黃泉共為友。共事二三年，始爾未為久。女行無偏斜，何意致不厚？」

　　阿母謂府吏：「何乃太區區！此婦無禮節，舉動自專由。吾意久懷忿，汝豈得自由！東家有賢女，自名秦羅敷，可憐體無比，阿母為汝求。便可速遣之，遣去慎莫留！」

　　府吏長跪告：「伏惟啟阿母，今若遣此婦，終老不復取！」

　　阿母得聞之，槌床便大怒：「小子無所畏，何敢助婦語！吾已失恩義，會不相從許！」

　　府吏默無聲，再拜還入戶。舉言謂新婦，哽咽不能語：「我自不驅卿，逼迫有阿母。卿但暫還家，吾今且報府。不久當歸還，還必相迎取。以此下心意，慎勿違吾語。」

　　新婦謂府吏：「勿復重紛紜。往昔初陽歲，謝家來貴門。奉事循公姥，進止敢自專？晝夜勤作息，伶俜縈苦辛。謂言無罪過，供養卒大恩；仍更被驅遣，何言復來還！妾有繡腰襦，葳蕤自生光；紅羅複斗帳，四角垂香囊；箱簾六七十，綠碧青絲繩，物物各自異，種種在其中。人賤物亦鄙，不足迎後人，留待作遣施，於今無會因。時時為安慰，久久莫相忘！」

　　雞鳴外欲曙，新婦起嚴妝。著我繡裌裙，事事四五通。足下躡絲履，頭上玳瑁光。腰若流紈素，耳著明月璫。指如削蔥根，口如含硃丹。纖纖作細步，精妙世無雙。

　　上堂拜阿母，阿母去不止。「昔作女兒時，生小出野里。本自無教訓，兼愧貴家子。受母錢帛多，不堪母驅使。今日還家去，念母勞家裡。」卻與小姑別，淚落連珠子。「新婦初來時，小姑始扶床；今日被驅遣，小姑如我長。勤心養公姥，好自相扶將。初七及下九，嬉戲莫相忘。」出門登車去，涕落百餘行。

　　府吏馬在前，新婦車在後，隱隱何甸甸，俱會大道口。下馬入車中，低頭共耳語：「誓不相隔卿，且暫還家去；吾今且赴府，不久當還歸。誓天不相負！」

　　新婦謂府吏：「感君區區懷！君既若見錄，不久望君來。君當作磐石，妾當作蒲葦，蒲葦紉如絲，磐石無轉移。我有親父兄，性行暴如雷，恐不任我意，逆以煎我懷。」舉手長勞勞，二情同依依。

　　入門上家堂，進退無顏儀。阿母大拊掌：「不圖子自歸，十三教汝織，十四能裁衣，十五彈箜篌，十六知禮儀，十七遣汝嫁，謂言無誓違。汝今何罪過，不迎而自歸？」蘭芝慚阿母：「兒實無罪過。」阿母大悲摧。

　　還家十餘日，縣令遣媒來。云有第三郎，窈窕世無雙。年始十八九，便言多令才。

　　阿母謂阿女：「汝可去應之。」

　　阿女含淚答：「蘭芝初還時，府吏見丁寧，結誓不別離。今日違情義，恐此事非奇。自可斷來信，徐徐更謂之。」

　　阿母白媒人：「貧賤有此女，始適還家門。不堪吏人婦，豈合令郎君？幸可廣問訊，不得便相許。」

　　媒人去數日，尋遣丞請還，說有蘭家女，承籍有宦官。云有第五郎，嬌逸未有婚。遣丞為媒人，主簿通語言。直說太守家，有此令郎君，既欲結大義，故遣來貴門。

　　阿母謝媒人：「女子先有誓，老姥豈敢言！」

　　阿兄得聞之，悵然心中煩。舉言謂阿妹：「作計何不量！先嫁得府吏，後嫁得郎君。否泰如天地，足以榮汝身。不嫁義郎體，其往欲何云？」

　　蘭芝仰頭答：「理實如兄言。謝家事夫婿，中道還兄門。處分適兄意，那得自任專！雖與府吏要，渠會永無緣。登即相許和，便可作婚姻。」

　　媒人下床去，諾諾復爾爾。還部白府君：「下官奉使命，言談大有緣。」府君得聞之，心中大歡喜。視曆復開書，便利此月內，六合正相應。良吉三十日，今已二十七，卿可去成婚。交語速裝束，絡驛如浮雲。青雀白鵠舫，四角龍子幡，婀娜隨風轉。金車玉作輪，躑躅青驄馬，流蘇金鏤鞍。齎錢三百萬，皆用青絲穿。雜彩三百疋，交廣市鮭珍。從人四五百，鬱鬱登郡門。

　　阿母謂阿女：「適得府君書，明日來迎汝。何不作衣裳？莫令事不舉！」

　　阿女默無聲，手巾掩口啼，淚落便如瀉。移我琉璃榻，出置前窗下。左手持刀尺，右手執綾羅。朝成繡裌裙，晚成單羅衫。晻晻日欲暝，愁思出門啼。

　　府吏聞此變，因求假暫歸。未至二三里，摧藏馬悲哀。新婦識馬聲，躡履相逢迎。悵然遙相望，知是故人來。舉手拍馬鞍，嗟歎使心傷：「自君別我後，人事不可量。果不如先願，又非君所詳。我有親父母，逼迫兼弟兄。以我應他人，君還何所望！」

　　府吏謂新婦：「賀卿得高遷！磐石方且厚，可以卒千年；蒲葦一時紉，便作旦夕間。卿當日勝貴，吾獨向黃泉！」

　　新婦謂府吏：「何意出此言！同是被逼迫，君爾妾亦然。黃泉下相見，勿違今日言！」執手分道去，各各還家門。生人作死別，恨恨那可論？念與世間辭，千萬不復全！

　　府吏還家去，上堂拜阿母：「今日大風寒，寒風摧樹木，嚴霜結庭蘭。兒今日冥冥，令母在後單。故作不良計，勿復怨鬼神！命如南山石，四體康且直！」

　　阿母得聞之，零淚應聲落：「汝是大家子，仕宦於台閣。慎勿為婦死，貴賤情何薄！東家有賢女，窈窕豔城郭，阿母為汝求，便復在旦夕。」

　　府吏再拜還，長歎空房中，作計乃爾立。轉頭向戶裡，漸見愁煎迫。

　　其日牛馬嘶，新婦入青廬。菴菴黃昏後，寂寂人定初。「我命絕今日，魂去尸長留！」攬裙脫絲履，舉身赴清池。

　　府吏聞此事，心知長別離，徘徊庭樹下，自掛東南枝。

　　兩家求合葬，合葬華山傍。東西植松柏，左右種梧桐。枝枝相覆蓋，葉葉相交通。中有雙飛鳥，自名為鴛鴦，仰頭相向鳴，夜夜達五更。行人駐足聽，寡婦起彷徨。多謝後世人，戒之慎勿忘！

　　本詩通過對一對青年男女焦仲卿和劉蘭芝美滿婚姻在以焦母為代表的家長制摧殘下走向毀滅過程的記敘，揭示了封建禮教的罪惡本

質，歌頌了青年人追求愛情自由的反抗精神，同時作品也寄予了社會底層廣泛的同情。詩在剪裁、主題表達、人物塑造、心理刻畫、語言提煉等方面都很完美。本講單就人物形象塑造方面談兩點體會。

一　在矛盾衝突中刻畫塑造人物形象

本詩的故事情節和矛盾衝突可概括為被逐（「十三能織素」——「二情同依依」）、逼嫁（「入門上家堂」——「莫令事不舉」）、殉情（「阿女默無聲」——自掛東南枝）、化鳥（末段）四部分。被逐一段寫劉蘭芝向焦仲卿訴苦，自請中道回娘家；丈夫向焦母求情，其母大怒；焦仲卿向妻子轉達母意，妻子作離去的準備；劉蘭芝離去前梳妝，辭母別姑；夫妻分手，發誓不負。這一段是故事的開端，刻畫劉蘭芝美麗善良、知書識禮、勤勞能幹、忠於愛情，對焦母認識清醒，但不為其所容；刻畫焦仲卿深愛妻子，但對其母遣妻不知情，且心存幻想；同時刻畫了焦母的無情與專橫。夫妻愛情至上與焦仲卿的心存幻想必然形成矛盾衝突，由此推動故事情節向縱深發展。逼嫁一段寫劉蘭芝回家，其母問由；縣令遣媒人說婚，劉蘭芝回絕；太守遣媒人說婚，阿兄逼妹改嫁，太守準備迎娶。這一段是故事的發展，進一步刻畫焦劉愛情的堅貞，突出劉蘭芝內心的煎熬，表現焦仲卿的無主見和懦弱無能，同時再現了焦母的淫威，描寫了阿兄的趨炎附勢及蠻橫。殉情一段是故事的高潮，寫劉蘭芝含悲作嫁衣；夫妻私會，相約殉情；焦仲卿告別其母；男女雙雙自盡。這一段是從悲劇的角度表現焦劉愛情可歌可泣，表現封建禮教代表人物焦母、阿兄可憎的面目。最後一段寫化鳥是故事帶有傳奇色彩的結局，意在表現這對年輕人愛情的地久天長和愛情悲劇的社會影響，同時從側面點出了焦母、阿兄的悔恨，是人物形象塑造的最後一刀。

二　多層面、立體式刻畫人物形象

先看劉蘭芝。

劉蘭芝是一個很美的形象，作品是這樣描寫她的美的。

「十三能織素，十四學裁衣，十五彈箜篌，十六誦詩書。」——教養美

「雞鳴入機織，夜夜不得息。」——勤勞美

「足下躡絲履，頭上玳瑁光。腰若流紈素，耳著明月璫。指如削蔥根，口如含朱丹。纖纖作細步，精妙世無雙。」——外在美

「奉事循公姥，進止敢自專？晝夜勤作息，伶俜縈苦辛。謂言無罪過，供養卒大恩。」——孝順美

「今日還家去，念母勞家裡。卻與小姑別，淚落連珠子……勤心養公姥，好自相扶將。初七及下九，嬉戲莫相忘。出門登車去，涕落百餘行。」——親情美

「理實如兄言。謝家事夫婿，中道還兄門。處分適兄意，那得自任專！雖與府吏要，渠會永無緣。登即相許和，便可作婚姻。」——智慧美（心計）

「新婦謂府吏：感君區區懷！君既若見錄，不久望君來。君當作磐石，妾當作蒲葦，蒲葦紉如絲，磐石無轉移。……舉手長勞勞，二情同依依。」——愛情美

「黃泉下相見，勿違今日言！」——愛情美

「枝枝相覆蓋，葉葉相交通。中有雙飛鳥，自名為鴛鴦，仰頭相向鳴，夜夜達五更。」——愛情美

作品多層面地描寫劉蘭芝的美，與焦母的無情、專橫形成鮮明的對比，而這樣一位可愛的女性，結局又是被逼自殺。魯迅說：「悲劇是將人生有價值的東西毀滅給人看。」作者不吝筆墨寫劉蘭芝的美，

極大地增強了人物形象的悲劇性。

反抗家長制婚姻，是劉蘭芝性格的另一方面，作者主要從三個層面進行描寫。

一、勾畫出其反抗性格形成的直接原因。「十七為君婦，心中常苦悲……賤妾留空房，相見常日稀。雞鳴入機織，夜夜不得息。三日斷五匹，大人故嫌遲。非為織作遲，君家婦難為！妾不堪驅使，徒留無所施。」從上面引用的詩句看，劉蘭芝在焦家孤單寂寞，長期得不到關愛，在焦母的眼中，她只不過是賺錢的工具罷了。不僅如此，焦母還無端指責「此婦無禮節，舉動自專由」，甚至早已作好了遣送的準備，迎東家秦羅敷取而代之。

二、描寫了其反抗性格發展的軌跡。劉蘭芝承受巨大的壓力，她十分清楚自己的婚姻結局，她不滿，甚至有時很剛烈，但她的反抗是軟弱的，在強大的對手面前，唯有死而已。她被焦母虐待，不敢正面辯駁，進行抗爭，卻只能在丈夫面前輕描淡寫地表示不平。回娘家後，她也不願意向母親盡情傾訴自己的不幸遭遇，更不屑在唯利是圖的阿兄面前說一言，但我們不能因此下結論，這就是劉蘭芝的反抗。因該說，劉蘭芝的反抗主要不是表現在言語上，而是埋藏在內心深處和她認定的行為（殉情）上。作者這樣寫，更符合封建家長制社會一個善良女子的個性特徵。

三、揭示了一個弱女子反抗的必然結局。在封建家長制社會，子女婚姻不是掌握在子女自己手中，而是由家長操縱、包辦。正因為如此，劉蘭芝回娘家後，媒婆先後兩次來說媒，阿母勸改嫁，阿兄更是霸道，趨炎附勢，「不嫁義郎體，其往欲何云？」根本沒有商量的餘地，完全不顧劉蘭芝深愛焦仲卿的感受，這就必然導致「我命絕今日，魂去屍長留」，「攬裙脫絲履，舉身赴清池」悲慘的一幕。劉蘭芝的死是她作為一個孤立無援的弱女子的最強反抗，同時也是一種必

然！

再看焦仲卿。

在對待妻子被遣一事上，作者不是簡單地只寫出焦仲卿一個自殺的結局，而是多層面刻畫這一人物的言行和內心煎熬。在對待愛情上，他和劉蘭芝一樣，深愛對方，把愛情看得比自己的生命更重要。妻子遭遣，他試圖說服母親，並以死明志（「黃泉下相見」）。當得知阿母主意已決，並物色了「可憐體無比」的東家賢女時，他毅然表示「今若遣此婦，終老不復取」。當婚變時，他立即請假暫歸，心如刀絞，（「摧藏馬悲哀」）。當妻子告知「我有親父母，逼迫兼弟兄。以我應他人，君還何所望」時，他已萌發了死的念頭（「吾獨向黃泉」）。當阿母勸其「慎勿為婦死」，並再次提到「窈窕豔城郭」的秦羅敷時，他「長歎空房中……漸見愁煎迫」。當聞知妻子已殉情時，他「心知長別離，徘徊庭樹下，自掛東南枝」。應當說，焦仲卿無愧於愛情，但作者的筆並不止於此，而是較深刻地刻畫了他認識上的糊塗和懦弱無能的致命弱點。妻子遭遣，他對母親心存幻想，前去說情，未想到其母當頭一棒：「此婦無禮節，舉動自專由。吾意久懷忿，汝豈得自由！」可見焦仲卿對其母「久懷忿」、「失恩義」全然不察，求情無果，只好回過頭來安慰妻子：「還必相迎娶」。他的認識膚淺和懦弱還表現在，他無法預見阿兄那攀龍附鳳的態度和無情的舉措，更無法預見後面官人迎娶劉蘭芝的婚變，他面對新的情況發生時茫然不知所措，擺在他面前的，好像只有一條死路。忠於愛情，至死不渝，是焦仲卿閃光的一面，而認識糊塗、懦弱無力，則是其悲劇的必然結局。作者雖然對焦仲卿著墨不多，但由於不是單一的描寫，而是多層面、立體式刻畫，形象仍十分豐滿。

人物描寫，本詩給我們提供了很好的經驗，它啟發我們：長篇敘事詩應把人物置於矛盾衝突中加以塑造，寫出人物性格發展的軌跡，

應從不同的角度進行多層地刻畫，深入人物的內心，挖掘其個性化的
言行，切忌單方面地鋪陳描寫，只有這樣，人物形象才會豐滿，呈現
出立體感，活靈活現。

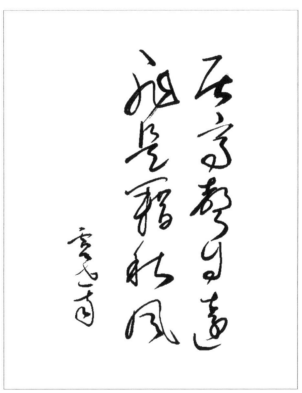

居高聲自遠，非是藉秋風。

（虞世南／詠蟬／作者手稿）

曹操

短歌行

對酒當歌，人生幾何①？
譬如朝露，去日苦多②。
慨當以慷③，憂思難忘。
何以解憂？唯有杜康④。
青青子衿，悠悠我心⑤。
但為君故，沉吟至今。
呦呦鹿鳴，食野之蘋⑥。
我有嘉賓，鼓瑟吹笙。
明明如月，何時可掇⑦？
憂從中來，不可斷絕。
越陌度阡⑧，枉用相存⑨。
契闊談讌⑩，心念舊恩⑪。
月明星稀，烏鵲南飛，
繞樹三匝⑫，何枝可依⑬？
山不厭高，海不厭深⑭。
周公吐哺⑮，天下歸心⑯。

注釋 ①幾何：多少。②去日：流逝的日子。③慨當以慷：即「慨而且慷」，應當慷慨高歌的意思。④杜康：相傳最早造酒的人，此用人名代酒名。一說指酒名。⑤青青子衿，悠悠我心：語見《詩經・子衿》。青衿是周代學子的服裝。衿，衣領。悠悠，形容思念之情長。⑥呦呦鹿鳴，食野之蘋：這兩句引《詩經・鹿鳴》成句。呦呦：鹿鳴聲。蘋：艾蒿，鹿愛吃的一種草。⑦掇（ㄉㄨㄛˊ）：摘取。掇，一作「輟（ㄔㄨㄛˋ）」，停止。⑧越陌度阡：言客人遠道來訪。陌和阡都是田間的小路。東西叫陌，南北叫阡。⑨枉用相存：枉勞存問的意思。存，問候。⑩契闊談讌：勤苦聚合，在一起談心宴飲。契闊，勤苦。讌，同「宴」。⑪舊恩：昔日的情誼。⑫匝：周圍。⑬依：依託。⑭山不厭高，海不厭深：見串講部分。厭：同「饜」，滿足。⑮周公吐哺：《史記・魯周公世家》：周公「一沐三捉髮，一飯三吐哺，起以待士，猶恐失天下之賢」。⑯歸心：人心歸附。

一　作者簡介與題解

　　曹操（西元 155～220 年）是東漢末年傑出的政治家、軍事家、詩人。字孟德，沛國譙（今安徽省亳州市）人。二十歲舉孝廉。黃巾起義時，他起兵鎮壓，隨後出兵討伐董卓。建安元年（西元 196 年），迎獻帝遷都許昌，受封大將軍和丞相，從此「挾天子以令諸侯」，先後削平了呂布、袁術、袁紹等軍閥勢力，征服了烏桓，統一了北方。建安十二年，他揮師南下，赤壁之戰敗於孫劉聯軍。

　　曹操「外定武功，內興文學」，他是建安文學的開創者和卓有成效的詩人。他的詩「如幽燕老歌，氣韻沉雄」，語言形式上接近漢樂府，但有其獨特的風格。

　　〈短歌行〉是漢樂府一個曲調的名稱，多用於宴會場合。曹操為擴大他在庶族豪強中的競爭力，先後發佈了「求賢令」、「舉士令」、

「求逸才令」,〈短歌行〉就是以上政令的藝術表現,是一曲地道的「求賢歌」。曹操有〈短歌行〉兩首。本詩歎光陰易逝,功業難成,反映出作者對人才的渴慕,抒發了招募人才共同建功立業的進取精神。

二　全詩串析及翻譯

> 對酒當歌,人生幾何?
> 譬如朝露,去日苦多。
> 慨當以慷,憂思難忘。
> 何以解憂?唯有杜康。

面對美酒,當引吭高歌,人生有多少這樣美好的時光!好比早晨的露水,轉瞬即逝,白白流走的時日實在太多!宴會上歌聲慷慨激昂,憂愁的思緒令人難以忘卻。用什麼來排遣憂愁啊?只有痛飲這美酒杜康。這首詩是宴會上的唱辭,詩人不鋪陳觥籌交錯的場面,以人生感慨起筆,歎韶光易逝,大功未成,足見其英雄氣概非凡夫俗子所及。清人陳沆(ㄏㄤˋ)在《詩比興箋》中說:「此詩即漢高祖〈大風歌〉(見附錄)思猛士之旨也。『人生幾何』發端,蓋傳所謂古之王者知壽命之不長,故並建聖哲,以貽後嗣。」陳沆的點評大體是對的,但「建聖哲」似乎不夠準確,當為建曠世之功勳之意。儘管如此,作者面對風雲突變的戰爭形勢,不免流露出人生短暫,功業未成,借酒消愁的消極思想。這種消極思想是現實無奈的反應,但浸透著作者憂國憂民的傷感。詩句「白骨露於野,千里無雞鳴。生民百遺一,念之斷人腸」(〈蒿里行〉)便可見證。進取是本詩的主旋律,也

是曹操詩的主旋律,詩人「老驥伏櫪,志在千里,烈士暮年,壯心不已」(〈龜蛇壽〉)所表現的正是老當益壯的志士精神,與本詩合拍。

> 青青子衿,悠悠我心。
> 但為君故,沉吟至今。
> 呦呦鹿鳴,食野之蘋。
> 我有嘉賓,鼓瑟吹笙。

那青青衣領的學子喲,長久地縈迴在我的心田。只因為眾位賢能之士的緣故,我至今仍深沉地吟誦《詩經·子衿》的詩章。山坡上呦呦歡叫的鹿群,在啃食野外的艾蒿。我有滿座的嘉賓,彈瑟吹笙將朋友宴請。「青青子衿,悠悠我心」,借《詩經·子衿》姑娘思念情人之意,表達對才識之士的渴望。「呦呦鹿鳴」四句是借《詩經·鹿鳴》成句,本為宴請賓客的詩,這裡表達對賢才的仰慕和歡迎的態度。在修辭上,「青青子衿」是借代,借周代學子的服飾代作者思念的才學之士。

> 明明如月,何時可掇?
> 憂從中來,不可斷絕。

那當空懸掛的明月喲,何時才能摘取?憂思在心中湧起,不可斷絕。皓月高懸,永不能摘取,比喻謀士、將才難求。「憂從中來,不可斷絕」中的「憂」,即對人才的渴望。曹操非常重視人才,他身邊不僅謀臣、武將如雲,而且以他為中心,形成了一個代表當時最高水準的建安文學群體。就這一點和同時的孫權、劉備比,遠遠高出一籌。有人說,吳、蜀之敗,敗在後繼乏人,可謂抓住了問題的關鍵,

同時從側面道出了曹操成功的原因。

> 越陌度阡，枉用相存。
> 契闊談讌，心念舊恩。

那些俊傑之士翻越縱橫交錯的小路，從四面八方屈尊投奔而來，久別重逢，歡飲暢談，述說往日的友情。前面寫思才，表現思者之憂，這裡寫人才歸附，表現得才之喜，一憂一喜，共同表達思才若渴的主題。

> 月明星稀，烏鵲南飛，
> 繞樹三匝，何枝可依？

月兒亮堂，星星點點，一群烏鵲向南飛去。烏鵲眷戀老巢，繞樹三周，此去一別，將棲何枝？這四句以烏鵲南飛，盤旋不定，喻人才擇主，無所依託。另一種解釋是喻人民流亡。

> 山不厭高，海不厭深。
> 周公吐哺，天下歸心。

高山不辭土石才見巍峨，大海不棄涓流才見其深廣。周公禮賢下士，一飯而三吐哺，人心歸附。「山不厭高，海不厭深」，語見《管子‧形解》：「海不辭水，山不辭土，故能成其眾。」引此句成詩，含有賢才多多益善的意思。「周公吐哺，天下歸心」，暗引《史記‧魯周公世家》：周公「一沐三捉髮，一飯三吐哺，起以待士，猶恐失天下之賢。」引此句成詩，是以周公自比。引此兩段古文，表現出作者搜

攬人才以完成統一大業的宏偉抱負。

三　修辭手法

　　一、引用：引用分為直接引用和暗引，本詩兩種引用均已採用。直接引用的句子有「青青子衿，悠悠我心」。《詩經・鄭風・子衿》開篇四句為：「青青子衿，悠悠我心。縱我不往，子寧不嗣音？」原詩的大意是：青青的是你的衣領，悠悠的是我的心境。縱然我不曾去會你，難道你就斷絕音信？原詩句寫姑娘對小夥的愛慕，而本詩則是表達作者對人才的期盼。「呦呦鹿鳴，食野之蘋。我有嘉賓，鼓瑟吹笙」四句也是直接引用《詩經・小雅・鹿鳴》前四句成句，本是宴請賓客的詩，這裡用來表達招納賢才的意思。暗引與明引（直接引用）相對而言，它是將引用的內容（包括名言、名句、成語故事等）取其意編入作品中，在現代文的寫作上不需加引號。「明引和暗引的關係很像譬喻格中明喻和借喻：一方明示哪一部分是引用語，一方就用引用語代本文」（陳望道《修辭學發凡》）。〈短歌行〉詩雖不長，但多處採用暗引，如本文串講部分涉筆的詩句「山不厭高，海不厭深」和「周公吐哺，天下歸心」兩處就是暗引。

　　二、比喻：詩多次用比喻。如用明月喻賢才。這個比喻很新穎，也很貼切。「明明如月」，既表達了人才的智慧光芒，也表達了作者對人才的仰慕。「何時可掇」，則表達出作者急切獲得人才的焦慮心情。又如用烏鵲喻賢才。「烏鵲南飛」喻人才擇主；「繞樹三匝，何枝可依」，喻人才擇主前徘徊觀望。此外，暗引中也有比喻，如《管子》「海不辭水，山不辭土，故能成其眾。」比喻自己廣納天下賢才的寬闊胸襟。最明顯的當是用「朝露」喻人生苦短。

　　這首詩的修辭手法還有很多，如「呦呦鹿鳴，食野之蘋」是起

興;「周公吐哺,天下歸心」是用典;「青青子衿」是借代等。恕不展開。

> **附　劉邦〈大風歌〉**①
>
> 大風起兮雲飛揚,
>
> 威加海內兮歸故鄉②,
>
> 安得猛士兮守四方③!
>
> **注釋**　①〈大風歌〉是劉邦平定淮南王黥布之亂後,過沛縣,置酒沛宮擊築而歌的,本詩流露出成就天下霸業而衣錦還鄉的榮耀和對鞏固新政權的憂慮,與曹操的〈短歌行〉在內容上的相同點是表達了求賢納士的迫切心情。②威加海內:軍威凌駕全國。③安得:怎樣得到。猛士:指勇猛的將才。

曹植

七哀

明月照高樓，流光正徘徊。

上有愁思婦，悲歎有餘哀。

借問歎者誰，言是宕子妻①。

君行逾十年②，孤妾常獨棲③。

君若清路塵④，妾若濁水泥；

浮沉各異勢⑤，會合何時諧⑥？

願為西南風，長逝入君懷⑦。

君懷良不開⑧，賤妾當何依？

注釋 ①宕（ㄉㄤˋ）子：遊子。宕，同「蕩」。②逾：超過。③獨棲：獨居。④「君若」兩句：「清」字形容路上的塵，「濁」字形容水中的泥，二者本是一物，比喻夫妻（或兄弟）本為一體，如今地位不同了。⑤浮沉：浮，指清路塵；沉，指濁水泥。⑥諧：偕同。⑦逝：往。⑧良：確實。

一　作者簡介與題解

　　曹植（西元 192～232 年）是三國時代傑出的詩人和辭賦家。字子建，曹操第三子，曹丕同母弟。沛國譙（今安徽省亳縣）人。封陳

王。因穎慧、富才學，曹操一度欲立為太子，然植行為放任，屢犯法禁，引起曹操的不滿。曹丕稱帝后，他屢受猜忌和迫害，多次貶爵和改換封地。曹睿承父位後，曹植幾次上書，希望能夠得到任用，未能如願，最後憂鬱而死，卒諡思，故後人稱之為陳王或陳思王。有《曹子建集》。

本詩又題作〈雜詩〉、〈怨詩行〉、〈七哀詩〉。詩寫一位女子對遠遊丈夫的思念與哀怨，曲折表達出詩人受壓抑的怨恨心情。李冶《古今注》謂：「人有七情，今哀戚太盛，喜、怒、樂、哀、惡、欲皆無，唯有一哀，故謂之『七哀』。」這一闡釋，非常切合本詩。

二　思婦哀怨透視

〈七哀〉詩，即寫思婦的哀怨：丈夫遠遊不歸，自己青春流逝，此哀怨之一；夫妻地位發生變化，丈夫高高在上，自己卑微低下，此哀怨之二；丈夫忘家拋妻（「君懷良不開」），自己無所依託，此哀怨之三。造成思婦哀怨的直接原因是丈夫重功名而淡漠家庭、冷漠妻子，其根本原因是封建社會男尊女卑的思想盛行。思婦哀怨是建安時期文學的重要題材。這一時期中國大地諸侯割據，戰爭頻發，富家子弟為博取功名，長年隨軍征戰，一旦功成名就，便拋妻尋歡，貪圖享受。單從這一點看，〈七哀〉是建安時期中國貴婦的一曲哀歌。

三　對思婦「自喻」說的理解

劉履（元末明初）在《選詩補敘》（卷二）評〈七哀〉詩言：「子建與文帝同母骨肉，今乃浮沉異勢，不相親與，故特以孤妾自喻，而切切哀慮也。」此話概括了〈七哀〉的思想內容。從作者的生平遭遇

和他的整個文學創作及本詩看，劉履之見是很難否定的。曹操生前曾多次想定曹植為自己的繼承人，曹植也不是沒有野心的。他在〈與楊德祖書〉中說：「吾雖薄德，位為藩侯，猶應庶幾戮力上國，流惠下民，建永世之業，流金石之功，豈徒以翰墨為勳績、辭賦為君子哉？」他之所以未繼承父位除了他本身的原因外，是曹丕長於心計與曹操平衡各種勢力的必然結果。曹丕繼位後，對他嚴加防範，甚至迫害。曹丕死，其子睿繼位後，曹植還幾次上書，表建功立業之志，可惜曹睿沒有給他丁點機會。——能不哀怨乎？曹植文學作品的思想內容，明顯以曹丕稱帝為界分為前後兩個時期，前期作品大都描寫鄴城的安逸生活，反映他建功立業的政治抱負；後期作品抒發他受壓抑的憤慨心情，同時表現出不甘被棄置，希望用世的願望，這是公認的事實。再看本詩。「君若清路塵，妾若濁水泥。浮沉各異勢，會合何時諧？」「君」喻曹丕、曹睿，「妾」自喻，是不難理解的。本詩中是否有作者的影子，讀者會得出截然相反的結論，這也符合文學作品思想不確定性的原理，不足為奇，重要的是通過討論，加深對作品的認識。

四　本詩的表現手法

〈七哀〉整體上的表現手法是用人物自述的形式塑造人物形象，表達主題，或者說是借思婦之口，吐心中的積怨。全詩十六句，十句是通過思婦之口寫她的丈夫，而這十句正是詩的主旨所在。杜甫〈石壕吏〉的結構大體相同。〈七哀〉受《詩經》表現手法影響較大，具體說是賦、比、興的運用。如「明月照高樓，流光正徘徊」兩句用的是興。明月在古詩中往往起著觸發相思的作用　，詩由「流光正徘徊」引起聯想，巧妙地過渡到女主人翁「悲歎有餘哀」，拉入正題。應當指出的是，起興句不限於起興，同時交代了人物活動的時間、地

點和環境。又如「君若清路塵，妾若濁水泥」用的是比。夫君喻路中的清塵，賤妾喻路中渾濁的泥水，意即兩人因地位高低，相差甚遠，難於融合。再如「浮沉各異勢，會合何時諧」，用的也是比：清塵是上浮的，水中的泥是下沉的，浮沉所處的位置不同，喻夫妻平等相處機會渺茫。全詩整體上是賦的表現手法，鋪成其事，不過賦中有興與比罷了。

附一　〈七哀〉譯文

　　明月皎潔照高樓，月光波動如流水。樓上有一愁思婦，悲歎聲中有餘哀。借問歎者是何人？自言本是遊子妻。丈夫外出過十載，孤婦常常守空房。夫君如同路上塵，賤妻好比濁水泥。上浮下沉勢不同，不知何時和諧處。我願化為西南風，長飛直入君懷裡。君懷鬱塞久不開，賤妾哀極何所依。

附二　曹植〈七步詩〉①

　　煮豆持作羹②，漉菽以為汁③。

　　萁在釜下燃④，豆在釜中泣⑤。

　　本是同根生，相煎何太急⑥！

注釋　①相傳文帝曹丕令其弟植作七步詩，不成將行大法；曹植含淚在七步之內作此詩。〈七步詩〉用同根生的萁和豆來比喻同父同母的兄弟，用萁煎其豆來比喻親兄弟相殘，表現了政治鬥爭的極端殘酷和詩人危險的處境。詩出自南朝劉義慶《世說新語‧文學》。其詩縮寫版為：「煮豆燃豆萁，豆在釜中泣。本是同根生，相煎何太急。」②持：拿來，用來。羹（《ㄥ）：用肉或菜做成的糊狀食物。③漉（ㄌㄨˋ）：過濾。

菽（ㄕㄨˊ）：豆類的總稱。這句的意思是把豆子的殘渣過濾出去，留下豆汁作湯。其：豆類植物脫粒後剩下的莖。釜：鍋。⑤泣：小聲哭。⑥煎：煎熬。

玉界瓊田三萬頃，著我扁舟一葉。　　　　　　　　　　（張孝祥／念奴嬌／作者手稿）

陶淵明

歸園田居

少無適俗韻①，性本愛丘山②。

誤落塵網中③，一去三十年。

羈鳥戀舊林④，池魚思故淵⑤。

開荒南野際，守拙歸園田⑥。

方宅十餘畝⑦，草屋八九間。

榆柳蔭後簷⑧，桃李羅堂前⑨。

曖曖遠人村⑩，依依墟里煙⑪。

狗吠深巷中⑫，雞鳴桑樹巔⑬。

戶庭無塵雜⑭，虛室有餘閒⑮。

久在樊籠裡⑯，復得返自然⑰。

注釋 ①適俗：適應世俗。韻：指性格、情趣等。②性：生性。③塵網：塵世的羅網，喻官場。④羈鳥：被關在籠子裡的鳥。羈，束縛。⑤池魚：養在池中的魚。⑥守拙（ㄓㄨㄛ）：笨，自己沒有智慧做官，故云守拙。拙，指不善於做官，即不會取巧逢迎的意思。⑦方宅：住宅周圍。方，周圍。⑧蔭：樹蔭，引申為遮蔽、蔭蔽。⑨羅：排列。⑩曖（ㄞˋ）曖：模糊不清的樣子。⑪依依：輕柔的樣子。墟里：村落。⑫吠：狗叫。⑬巔：此指樹梢。巔，一作「顛」。⑭戶庭：門戶和庭院，即門庭。⑮虛室：靜室。⑯樊（ㄈㄢˊ）籠：關鳥獸的籠子。

這裡比喻仕途。⑰復：又。得：能。返自然：回到大自然，指歸耕田園。

一　作者簡介與題解

　　陶淵明（西元 365～427 年）是東晉傑出的文學家，更是著名的隱逸詩人。字元亮，晚年更名潛，別號五柳先生，世稱靖節先生，潯陽柴桑（今江西省九江市西南）人。他出生於官僚世家。曾祖父陶侃是東晉開國元勳，官至大司馬；祖父、父親都做過太守。陶淵明二十九歲時，出任江州祭酒，不久辭歸。後又做過參軍之類的小官，每次都很短。在親友的勸說下，他再一次出仕，做了八十多天的彭澤令，因不願「為五斗米折腰向鄉里小兒」，便又辭官了，並寫下了〈歸去來辭〉以明歸隱之志。從此「躬耕自資」，貧病中又遭受了火災，已至乞食。終年六十三歲。

　　〈歸園田居〉選自《陶淵明集》。〈歸園田居〉大約作於詩人辭去彭澤縣令次年。這組詩共五首，本詩是第一首。本篇寫田園景物的美好，抒發作者對歸隱生活的熱愛。

二　全詩串講及翻譯

　　　少無適俗韻，性本愛丘山。

　　從小沒有適應世俗的性格，生性本來就喜愛山崗田地。詩從本性寫起，說自己從小就熱愛大自然，言外之意是厭倦官場世俗，詩句反映出作者不同流俗的氣節和恬淡平靜的心態。陶淵明出生官宦世家，出污泥而不染，從小對官場玩弄權術，爾虞我詐有所瞭解，有一種近

乎本能的厭惡感，他的田園詩充分反映出詩人對美好大自然的怡然自樂，絕無矯揉造作之嫌。茲舉〈讀山海經〉第一首如下：

> 孟夏草木長，繞屋樹扶疏。
> 群鳥欣有托，吾亦愛吾廬。
> 既耕亦已種，時還讀我書。
> 窮巷隔深轍，頗回故人車。
> 歡然酌春酒，摘我園中蔬。
> 微雨從東來，好風與之俱。
> 泛覽周王傳，流觀山海圖。
> 俯仰終宇宙，不樂復何如。

在這首詩裡，詩人以「草廬」為依託，耕種、摘蔬、酌酒、讀書、觀風雨，安閒自樂，「愛丘山」簡直是刻骨銘心！

> 誤落塵網中，一去三十年。

誤入仕途羅網，離別故園，屈指三十年。「三十年」，言時間之長。陶淵明自太元十八年（西元 394 年）做江州祭酒，到熙義元年（西元 405 年）辭去彭澤令歸田，是一十二年。「誤入」，是違心走入的意思。「塵網」，即塵世的羅網，喻官場。這兩句寫詩人對誤入仕途的反思，與「少無適俗韻」互為照應。

以上是第一層，寫反思「塵網」對本性的束縛。

> 羈鳥戀舊林，池魚思故淵。

籠中的鳥兒眷戀著往日嬉戲的樹林，池中的魚兒思念著舊時自由的深潭。這兩句是上下層的過渡，隸屬下層。「羈鳥」、「池魚」都是被人為束縛的生靈，牠們無法得到自由，渴望回歸自然，詩人借此喻做官為官場規則所困，扭曲人性，失去自由。詩以「羈鳥」、「池魚」作比，貼切形象，既照應了前面的「塵網」，也呼應了後面的「樊籠」。「戀」與「思」、「舊」與「故」，在修辭上是互文。

開荒南野際，守拙歸園田。

在草廬南野開荒種地，安守愚拙，返回田園。陶淵明是一位真正回歸大自然的隱逸詩人，不同於那些唱和清談、飲酒賞花、泛舟往來的隱逸詩人，他披星戴月，自種自收，在勞動中享受著的快樂，〈歸園田居〉第三首亦可見證：

種豆南山下，草盛豆苗稀。
晨興理荒穢，帶月荷鋤歸。
道狹草木長，夕露沾我衣。
衣沾不足惜，但使願無違。

「拙」，是愚鈍的意思，「守拙」，即本著愚鈍的智商，是謙辭，暗含對官場玩弄權術、欺上瞞下、巧取迎合的諷刺。

方宅十餘畝，草屋八九間。

住宅周圍有土地十餘畝，茅草屋蓋了八九間。這兩句言詩人歸隱後只有微薄的家當，與那些「三年清知府（十萬雪花銀）」相比，不

可同日而語。「十餘畝」、「八九間」是概數，很符合鄉里人計數的語言習慣。枯燥的數字一經詩人點化，就被賦予了鮮活的生命力。

榆柳蔭後簷，桃李羅堂前。

榆柳成蔭遮蔽著後面的屋簷，桃李爭妍排列在堂屋的面前。描寫茅屋榆柳桃李掩映的景象，給人以自然清新、恬淡閒適的感覺。這裡真個「結廬在仙境，而無車馬聲」(〈飲酒〉第五首)，遠離城市的喧囂，是詩人心中的一方淨土。

曖曖遠人村，依依墟里煙。

遠處的村莊模糊難辨，農家的炊煙嫋嫋升騰。這是寫遠景。景色似隱似現，寧靜中透出淡淡生機，有一種朦朧美，透露出作者對鄉村寧靜生活的迷戀與悠然的心境。

狗吠深巷中，雞鳴桑樹巔。

狗在深巷中叫著，雞在桑樹梢打鳴。前面兩句寫遠景是從視覺的角度，這兩句是從聽覺的角度。詩人描寫的是山村的寧靜，採取動中寫靜的手法，用「狗吠」、「雞鳴」之聲襯托村莊的靜美，反映出詩人怡然自得的心境。

以上是第二層，寫田園生活的愉悅。

戶庭無塵雜，虛室有餘閒。

　　田家沒有塵俗的雜事，陋室有著一份清閒。「塵雜」意謂塵世的繁瑣事，暗指官場的繁文縟節。農家「天高皇帝遠」，「問今世何世，乃不知有漢」，心在稻菽桑麻，與官員們挖空心思鑽營比，自然心靜、清閒。

　　　　久在樊籠裡，復得返自然。

　　這兩句是打比喻，言辭官歸田，如長時間被關在籠子裡的鳥又重返大自然。「返自然」是詩人的人生理想，也是這首詩的主旋律。「樊籠」與前面的「羈鳥」相照應，「復得」與詩首兩句融於一體，前後一脈貫通。

　　最後四句是第三層，寫歸隱的感受。

三　詩人的心境與本詩的意境

　　厭惡官場「樊籠」生活，熱愛田園生活的寧靜，恢復人性自由發展，樂於歸隱，是詩人寫作這首詩時看似複雜實則平和的的心境。厭惡官場「樊籠」與平和的心境並不矛盾，因為詩人寫作〈歸園田居〉時已經辭官歸隱，「復得返自然」。這種平和心境的形成主要有三個方面的原因：一是「少無適俗韻，性本愛丘山」，就是說從小受環境的影響，潛移默化，本性難改。二是「誤落」塵網，耳聞目睹，有如「羈鳥戀舊林，池魚思故淵」。三是環境塑造人，勞動改造人。隱居後，長期與農民交往並為生計而勞作，會漸漸地習慣、熱愛鄉村生活，心態也會由官場上的浮躁趨於平和。

　　詩描繪的是一幅隱居圖，畫面以草屋為中心，有田疇，有拓荒者，堂前羅桃李，屋後榆柳蔭，遠處炊煙嫋嫋，村莊隱約可見，深巷

聞狗吠，雞在桑樹鳴。畫面濃淡相宜，靜中有動，視野開闊，好不愜意。作者描寫這一意境所要表達的思想是：一、官場如「樊籠，束縛人的本性，隱歸才能獲得自由；二、隱居應遠離喧囂，寧靜而恬淡。三、茅屋、雞鳴狗吠、開荒，隱居樂在其中。

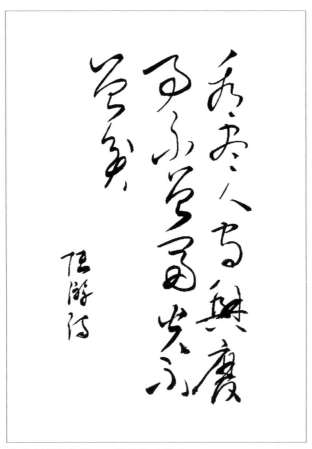

看盡人間興廢事，不曾富貴不曾貧。

（陸游／一壺歌／作者手稿）

無名氏

攤破浣溪沙·五里灘頭風欲平

五里灘頭風欲平①，張帆舉棹覺船輕②。

柔櫓不施停卻棹③，是船行。

滿眼風波多閃爍④，看山卻似走來迎。

子細看山山不動⑤，是船行。

注釋　①五里灘：河灘名，地址不詳。②棹（ㄓㄠˋ）：槳。③櫓：一種使船前進的工具，比槳長而大，安在船尾或船旁，用人搖。④閃爍：指波光動盪不定，忽明忽暗。⑤子細：同「仔細」。

一　一首有韻味的「五無」詞

〈五里灘頭風欲平〉是一首很有韻味的「五無詞」。無作者。當然，從嚴格意義上說，「無名氏」也是作者。它由一人或集體創作，在流傳中經喜愛者千錘百煉，詞越來越好，而作者的名字也就由「無名氏」替代了，民歌大都如此。無標題。「攤破浣溪沙」是詞牌名而非標題。本文以「五里灘頭風欲平」為題，是用其慣例，以首句為題。無大題材。全詞圍繞「是船行」構思，既無故事，也無歷史內容，取材是行船中所見所感。無政治傾向性。古今詩詞大多有一定的

政治傾向性，只是有的較直白，有的較含蓄罷了。這首詞雖然反映出行船人熱愛生活，以勞動為樂的思想，但實難說出什麼政治傾向性。倘若有人說有，甚至論據一大串，筆者也不反對，因為分析文學作品和遊人看山一樣，「橫看成嶺側成峰，遠近高低各不同」，如果體會千篇一律，文學作品就失去了它存在的價值。筆者還想說的是，如果深挖此詞的政治傾向性，很可能會牽強附會，曲解詞意。無閱讀時的難點。全詞淺顯易懂，沒有典故，小學文化也能讀懂。應當指出的是，「懂」是一個較泛的概念，小學生的懂和中學生的懂有差別，平民的懂和文人的懂也有差異。文學作品挺有意思的是，它越讀越懂，「懂」無止境。

這首詞有一段被塵封的歷史，那就是曾失傳近九百年。直到一八九九年（或一九九〇年）馳名中外的甘肅敦煌莫高窟藏經洞被打開，人們才目睹其真容，否則仍「藏在深山人未識」。

二　全詞串講

　　　五里灘頭風欲平，張帆舉棹覺船輕。

　　言船在風浪中前進，剛出五里灘，風將平息，於是扯開風帆打槳行船，感覺船輕了許多。「覺船輕」，字面上寫船輕，但實寫駕船人心情的愉悅，這是勞動的感受，更是克服風浪後的喜悅之情。

　　　柔櫓不施停卻棹，是船行。

　　言停止划槳和搖櫓，一看果然是船在行進。這裡「柔櫓不施停卻

棹」如理解為，因為有風，風推船行，用不著槳和櫓了，那就索然寡味。應理解為：行船人帶著好奇的心理，特意放下櫓和槳，看看是船在人力推動下前進，還是在風力推動下前進，這樣理解更符合詞意。

　　　滿眼風波多閃爍，看山卻似走來迎。

　　言一眼望去，波光閃閃，好像前方遠處的山走來迎接小船似的。「走來迎」，是一種感覺，通過感覺給靜止不動的山以活跳的生命和情感。山走來迎接小船，在修辭手法上是擬人，很有韻味。

　　　子細看山山不動，是船行。

　　言仔細看山，山卻未動，原來是船在前行。「子細看山」與前句「看山卻似」相呼應，「山不動」與「走來迎」相呼應，結構緊密。下闋的「是船行」與上闋的「是船行」看是重複，實際上詩人通過這種反覆，加強上下闋結構的聯繫，很好地表達出行船人輕鬆愉快的心情，妙不可言。

三　藝術特色

　　這首詞雖短，但有很高的藝術性。一、兩次設疑，兩次解疑。疑點是船是否在行。第一次通過「柔櫓不施停卻棹」破疑，第二次通過「子細看山山不動」來破疑。「疑」是假，抒發輕鬆快樂之感是詞巧妙之處。這是本首詞最突出的藝術特點。二、融景於情，情景交融。為更好地理解這首詞，不妨引用唐代詩人李白〈早發白帝城〉和王灣〈次北固山下〉各兩句詩作比較。李詩「兩岸猿聲啼不住，輕舟已過

萬重山」，詩句以磅礴的氣勢，極寫輕舟之快；王詩「潮平兩岸闊，
風正一帆懸」，詩句用白描的手法，寫行舟一帆風順；本詞則是從視
覺、特別是感覺的角度，寫在美景中行船。三首詩都寫行船，李詩表
達的是遇赦後的喜悅，王詩表達的是回鄉途中的暢快，本詞表達的是
風浪過後行船人的情調，共同點是寫景抒情，融於一爐。雖詩意各不
相同，但收到異曲同工的藝術效果。三、口語化。「口語化」前面已
涉筆，在此補充一點。口語化是民間詩歌的共同特點，民間詩歌的主
要對象是平民百姓，平民百姓一般讀不起書，但這個群體又很熱愛詩
歌，所以採用口耳相傳的形式，語言通俗、淺顯，感情真摯、明快，
生活氣息濃厚，是這類文學作品的共同特點。

樂府民歌

西洲曲

憶梅下西洲^①，折梅寄江北。

單衫杏子紅^②，雙鬢鴉雛色^③。

西洲在何處？兩槳橋頭渡。

日暮伯勞飛^④，風吹烏臼樹^⑤。

樹下即門前，門中露翠鈿^⑥。

開門郎不至，出門采紅蓮。

採蓮南塘秋，蓮花過人頭。

低頭弄蓮子，蓮子青如水。

置蓮懷袖中，蓮心徹底紅^⑦。

憶郎郎不至，仰首望飛鴻^⑧。

鴻飛滿西洲，望郎上青樓^⑨。

樓高望不見，盡日欄杆頭。

欄杆十二曲，垂手明如玉。

捲簾天自高，海水搖空綠。

海水夢悠悠^⑩，君愁我亦愁^⑪。

南風知我意，吹夢到西洲。

樂府民歌

西洲曲

憶梅下西洲[1]，折梅寄江北。

單衫杏子紅[2]，雙鬢鴉雛色[3]。

西洲在何處？兩槳橋頭渡。

日暮伯勞飛[4]，風吹烏臼樹[5]。

樹下即門前，門中露翠鈿[6]。

開門郎不至，出門采紅蓮。

採蓮南塘秋，蓮花過人頭。

低頭弄蓮子，蓮子青如水。

置蓮懷袖中，蓮心徹底紅[7]。

憶郎郎不至，仰首望飛鴻[8]。

鴻飛滿西洲，望郎上青樓[9]。

樓高望不見，盡日欄杆頭。

欄杆十二曲，垂手明如玉。

捲簾天自高，海水搖空綠。

海水夢悠悠[10]，君愁我亦愁[11]。

南風知我意，吹夢到西洲。

注釋 ①西洲：地名，具體未詳。下：落。落梅時節是本詩中男女共同紀念的時節。②紅：一作「黃」。③鴉雛色：形容頭髮烏黑發亮。鴉雛，小鴉。④伯勞：鳥名，仲夏始鳴，好單棲。⑤烏臼：即烏桕（ㄐㄧㄡˋ），落葉喬木。種子的外面有白蠟層，可用來製肥皂、蠟燭。葉子可製黑色染料。樹皮、葉可入藥。⑥翠鈿：用翠玉做成或鑲嵌的首飾。⑦徹底紅：紅得通透的意思。⑧飛鴻：書信。古人有鴻雁傳書的傳說。⑨青樓：以青色塗飾之樓，為古代女子居處的通稱。⑩悠悠：渺遠。天海遼闊無邊，所以說它「悠悠」，天海的「悠悠」正如夢的「悠悠」。⑪君：指在江北的心上人。

一　題解

　　〈西洲曲〉最早收錄於徐陵編的《玉台新詠》，作江淹詩，但宋本不載。郭茂倩編《樂府詩集》列本篇於「雜曲歌辭」，認為是古辭。明清人編的古詩選本，或作晉辭，或以為是梁武帝蕭衍所作，現一般認為是經文人潤色的一首南朝民歌。詩描寫一位少婦從初春到深秋、從現實到夢境對心上人的思念，歌頌純潔的愛情。

二　全詩串講及翻譯

　　　　憶梅下西洲，折梅寄江北。
　　　　單衫杏子紅，雙鬢鴉雛色。

　　憶昔西洲落梅時節，折下一枝梅花，將欲寄給長江北岸的郎君。衣衫一件紅如杏子，兩鬢頭髮像小烏鴉毛色一樣烏黑發亮。一、二句是兩個時間段，即折梅憶昔落梅時；落梅時女主人翁與情郎當在西洲

留下了一段美好的回憶。「單衫」兩句可視為插敘，按常規語序，一、二句應下接五、六句。插敘的兩句寫女郎的心理活動：既已寄梅江北，也許情郎突然出現在面前，何不梳妝打扮一番？正所謂「女為悅己者容」。這兩句人物外貌的描寫，極其巧妙地刻畫出女主人翁如醉如癡的幻想情態，文筆簡約而生動。「下」字，一釋為「往」，那是對詩意理解的不同。西洲，古地名。溫庭筠〈西洲曲〉有「悠悠復悠悠，昨日下西洲」。具體地點不詳。根據本詩「南風知我意，吹夢到西洲」之句，當在江北，即這位女子的郎君所在地。

> 西洲在何處？兩槳橋頭渡。
> 日暮伯勞飛，風吹烏臼樹。

　　西洲到底在哪裡？打著兩支槳，小船就可到達西洲橋頭的渡口。天色漸晚，伯勞在飛，晚風吹拂著青青的烏桕樹。「西洲」兩句是自問自答，「兩槳」指船的左右槳葉，不能理解為距離很近（打兩槳）。「日暮」兩句寫景，是少婦思念時所見周邊景色。伯勞鳥，仲夏始鳴，好單棲，喻這位少婦形單影隻，孤苦寂寞。

> 樹下即門前，門中露翠鈿。
> 開門郎不至，出門采紅蓮。

　　樹下就是她的家，門縫裡露出翠綠的釵鈿。開門卻不見郎君到來，羞煞人也，女子走出家門，採紅蓮而去。「樹下即門前」，接上句而來。「門中露翠鈿」，描寫女子急切地等待情人到來的掩飾動作。「露」字刻畫少婦探頭探腦，欲見怕羞的神態，惟妙惟肖。「出門」句寫蒙羞後掩飾舉措，也是排遣憂愁的一種方式。以上四句有人認為

是第一人稱。

> 採蓮南塘秋，蓮花過人頭。
> 低頭弄蓮子，蓮子青如水。

　　秋天，在南塘採摘蓮子，蓮花高過人頭。低頭撥弄蓮子，蓮子像湖水一樣清澈。「蓮」與「憐」諧音，「蓮子」與「憐子」諧音，就是「愛你」的意思。這幾句描寫秋天採蓮的場景，表達了這位採蓮女對郎君的愛慕之情。朱自清〈荷塘月色〉中引用了這四句詩。

> 置蓮懷袖中，蓮心徹底紅。
> 憶郎郎不至，仰首望飛鴻。

　　把蓮子放在衣袖中，蓮心紅得透澈。思念郎君郎君卻未來，只能抬頭望著天上的飛雁。前兩句語義雙關：「置蓮」句形象地表達了女主人翁對愛情的赤誠、珍愛和幸福感；通體紅豔的蓮心則是她心目中純潔愛情的象徵。「憶郎郎不至」是「開門郎不至」意思的反覆，表達了無法排遣的苦悶。「望飛鴻」指盼望丈夫的書信。《漢書》中有大雁傳書的說法，古詩詞常用此典故。如「鄉書何處達？歸雁洛陽邊」（王灣〈次北固山下〉）、「雁過也，正傷心，卻是舊時相識」（李清照）、「錦書難托」（陸游）。

> 鴻飛滿西洲，望郎上青樓。
> 樓高望不見，盡日欄杆頭。
> 欄杆十二曲，垂手明如玉。
> 捲簾天自高，海水搖空綠。

　　鴻雁滿天，在西洲上空盤旋，走上高樓，遙望郎君。樓臺雖高卻看不到他的身影，整日靠在欄杆上，默默地觀望。欄杆曲曲折折，雙手垂下，明麗如玉。捲起簾子，天顯得更高；江水蕩漾，搖動一片空靈的深綠。這八句詩寫登樓所見所感。「鴻飛滿西洲」是起興，引出「望郎上青樓」一層意思；但不是單純地起興，「鴻」代表書信，鴻飛滿天，音信全無，極寫相思之深。「盡日」一詞是誇張，刻畫癡情和執著。「欄杆」二句表現女樓上人的複雜而百無聊賴的心情。「十二」言其多，非實數，與現代語「十二分高興」的用法相同。後兩句余冠英先生的理解是：「秋夜的一片藍天像大海。風吹簾動，隔簾見天便覺似海水滉漾。一說內地人有呼江為海者，『海水』即指江水。」（《漢魏六朝詩選》）。

　　　　海水夢悠悠，君愁我亦愁。
　　　　南風知我意，吹夢到西洲。

　　海水像夢一般渺遠，你憂愁我也憂愁。南風若知我的情意，請把我的好夢吹到西洲。「海水」句含愁悠悠之意，含落筆在「君愁我亦愁」，愁的具體內容是「開門郎不至」、「憶郎郎不至」、「樓高望不見」的相思之愁。詩最後兩句寫相見在夢中，詩句表現出閨中少婦對愛情的執著，同時也流露出淡淡的哀怨。這兩句詩影響很大，范雲（南朝）〈閨思〉「幾回明月夜，飛夢到郎邊」、李白〈聞王昌齡左遷龍標遙有此寄〉：「我寄愁心與明月，隨風直到夜郎西」受本詩影響明顯。

三　本詩遣詞的高超藝術

〈西洲曲〉用詞極顯特色，給詩增色不少，是讀者喜愛本詩的重要原因。詩中有許多詞句表明季節。如「折梅」（冬末春初）、「單衫」（春夏之交）、「伯勞飛」（仲夏）、「采紅蓮」（初秋）、「南塘秋」、「弄蓮子」（八月）、「鴻飛滿西洲」（深秋）等。這些詞、句按時間順序安排，顯示出季節的推移，條理井然，同時散發著江南湖區的生活氣息，讀來親切。頂針接字法也很突出，如：「日暮伯勞飛，風吹烏臼樹。樹下即門前，門中露翠鈿」、「低頭弄蓮子，蓮子青如水」等。詩有意蟬聯，但用頂針修辭格並不為形式所囿，有時適當放寬。如：上面引文中的「門前」、「門中」。這首詩共三十二句，四句一段，幾乎從頭至尾，用頂針連成一片，節奏感強，極富情趣。有別於頂真的另一現象是同一詞連續多次出現。如「梅」、「鴻」、「欄杆」、「海水」等均連續出現兩次，「門」字連續出現四次，「蓮」字連續出現七次。這些詞造成循環往復的效果，極具節奏感和音樂美。另外值得一提的是雙關隱語。如詩中「蓮」與「憐」諧音，「憐」與「愛」雙關。「蓮子清如水」，暗示感情的清純，而「蓮心徹底紅」則表達的是感情的濃烈。這些雙關隱語的運用使詩歌顯得含蓄多情而有韻味。

北方民歌

敕勒歌

敕勒川①，陰山下②。

天似穹廬③，籠蓋四野。

天蒼蒼，野茫茫，

風吹草低見牛羊④。

注釋　①敕勒川：泛指敕勒民族遊牧的草原，在今山西北部及甘肅、內蒙古南部一帶。②陰山：指陰山山脈，大部分在內蒙古自治區中部，東西走向。③穹（ㄑㄩㄥˊ）廬：遊牧人居住的圓頂氈帳，俗稱「蒙古包」。④見：同「現」，顯露，出現。

一　題解

　　西元四世紀末葉至六世紀末葉，在我國北方先後建立了北魏、北齊、北周以鮮卑等少數民族為統治的政權，歷史上稱為北朝。北朝未出現有大影響的文人，只有少數民歌價值較高，這些民歌傳到南方，由南朝樂府機關採集並保存。

　　敕勒，漢代稱丁零，魏晉南北朝稱狄歷，隋朝稱鐵勒。因所用車輪高大，也稱高車。《隋書》記載：鐵勒各部分佈於東至獨洛河（今圖拉河）以北，西至裏海的廣大地區，分屬東、西突厥。唐貞觀末，

於東部鐵勒分設都督府、州，隸燕然都護府。〈敕勒歌〉是北齊時敕勒人的鮮卑語牧歌，後被翻譯成漢語。《樂府廣題》說：「其歌本鮮卑語，易為齊聲，故其句長短不齊。」相傳東魏開國皇帝高歡的部將斛律金在軍中教唱〈敕勒歌〉。這是一首北朝時敕勒遊牧族的民歌，反映北方民族的遊牧生活和北國風光。

二　全詩串講及翻譯

> 敕勒川，陰山下。
> 天似穹廬，籠蓋四野。

（迷人的）敕勒川（呀），位於（廣袤無際的）陰山下。天空如同圓頂氈帳，籠罩四周（遼闊的）原野。首兩句交代敕勒川的地理位置。陰山是綿亙塞外的大山，草原以高大神奇的陰山為背景，天野相連，空闊高遠，給人以雄偉、遼闊的氣勢。這種景象是大自然的恩賜，為敕勒川所特有。詩句把天比作穹廬，讀者自然聯想到遊牧民族的生活習性，比喻既形象又十分自然。「籠蓋」接「穹廬」而來，很貼切，順理成章。這四句洋溢著遊牧人對草原、對遊牧生活的自豪感。

> 天蒼蒼，野茫茫，
> 風吹草低見牛羊。

天空蔚藍（呀），原野蒼茫，風吹草低，（綠浪中）顯露出（一群群悠然自在的）牛羊。全詩共七句，前六句寫平川、大山、天空、四

野，大處著筆，意境闊大恢宏，但不免有些空洞靜寂的感覺，最後一句「風吹草低見牛羊」畫面陡變，由靜態描寫轉向動態描寫，讀者面前突然出現牛羊的世界：一群群生機勃勃的牛羊主宰綠色的海洋，忽隱忽現，星星點點，佈滿整個草原，景象一下生氣盎然。詩人的審美情趣與他們的生活方式有著密切聯繫，牛羊和牧草是他們的衣食來源，謳歌草原，謳歌牛羊，就是讚美他們美麗的家園，讚美他們自由自在的生活方式。

三　作品簡評

這首民歌以敕勒川風光為題材，以蒼天、陰山為背景，描寫北方遊牧生活，反映了敕勒族對生活由衷的熱愛，抒發了敕勒人的民族自豪感。詩背景宏大，意境開闊，動靜結合，文筆大氣，藝術概括力強，其藝術成就在北方民歌中首屈一指，代表了南北朝時期北方民歌的最高成就。這首詩在表現上是寫實手法。多用白描，沒有誇張，是真正意義上的即景之作。語言雖經翻譯，仍質樸、生動、形象，有濃厚的北方遊牧民歌的風味。黃庭堅評曰：「倉卒之間，語奇如此，蓋率意道事實耳。」（《山谷題跋》卷七）由於寫實，加之詩人生在草原，長在草原，熱愛草原，所以全詩充溢著濃郁的民族和地域特色，親切自然，豪情滿懷，極富感染力。

張若虛

春江花月夜

春江潮水連海平，海上明月共潮生。

灩灩隨波千萬里①，何處春江無月明。

江流宛轉繞芳甸②，月照花林皆似霰③。

空里流霜不覺飛，汀上白沙看不見④。

江天一色無纖塵，皎皎空中孤月輪。

江畔何人初見月？江月何年初照人？

人生代代無窮已⑤，江月年年望相似⑥。

不知江月待何人，但見長江送流水。

白雲一片去悠悠，青楓浦上不勝愁⑦。

誰家今夜扁舟子⑧？何處相思明月樓？

可憐樓上月徘徊，應照離人妝鏡臺。

玉戶簾中卷不去，擣衣砧上拂還來⑨。

此時相望不相聞，願逐月華流照君⑩。

鴻雁長飛光不度⑪，魚龍潛躍水成文⑫。

昨夜閑潭夢落花⑬，可憐春半不還家。

江水流春去欲盡，江潭落月復西斜。

斜月沉沉藏海霧，碣石瀟湘無限路⑭。

不知乘月幾人歸，落月搖情滿江樹⑮。

注釋　①灩（一ㄢˋ）灩：水波閃光的樣子。里，一作「頃」。②芳甸：遍生花草的原野。郊外之地叫甸。③霰（ㄒ一ㄢˋ）：小冰粒，俗稱雪子。形容潔白月光照映下的花朵。④汀（ㄊ一ㄥ）：水邊平地。⑤窮已：窮盡。⑥望：一作「只」。⑦青楓浦：一名雙楓浦，在今湖南瀏陽河上。這裡是泛指遙遠荒僻的水邊。⑧扁（ㄆ一ㄢ）舟子：飄蕩江湖的遊子。扁舟，小舟。⑨卷不去、拂還來：均指月光，因月光增人愁思，所以想將它捲去、拂去，這是借月光言愁思難以排遣。⑩逐：跟隨。⑪光不度：月光不動。⑫魚龍潛躍：偏義複詞，偏指魚躍。文：通「紋」。⑬閒潭：幽靜的潭水。⑭碣石瀟湘：碣石，山名，在今河北省昌黎縣北。瀟湘，二水名，在湖南零陵合流。⑮搖情：不寧的心情，激動的感情。

一　作者簡介與題解

　　張若虛（約西元 660～720 年）是「初唐四傑」後著名的詩人。與賀知章馳名京城。清《全唐詩》僅有二十六個字的介紹：「張若虛，揚州人，兗州兵曹。與賀知章、張旭、包融號『吳中四士』，詩二首。」

　　〈春江花月夜〉是樂府《清商曲辭·吳聲歌曲》舊題。曲調始創於陳後主，隋煬帝也寫過此題，均脂粉氣濃，純宮廷詩，不足為道。張若虛這首詩以春江月夜為背景，描寫、抒發相思之愁，淒婉而不消沉。詩包含宇宙、人生哲理，詞清語麗，韻調優美，為後世所推崇。

二 全詩串講及翻譯

> 春江潮水連海平，海上明月共潮生。
> 灩灩隨波千萬里，何處春江無月明。

　　春天的江潮似與大海連成一片，一輪明月從海上升起，好像與潮水一起翻湧而出。月光閃耀，隨波流向千萬里，何處春江沒有明亮的月光？開篇大筆寫景，描繪出一幅月夜春潮氣勢恢宏的美景。有人從「海」和「長江」三字出發，認為這首詩描寫的是長江入海處春潮的景象，有一定的道理。有人從「瀟湘」二字出發，認為詩寫瀟湘春潮景象，這似乎道理不足，因為該詩是寫男女兩處離愁，地點當不止一處，且與「春江潮水連海平」氣勢不合。筆者認為這裡的「海」是虛指，極言江（所指不明）潮浩淼，橫無際涯。這樣理解更能疏通詩中「江」、「海」二字的含義，否則很難理清後面「江水流春去欲盡，江潭落月復西斜。斜月沉沉藏海霧，碣石瀟湘無限路」四句的詩意。「共潮生」三字將月夜與春潮緊扣在一起，潮中湧月，月共潮生，給人以遐思。「生」字寫出了春潮、明月鮮活的生命，十分生動。與張九齡〈望月懷遠〉「海上生明月（天涯共此時）」的詩句相比，明月有了海潮托浮一層意思，便多了一分動感和意境。這四句寫景，落筆在「情」字，因為潮水漲落有定時，暗寫遊子與思婦心潮起伏，「相思無盡時」。

> 江流宛轉繞芳甸，月照花林皆似霰。
> 空里流霜不覺飛，汀上白沙看不見。

　　江水彎彎曲曲地繞著花草叢生的原野流淌，月色瀉在散發花香的樹林上，好像晶瑩的雪珠兒在閃爍。月色潔白如霜，但感覺不到它在迅速地流動，人無法看見江邊的白沙。這四句視角由浩瀚的江面移到岸汀的「芳甸」、「花林」、「白沙」，落筆在月光，描寫月光皎潔如霜，以致「空里流霜不覺飛，汀上白沙看不見」。詩描寫月色潔白、柔和、美麗，意在襯托遊子與他心上人感情純潔無瑕。在描寫上情景交融，物我一體，和諧統一。對「霜」字的理解，是本詩的分歧點之一。一說霜即本義，但大多數學者認定霜是喻月光，理由是春日無霜。以霜喻月光，李白詩「床前明月光，疑是地上霜」可證。

> 江天一色無纖塵，皎皎空中孤月輪。
> 江畔何人初見月？江月何年初照人？
> 人生代代無窮已，江月年年望相似。
> 不知江月待何人，但見長江送流水。

　　江水、天空一色，空氣中全無細微的灰塵，只有一輪明亮的孤月高高懸掛在空中。江邊上什麼人最初看見月亮，江上的月亮哪一年最初照耀著人間？人生一代代地生息，天窮無盡，只有江上的月亮望去千年如故。不知江上的月亮在等待著什麼人，只見長江不斷地輸送著流水。這八句由江天美景，引發出關於宇宙、人生哲理的抒懷。前兩句一寫「江天一色」，朗朗乾坤令人思騁萬里；一寫孤月亮堂高懸，由孤月引發對宇宙、人生遐思張本。下面六句是詩人對宇宙、人生的遐思。「江畔何人初見月？江月何年初照人？」兩句思接萬古，詩句所提出的問題是兩個永無答案的謎團，目的是將宇宙與人生一併思考，同時引出下面四句。「人生代代無窮已，江月年年望相似」兩句，「羨宇宙之無窮，哀吾生之須臾」，是說宇宙地老天荒，人生易

老，但人生一代接一代繁衍生息，永無止境。宇宙無窮，人生短暫，但詩人從「代代無窮已」的人生與「年年望相似」的明月共存的現象中，得到一種欣慰，詩句哀而不傷。「不知江月待何人，但見長江送流水」，詩句所表達的意思是：月亮多情待伊人，春江長流人未見，暗寫遊子與思婦思念之情綿綿不絕。

　　白雲一片去悠悠，青楓浦上不勝愁。
　　誰家今夜扁舟子？何處相思明月樓？

　　遊子好似白雲一片悠然離去，青楓浦上思婦不勝憂愁。哪家的遊子今晚乘著小船在外漂流？什麼地方有人相思在樓上月光中？這四句是詩人有感而發，抒發遊子和他心上人的離別之恨、相思之愁。「白雲」悠然，以喻遊子。「不勝」是經不起的意思，言相思之苦難以承受。「扁舟子」，即小船。張孝祥〈念奴嬌〉詞云：「玉鑒瓊田三萬頃，著我扁舟一葉。」「扁舟」、「明月樓」，言相思在兩地，與李清照「一種相思，兩處閒愁。此情無計可消除，才下眉頭，卻上心頭」（〈一剪梅〉）意思相近。

　　可憐樓上月徘徊，應照離人妝鏡臺。
　　玉戶簾中卷不去，擣衣砧上拂還來。
　　此時相望不相聞，願逐月華流照君。
　　鴻雁長飛光不度，魚龍潛躍水成文。

　　可憐樓上來回移動的月光，應該照耀著離人的梳妝台。輕捲華麗閨房的門簾，卻捲不去月光；用衣袖拂去月光，它又回到了擣衣板上。這時遙遙相望卻不知音訊，真希望隨著月光照在你的身上呵。可

路途遙遠，連善於長飛的大雁都不能飛出無邊的月光，連善遊的魚龍也只能掀起一層層波紋卻游不到你的身邊，我又怎麼能和你相會呢？「可憐樓上月徘徊」，取曹植「明月照高樓，流光正徘徊」之意。「徘徊」一詞用擬人手法，寫月光「同病相憐」，不忍離去，它要和思婦作伴，為她解愁，因而揮之不去。「卷不去」、「拂還來」兩個細節描寫，逼真地表現出思婦的癡情和煩心，渲染出這位少婦無法解脫的離愁。「此時相望」以下四句寫閨中少婦三發奇想，以解思念之愁：一願追隨並化作月光照耀著遊子；二願大雁傳書，共敘深情；三願學魚龍遠遊，游到丈夫的身旁。無奈思之愈深，失落感愈加強烈，「光不度」、「水成文」，真所謂「剪不斷，理還亂」！

　　　　昨夜閑潭夢落花，可憐春半不還家。
　　　　江水流春去欲盡，江潭落月復西斜。

　　昨天晚上夢見花朵飄落在悠閑的水潭上，可憐春天過了一半還不見丈夫回家。江水將流盡春光，江潭上月亮一晚一晚地斜落，今日又已西斜。這四句寫愁婦夢見春花飄零，醒後由春花聯想到自己青春白白流逝，丈夫不歸，對月傷感。「夢」字看似虛筆，實為寫實，夢中「閑潭夢落花」意在歲月流逝，青春凋零。在寫法上，夢境與現實虛實相生，景從情出，抒情纏綿悱惻。詩中「可憐」二字再次出現，給女主人翁形象、乃至全詩抹上了一層哀憐、傷感的色彩。「江水流春」兩句寫這位女子面對現實無可奈何的企盼，寫景中抒發出一種難於抑制的傷感。讀其詩句使人很自然地聯想到溫庭筠〈望江南〉中「梳洗罷，獨倚望江樓。過盡千帆皆不是，斜暉脈脈水悠悠，腸斷白蘋洲」的詞句。兩詩相比，張詩稍感含蓄，溫詞尾句較為直白。

斜月沉沉藏海霧，碣石瀟湘無限路。

不知乘月幾人歸，落月搖情滿江樹。

　　斜月下沉，藏於海霧，碣石與瀟湘路途遙遠。今夜不知有幾人能乘著月光回家，但見落月搖盪著離情，月光灑滿江邊的樹林。「沉沉」形容月亮下沉，與「下沉」比，給斜月塗抹上一層情感。「無限路」指路途遙遠，含「路遠莫至之」之意。「搖情」二字描摹出少婦情絲如縷，如夢似幻之態，可感可觸。「情」字是理解最後四句以至全詩最關鍵的一個詞，「情」既指少婦思夫之情，也指遊子思妻之情，還有月光美麗、柔和、溫馨、依偎、不離不棄的純情。程千帆先生《張若虛〈春江花月夜〉集解》引清代王堯衢評點曰：「此將春江花月一齊抹倒，而單結出一情字，可見月可落，春可盡，花可無，而情不可得而沒也。」評點真深得該詩的要旨，其見地使人敬服。

三　寫法賞析

　　一、全詩以春江月夜為背景，描寫春潮如夢似幻美麗的畫卷，以此烘托主人翁的兒女情長。詩人描寫春潮磅礡的氣勢、明月活脫的英姿、波光萬里的景象、江天一色的清純等，為詩中少婦相思作了很好的鋪墊，正所謂「春色惱人眠不得，月移花影上欄杆」，詩自然過渡到「誰家今夜扁舟子？何處相思明月樓」的主題。

　　二、寫景以月為中心，寫月以情為歸屬，落筆離情，彰顯主題。詩由春潮美景寫到明月，由明月寫到孤月，由孤月寫到離人，由離人抒發離情，一環套一環，環環相扣。詩鋪陳春潮美景是烘托離情萌發（以致爆發）的環境，描寫月色是為了帶出「孤月」，點出孤月是為了過渡到離人，寫離人目的是為了抒發離情別恨。這種景隨情移，層

層推進的寫法，妙在情景交融、虛實相生、聯想自然、結構天成、題旨清晰。由孤月聯想到離情是我國古典詩詞創作常見的表現手法。

三、把宇宙與人生一併思考，在大自然景象中悟出人生哲理，拓展讀者回味、聯想的空間，迴盪作品的意韻和大氣。「江畔何人初見月？江月何年初照人？人生代代無窮已，江月年年望相似。不知江月待何人，但見長江送流水。」這六句詩人把人類與大自然進行對比，探尋宇宙的奧秘，抒發明月依舊、江水長流、人生易老但代代繁衍生息的哲理情懷。應當說這層詩意不但未脫離主題，而且是從廣大的時空表現了主題——宇宙永恆，人生苦短，夫妻分離，「海棠憔悴牡丹愁，只恐韶光容易老。」有人說這首詩「詩中有詩」，指的就是這層詩意。

四　宮體詩說及其反對意見

清末學者王闓運在〈論唐詩諸家源流〈答陳完夫問〉〉中說：「張若虛〈春江花月夜〉用《西洲》格調，孤篇橫絕，竟為大家。李賀、李商隱挹其鮮潤；宋詞、元詩盡其支流，宮體之巨瀾也。」王氏首次大膽極力推崇〈春江花月夜〉一詩，至此初步確定了張若虛這首詩的文學地位，正由於此，後來才有了「盛唐第一詩」、「春風第一花」、「孤篇蓋全唐」等評價，功勞不可沒。聞一多先生在〈宮體詩的自贖〉一文中也對該詩評價極高。他說：「詩中有的是強烈的宇宙意識，被宇宙意識昇華過的純潔的愛情，又由愛情輻射出來的同情心，這是詩中的詩，頂峰上的頂峰。」他還說：有了〈春江花月夜〉這樣一首詩，「向前替宮體詩贖清了百年的罪，因此，向後也就和另一個頂峰陳子昂分工合作，清除了盛唐的路。」王闓運、聞一多都認為〈春江花月夜〉是宮體詩，這一見解得到很多學者的認可，但也有不

少學者反對。當代學者程千帆先生認為：「在歷史上，宮體詩有它明確的定義」，其內容是「上乎衽席之間」，「思極閨闈之內」，而風格是輕靡、妖豔。他認為，「宮體詩和另外大量存在的愛情詩以及寓意閨闈而實別有托諷的詩是有本質上區別的，在描寫肉欲與純潔愛情所使用的語言以及由之而形成的風格也是有區別的，不應混為一談。」筆者對宮體詩沒有專題研究過，不敢妄自評論，本文賞析取程千帆先生的觀點。

孟浩然

過故人莊

故人具雞黍①，邀我至田家。

綠樹村邊合②，青山郭外斜③。

開軒面場圃④。把酒話桑麻⑤。

待到重陽日，還來就菊花⑥。

注釋 ①具：準備，置辦。雞黍（ㄕㄨˇ）：泛指飯菜。黍，黃米。②合：環繞，環抱。③郭：原指外城，這裡指城牆。④軒：窗子。面場圃：面對打穀場和菜園。⑤把酒：端著酒杯。⑥就：靠近。

一　題解與詩人仕途的小故事

〈過故人莊〉是孟浩然山水田園詩的代表作。詩題中的「過」是探望的意思，「莊」即莊園。詩題「過故人莊」即拜訪老朋友於莊園。

孟浩然（西元 689～740 年），湖北襄陽人。他從小在家苦讀，曾一度隱居鹿門山。四十歲到長安求仕。據傳，他應邀來到王維署中，正逢唐玄宗駕到，孟浩然因害怕躲在床後，玄宗命他出來，問他最近作過哪些詩。孟浩然便怯生生地吟誦了〈歸故園作〉。其詩云：

北闕休上書，南山歸敝廬。
不才明主棄，多病故人疏。
白髮催年老，青陽逼歲除。
永懷愁不寐，松月夜窗虛。

唐玄宗聽後，對「不才明主棄」一句很是生氣，其出仕願望開步遇阻。他在長安曾給張九齡獻過一首〈臨洞庭〉的詩。詩云：

八月湖水平，涵虛混太清。
氣蒸雲夢澤，波撼岳陽城。
欲濟無舟楫，端居恥聖明。
坐觀垂釣者，徒有羨魚情。

詩的後四句明顯表露出詩人有心入仕，無人引薦的苦悶。有人說這是一首求仕詩，一點也不錯。後來張九齡做荊州長史時，曾引他做過幕僚，但時間很短，孟浩然便隱居了。孟浩然經歷比較簡單，除在長安、洛陽謀取功名和在吳越湘閩作過一次漫遊外，其餘時間都在襄陽度過。

孟浩然是唐代大量寫作山水田園詩的第一個詩人，繼謝靈運之後，開王維山水詩的先聲，李白、杜甫、王維等大詩人對孟浩然的評價很高。

二　全詩串講

故人具雞黍，邀我至田家。

　　開篇寫老朋友備辦飯菜，殺雞備黍，盛情邀請詩人到莊園作客，共敘舊情。「殺雞具黍」為農家待客之豐餐。《後漢書》載：范式與張劭為友，相約兩年後訪劭。至期，劭請其母殺雞為黍備餐。詩句跳躍著歡暢的音符，故人熱情邀請，客人欣然赴約，朋友久別重逢，好不愜意。孟浩然長期隱居鹿門山，一生未仕，未沾官腐氣，他的朋友多為地方紳士、莊園主、詩人，開懷暢飲，自然相投。

　　　綠樹村邊合，青山郭外斜。

　　三、四句寫景：蒼翠欲滴的樹兒環繞農家莊園，遠處一抹青山斜立在城牆之外。這是故園莊的遠景，好一派開闊、悅目、美妙的農村風光：青翠、安閒、淡雅，令人神清氣爽。孟浩然是描寫田園風光的高手，有時詩人隨意拈來，極顯境界，如「風鳴兩岸葉，月照一孤舟」（〈宿桐廬江寄廣陵舊遊〉）、「荷風送香氣，竹露滴清響」（〈夏日南亭懷辛大〉）、「野曠天低樹，江清月近人」（〈宿建德江〉）、「天邊樹若薺（ㄐㄧˋ，一種野菜），江畔舟如月」（〈秋登蘭山寄張五〉）。

　　　開軒面場圃，把酒話桑麻。

　　五、六句最顯農家風味：推開窗戶，場圃在目，舉杯共飲，話及桑麻。農家有農家的環境，農家有農家的語言，只有深入生活，才能寫出這樣充滿農村氣息的詩句來。寫詩最忌矯揉造作，「清水出芙蓉，天然去雕飾」才是真正的好詩。東晉田園詩人陶淵明「榆柳蔭後簷，桃李羅堂前……狗吠深巷中，雞鳴桑樹顛」（顛同「顛」。〈歸田園居〉第一首），以榆柳桃李、雞鳴狗吠入詩，卻充溢著詩情畫意，與「五柳先生」的詩比，自然清新，一脈相承。

待到重陽日，還來就菊花。

　　寫依依惜別。老朋友重逢，相會恨短，於是相約明年重陽節再次相會痛飲。九月九日重陽節，古人有賞菊花、飲菊花酒的習俗，相約這一天，十分自然。有人深挖「菊花」的象徵意義，說「菊花」是本詩的靈魂，關乎詩人的性格與歸隱思想，是否恰當，值得考量。詩中的「就」字倒值得品味。詩家們對「就」字頗有心得。據說孟浩然死後，他的友人王士源蒐集整理他的詩稿，發現「還來」後少了一個字，補上這個字頗費周折，於是大家猜想這個字，先後用了「賞」、「詠」等字，又覺得太直，缺少韻味，最後定為「就」字。「就」字好在哪裡呢？筆者認為：一、「就」字語意較泛，給讀者以想像的餘地，可涵蓋「賞」、「飲」、「詠」等字義，可涵蓋「交接」（《唐詩三百首新注》）、靠近，含有不邀自來等意思；二、「就」字更能表達「菊花」的招引、主人的邀請、詩人的興致和主客之間的深情厚意。

三　孟詩簡評

　　這首詩歌頌了朋友之間的真摯友情，流露出詩人對美好大自然、農村簡樸生活和純情的嚮往，表現了詩人超脫的心境，是一首歸隱的樂章。

　　〈過故人莊〉最能體現孟詩「語淡而味不薄」（沈德潛《唐詩別裁集》）的特色，全詩用詞平淡，敘事悠然，自然流暢，全無渲染雕琢的痕跡，而感情真摯，涵義雋永，耐人尋味。聞一多先生在《唐詩雜論》中說：孟浩然不是將詩緊緊地築在一聯或一句裡，而是「將它沖淡，平均散在全篇裡，淡到看不見詩了，才是真正孟浩然的詩」，這一評價可謂深得孟詩。當然，聞一多的論詩是就孟詩的整體而言，

孟詩中還有一些詩不是以平淡見長，有時技巧還很突出，如前面引用的〈臨洞庭〉就寫得氣勢磅礴，格調雄渾，洞庭湖的自然偉力和作者的用世之志在詩裡得到含蓄有力的表現，可惜這類詩為數極少。孟浩然的詩缺點也非常明顯，那就是詩所表現的內容不夠豐富，極少反映廣闊的社會面貌，也缺少氣象宏偉的巨制，這與他長期隱居鹿門山，生活平淡，社會閱歷不夠複雜不無關係。

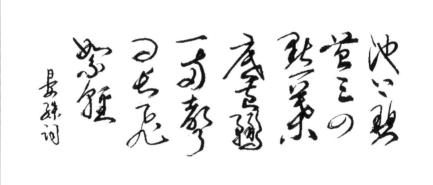

池上碧苔三四點，葉底黃鸝一兩聲，日長飛絮輕。　　　（晏殊／破陣子／作者手稿）

王昌齡

出塞

秦時明月漢時關，萬里長征人未還。

但使龍城飛將在①，不教胡馬度陰山②。

注釋 ①但使：只要。龍城：地名，今遼寧省朝陽縣境內。飛將：指李廣，匈奴畏懼李廣，號之曰「漢之飛將軍」。②不教：不叫，不讓。胡馬：此指匈奴騎兵軍隊。胡，古代泛指北方和西北方的少數民族。度：越過。陰山：指陰山山脈，大部在今內蒙古境內，漢時匈奴常常從這裡南下侵擾中原地區。

一　作者簡介與題解

　　王昌齡（約西元 698～757 年）是唐代著名詩人、七絕高手。字少伯，陝西長安人。玄宗開元十五年中進士，開元二十二年中宏詞科。初補秘書郎，調氾（ㄈㄢˋ）水尉，謫嶺南。後任江寧丞，又因事貶龍標（今湖南黔陽縣）尉，世稱王江寧、王龍標。後棄官隱居江夏，「安史之亂」後，為刺史閭丘曉所殺。

　　詩題「出塞（ㄙㄞˋ）」，意謂出關塞征戰，這是一個常見的詩題。該詩反映了作者對駐守邊疆的將士們久征未歸的同情，表達了詩人希望朝廷起任良將，早日平息邊塞戰爭，使國家得到安寧、人民過上安定生活的美好心願的愛國之情。這首七言絕句被明代詩人李攀龍推為唐代七絕壓卷之作。李未陳明理由，恐世人「仁者見仁，智者見

智」，這是他的高明之處。

二　全詩串講及翻譯

　　　　秦時明月漢時關，萬里長征人未還。

　　明月還是秦漢時的明月，關塞還是秦漢時的關塞，萬里征戰，人
卻不見回來。「秦時明月漢時關」，在修辭上叫互文見義，即「秦漢明
月秦漢關塞」。此句含有明月如故，雄關依舊，邊塞形勢卻今非昔比
之意。「明月」和「關」在邊塞是耀眼的景物，常出現在邊塞詩中。
如「關山夜月明，秋色照孤城」（西漢王褒〈關山月〉）、「關山萬里不
可越，誰能坐對芳菲月」（隋代盧思道〈從軍行〉）、「隴頭明月迥臨
關，隴上行人夜吹笛」（王維）、「青海長雲暗雪山。孤城遙望玉門關」
（王昌齡）。作者寫明月和關，並分別冠以表時間的修飾成分「秦」
和「漢」，把古今戰爭串了起來，形象地表達出邊塞戰爭的漫長，從
而引起人們無限的聯想。「萬里長征人未還」非寫實，是誇張的手
法。「萬里」，指將士們征戰的距離，突出空間的遼闊。這兩句勾勒出
一幅冷月照邊關蒼涼寥廓的景象，讀者彷彿一下置身於廣漠無垠的古
戰場，感受到戰爭的艱難與悲涼。怎樣才能避免連綿不斷的戰爭呢？
詩人的救世良方隱藏在下句。

　　　　但使龍城飛將在，不教胡馬度陰山。

　　只要衛青、李廣等良將在，絕不讓外族侵略者的鐵蹄越過陰山。
因衛青在龍城成功地襲擊過匈奴的大本營，詩人以城代將。中學教材

的這種解釋值得商榷。一般認為「龍城飛將」指李廣。漢文帝、景帝、武帝時，李廣「居右北平」，「與匈奴大小七十餘戰」，威震西北方，匈奴畏李廣，號之曰「漢之飛將軍」。「胡馬」是中原地區對北方少數民族軍隊的統稱，因漢代北方的主要威脅是匈奴，這裡特指匈奴軍隊。匈奴常越過陰山，進行戰爭侵擾。這兩句借古諷今，希望統治者能發現並重用像李廣一樣的將才，同時也表現出詩人對無休止戰爭的擔憂與憤慨。

三　藝術特色

　　這首詩在藝術表現上最大的特色是起筆宏大高遠，旋律雄渾，既有深沉的歷史感，又有強烈的人民性。「秦時明月漢時關，萬里長征人未還」，一下子就把讀者的視線推向遙遠的戰場，又猛然拉回現實，征戰時間之長，征戰代價之大，盡在起筆中。後兩句當為統治者獻言獻策，關乎百姓的生死存亡，是民心所向、眾望所歸。寫出這樣氣勢雄渾、意境宏大、語言鏗鏘，既為上又為下的七言絕句，也許非王昌齡莫屬。

附　岑參〈逢入京使〉①

故園東望路漫漫②，

雙袖龍鍾淚不干③。

馬上相逢無紙筆，

憑君傳語報平安。

注釋　①此詩作於詩人赴安西（今新疆境內）途中，充滿濃郁的邊塞生活氣息，表達了思鄉之情。②故園：指長安。③龍鍾：沾濕。

王昌齡

採蓮曲

荷葉羅裙一色裁①，

芙蓉向臉兩邊開②。

亂入池中看不見③，

聞歌始覺有人來。

注釋　①羅裙：絲綢製成的裙子。②芙蓉：即荷花。③亂入：雜入。

一　題解

　　王昌齡詩今存一百八十餘首，基本分為兩類，一類是以〈出塞〉、〈從軍行〉（詩組）為代表作的邊塞詩，一類是描寫婦女生活的詩，代表作有〈採蓮曲〉、〈越女〉等。〈採蓮曲〉是寧府詩舊題，又稱〈採蓮女〉，內容多描寫江南水鄉風光、採蓮女子勞動生活情趣以及她們純潔的愛情等。採蓮女是許多詩人描寫的題材。王昌齡〈採蓮曲〉描寫採蓮女的美麗天真和水鄉歡樂的生活，給人以清新優美的感受。

二　全詩串講及翻譯

　　　　荷葉羅裙一色裁，芙蓉向臉兩邊開。

　　採蓮女的羅裙與池中的荷葉渾然一體，就像一色布料裁剪縫製而成，美麗的芙蓉花在她們臉頰的兩邊朵朵綻放。詩中採蓮女綠色的裙子與荷葉的綠色、採蓮女紅暈的臉蛋與芙蓉花奪目的豔麗交相掩映，成為水鄉一道獨特的風景線，而採蓮女則是一望無垠荷花中的仙子，這種浪漫的觀察和想像十分得體，給人以美好的遐思。

　　　　亂入池中看不見，聞歌始覺有人來。

　　人花一色，眼花繚亂，只有〈採蓮曲〉隨風飄來，才始覺有採蓮女徐徐而至。「亂入」是雜入的意思，含眼花繚亂之意。後兩句繼續寫採蓮女的美麗與可愛，頗有意思的是，前面荷花中還隱隱約約露出臉來，後面整個人兒隱入荷中，與美麗的大自然融為一體，讓觀望者聞歌神馳，佇立凝望，陷入遐思而不能釋懷。

三　品味詩的主題

　　初讀這首小詩，似乎覺得全詩都是寫採蓮女的美麗可愛，別無他意，細細品味，讀者就會從字裡行間感受到鄉村濃郁的生活氣息：水鄉風光如畫，景色宜人，採蓮女心曠神怡，完全陶醉在勞作之中。田田的荷葉是她們的美麗的衣裳；絢麗的荷花是她們綻放的笑容；勞動的歌聲是她們飛揚的青春；愛水鄉、愛生活、愛勞動是她們歡樂、幸

福的精彩人生。

四　佳作比較

　　王昌齡確實是描寫婦女生活的高手，再看〈越女〉一詩：

　　　摘取芙蓉花，莫摘芙蓉葉。
　　　將歸問夫壻：「顏色何如妾？」

　　〈採蓮曲〉和〈越女〉兩首詩共同點是，描寫對象都是青年婦女
及荷花，表現女子的花容月貌和生活情趣，不同的是〈採蓮女〉採用
的是「後臺」描寫，自始至終詩人未讓人物在前臺亮相；〈越女〉採
用前臺描寫，採用問而不答的形式，表現手法不同，收到異曲同工的
藝術效果。王昌齡這類詩往往是通過精選一個細節，刻畫人物的語言
或容貌，從而反映人物的內心世界，讀來自然、清新，非「宮娥詩」
所能比。

王維

九月九日憶山東兄弟

獨在異鄉為異客①，每逢佳節倍思親②。

遙知兄弟登高處③，遍插茱萸少一人④。

注釋 ①異客：指身處異地，有為客之感。②佳節：指重陽節等傳統節日。③
登高：古人有重陽節登山飲菊花酒的習俗。④茱萸：草本植物，有香味，舊時
常用來祛邪。

一 作者簡介與題解

　　王維（西元 701～761 年）是唐代山水田園詩派代表詩人。字摩
詰，外號「詩佛」，太原祁（今山西省祁縣）人。父親早逝，母親奉
佛。王維少年通曉音律。二十歲時，舉進士，任太樂。因伶人舞黃獅
子事受牽累，被貶為濟州（今山東省長清縣）司庫參軍。張九齡執政
時，王維上書引薦，提升為右拾遺，轉監察御史、吏部郎中、給事中
等。張九齡罷相後，他過著一種亦官亦隱的生活。其間出使過涼州，
時間較長，瞭解邊塞生活。「安史之亂」被迫受偽職。肅宗回京後。
他一度被貶，最後升至尚書右丞。卒於官，年六十一歲。

　　王維存詩四百餘首。邊塞詩多寫邊塞風光，征戰艱難，是王維詩
中思想性、進取心較強的部分，藝術性也很高。山水田園詩在其詩集
中超過一半，這些詩氣魄宏大，意境開闊，畫感特強，寥寥數語，山

川之美、生活情趣，躍於目前。王維不僅通曉音律，長於寫詩，而且工於作畫。蘇軾說：「味摩詰之詩，詩中有畫，觀摩詰之畫，畫中有詩。」這一評價之中肯，贏得後世的讚譽。

這首詩是王維十七歲時的作品，是詩人長安遊學時所作的一首七言絕句。古人以九為陽數，九月九日，即是重陽節。「山東」指華山以東的地區，是作者的故鄉。這是一首典型的懷鄉思親之作。

二　全詩串講及翻譯

　　　獨在異鄉為異客，每逢佳節倍思親。

　　獨自飄零在異地，作客他鄉，每次逢上美好的節日就倍感思念自己的親人。「獨」是單獨、獨自的意思，寓孤單、孤獨之意。兩個「異」字用詞巧妙，極寫身處異鄉生疏不適的孤獨感和思親之情，與下句的「倍」字相呼應。自然這種孤獨感不是節日才有，而是佳節尤甚。不同地域之間因風土、風俗、語言、習性、交往等差異，離開多年生活的故鄉去外地，會有一種身似浮萍的感覺。「每逢佳節倍思親」是人之通感，極易撥動遊子思親之情，加之用語自然曉暢，千百年來也就引起人們廣泛的共鳴，成為膾炙人口的名句。十七歲在出世之前，王維應在長安求學，小小年紀能寫出這樣感人肺腑的詩句，可見詩人寫詩的潛能非同一般。

　　　遙知兄弟登高處，遍插茱萸少一人。

　　雖然彼此相隔遙遠，但我已感知兄弟們登高遍插茱萸時若有所

失，那就是不見身處異地的我啊！舊時重陽節，古人有登高飲菊花酒的習俗，「遍插茱萸」為當地驅邪的風俗。晉代周處〈風土記〉云：「以重陽相會，登山飲菊花酒，謂之登高會，又云茱萸會。」唐朱放詩云「那得更將頭上髮，學他年少插茱萸」。唐張籍〈烏衣巷〉詩云：「西山作宮潮滿地，宮鳥曉鳴茱萸枝。」「遙知」二句是從想像的角度，幻化出兄弟共樂的場面，表達「共樂而缺一」的人生缺陷感，讀之令人心顫！這兩句與杜甫「遙憐小兒女，未解憶長安」（〈月夜〉）寫法相同，但王詩更顯曲折、別致。

三　作品構思簡析

這首詩共四句，分兩層：一、二句為第一層，是從作者個人感受的角度抒發思親之情。初出遠門，他鄉獨自為客，孤獨難耐，重陽佳節已到，思念之情倍增。三、四句為第二層，「遙知」一轉，不言重陽節「我」思兄弟而言兄弟遍插茱萸少我一人，是從兄弟思「我」的角度抒發思親之情。同寫思親，一分為二，這樣安排，曲折有致，更顯情深，構思十分巧妙。

附　王維〈相思〉①

紅豆生南國②，春來發幾枝？

願君多採擷③，此物最相思。

注釋　①詩寫相思之情。②紅豆：紅豆樹，喬木，產於南方。其果實也叫紅豆，鮮紅渾圓，晶瑩如珊瑚。紅豆在古代文學作品中象徵愛情與相思。③採擷（ㄐㄧㄝˊ）：採摘。擷，摘下，取下。

王維

送元二使安西

渭城朝雨浥輕塵[①]，客舍青青柳色新[②]。
勸君更盡一杯酒[③]，西出陽關無故人[④]。

注釋 ①渭城：古縣名，在今陝西省咸陽市東北，渭水北岸。浥（一ˋ）：濕潤。②客舍：這裡指餞別的處所。③君：你。此指元二，作者的同事和朋友。④陽關：古關名，在今甘肅省敦煌西南。

一　題解

　　這是王維於長安送友人去邊塞──陽關時寫的一首七言絕句，後譜入樂府，取首句二字題為〈渭城曲〉。「元二」是作者的友人。「使」是出使的意思。「安西」：即安西都護府的治所，在今新疆維吾爾自治區庫車縣境。

二　全詩串講及翻譯

　　　渭城朝雨浥輕塵，客舍青青柳色新。

　　渭城早上下了一場雨，雨水洗去了空中輕薄的飛塵，客舍透出青青的本色，楊柳如初春新色一般喜人。這兩句寫景，交代時令、天

氣、送別地點。開篇描寫尋常景物，但緊扣惜別：空氣清爽，景色宜人，令人依依不捨，楊柳入詩，更添惆悵。詩句暗含不忍離別之意，惆悵、關心、擔憂盡在狀景之中。

　　　勸君更盡一杯酒，西出陽關無故人。

　　勸君再痛飲一杯，這一去，邊塞陽關就沒有老朋友在你身旁，只有孤寂與荒涼了。送別四言詩，如一、二句寫景，三、四句一般是贈言，多寫希冀、囑託之類。此詩不落窠臼，用勸酒的形式，言酒後一別，天各一方，其離愁別緒更勝千言萬語。「勸君更盡一杯酒」之妙，妙在以酒消愁，妙在寓囑託於酒中。這酒就像浸透了詩人全部情義的瓊漿玉液，溫暖著朋友的心房。

　　陽關地處河西走廊西頭，漢代以來，一直是內地通往西域的險道。唐國勢強盛，內地與西域交流加快，戍邊陽關，在時人心目中是令人嚮往的壯舉。但陽關以西還是窮荒蠻野，「西出陽關無故人」，是詩人在朋友臨行前友情的總爆發，只此一句，勝過千囑萬托。同是唐人贈別詩，王勃筆下是「海內存知己，天涯若比鄰」（〈送杜少府之任蜀川〉）、高適筆下是「聖代即今多雨露，暫時分手莫躊躇」（〈送李少府貶峽中王少府貶長沙〉）、李白筆下是「桃花潭水深千尺，不及汪倫送我情」（〈贈汪倫〉）、劉長卿筆下是「長江一帆遠，落日五湖春」（〈餞別王十一南游〉）、王維筆下是「勸君更盡一杯酒，西出陽關無故人」。贈別對象不同，詩人思想、心境、用意、形象思維不同，詩意千差萬別，這些名句可謂千花競放，搖曳多姿，醉人心脾。

三　本詩廣泛流傳的原因

這首詩流傳十分廣泛，劉禹錫〈與歌者何勘〉詩云：「舊人惟有何勘在，更與殷勤唱〈渭城〉」；白居易〈晚春欲攜酒尋沈四著作〉：「最憶〈陽關〉唱，珍珠一串歌。」；〈對酒〉有「相逢且莫推辭醉，聽唱〈陽關〉第四聲」；李商隱〈飲席戲贈同舍〉：「唱盡《陽關》無限疊，半杯松葉凍顏黎（狀如水晶的寶石）。」；〈贈歌妓〉詩有「斷腸聲裡唱陽關」；元〈陽春白雪集〉錄有〈陽關三疊〉（附後）。本詩影響如此之大，在詩壇亦不多見，究其原因主要有三：從全詩看，是詩與畫、詩與音樂的完美結合。王維精通詩、畫，長於音樂，寫詩自然「詩中有畫」，音調和諧。這首詩無疑是一幅繪聲繪色的七言絕唱，令人賞心悅目，這是本詩廣泛流傳的基礎和前提。從「勸君更盡一杯酒，西出陽關無故人」這一名句看，詩句不僅蘊含著詩人深沉的憂慮，也浸透著對朋友的誠摯感情，同時飽含著對國家和平安寧的美好期盼，詩句將個人、友情、國家融合在一起，這正是〈渭城曲〉影響力經久不衰的源泉。三、正因為以上兩點，〈渭城曲〉經人改編譜入樂府後定格的〈陽關三疊〉更是順風揚帆，風靡歌壇、市井，這是內力與外力形成的強大合力。

附　〈陽關三疊〉

渭城朝雨，一霎浥輕塵。更灑遍客舍青青，弄柔凝，千縷柳色新。更灑遍客舍青青，千縷柳色新。休煩惱！勸君更盡一杯酒，人生會少，自古功名富貴有定分，莫遣容儀瘦損。休煩惱！勸君更盡一杯酒，只恐怕西出陽關，舊遊如夢，眼前無故人！只恐怕西出陽關，眼前無故人！（見元《陽春白雪集》）

王維

鹿柴

空山不見人，但聞人語響①。

反景入深林②，復照青苔上。

注釋 ①但：只。②反景：指日光反照。景：同「影」。

一　題解

　　鹿柴，又作「鹿砦」，是輞（ㄨㄤˇ）川（陝西藍田）的地名。王維在輞川有一所別墅，在那裡「與裴迪閒暇，各賦絕句」。一說是養鹿的地方，柴，同「寨」。作者《輞川集》有詩二十首，從小序看，這二十首詩是作者寫給友人裴迪的，詩中收錄了裴迪的唱和詩。本詩描寫鹿柴傍晚時分的瞬間景色，塗抹著詩人「空」、「靜」、「幽」的主觀感受。

二　全詩串講及翻譯

　　　　空山不見人，但聞人語響。

　　空空蕩蕩的深山看不到人的影子，突然聽到有人在喧嘩。這兩句從視覺和聽覺的角度，突出「空」和「靜」，而「空」與「靜」正是

王維與唱和者所嚮往、追求的境界。詩人仕途坎坷，無奈現實使他看不到希望，於是沉迷空門境界，尋求解脫。王維詩特別喜歡用「空」字，如「空山新雨後，天氣晚來秋」（〈山居秋暝〉）、「人閑桂花落，夜靜春山空」（〈鳥鳴澗〉）、「自顧無長策，空知返舊林」（〈酬張少府〉）、「山路元無雨，空翠濕人衣」（〈山中〉）、「郡邑浮前浦，波瀾動遠空」（〈漢江臨眺〉），詩雖意境不同，但都瀰漫著一種空空如也的薄霧。〈輞川集〉中詩人頗有一種忘情塵世的情感，甚至流露出幻滅之感。如：「來者復為誰，空悲昔人有」（〈孟城坳〉）、「湖上一回首，山青卷白雲」（〈欹湖〉）。「逶迤南川水，明滅青林端」（〈北垞〉）「木末芙蓉花……紛紛開且落」（〈辛夷塢〉）。這些詩句反映出王維向佛遁世的思想，較為消極。

　　　　反景入深林，復照青苔上。

　　落日的餘暉映入深林，返影復投在青青的苔蘚上。最後兩句突出幽深。粗看似乎覺得這一抹斜暉給幽暗的深林帶來了光亮、暖意和生機，細細品味，無論是詩的主觀意圖，還是客觀效果恰恰相反，一線光亮轉瞬消失，隨之而來的便是漫長的幽暗。

三　藝術特色

　　這首詩是詩人偶聞瞬見速成之作，但很有特色。

　　特色之一：以動襯靜。人處空山，萬籟俱寂，因為太靜，突如其來的「人語響」就使人感到突然，感到好奇。空谷傳音，愈見空谷之空，空山人語，愈見空山之寂。「蟬噪林愈靜，鳥鳴山更幽」（南朝梁王籍〈入若耶溪〉）表現的正是這種感覺。

特色之二：以亮襯暗。深山樹木遮天蔽日，暗淡無光，突然一抹餘暉掠過，但見影入深林，短暫的光亮更添空山的幽深和靜謐。有比較，才有鑒別，一味的幽暗有時反倒使人感官疲勞，不易覺察。而當一線光亮劃破幽林，哪怕是眨眼之間，也逃不過人的視覺，光亮消失，反使人覺得之前之後深林幽暗。但寫詩也許不同，無聲的寂靜、無光的幽暗，一般人都易入詩，有聲的寂靜，有光的幽暗，則常被人忽視。王維以他畫家、音樂家對色彩和聲音的高度敏感，才捕捉到「空山人語響」和「反景入深林」一剎那間的妙境。

特色之三：天然偶成。古語云，「文章本天成，妙手偶得之。」好詩大多如此。〈鹿柴〉一詩，詩人抓住瞬間稍縱即逝的景象，一氣呵成，絲毫不見雕琢的痕跡。取景，就在目前；時間，彈指之間；語言，明白如話。再看結構，第一句寫「不見人」，第二句寫「聞人語」，第三句寫影入林，第四句寫投影在青苔，如同山泉暢流，好似白雲出岫。如果說前兩句側重寫幽靜，後兩句側重寫幽暗，那麼全詩則均落筆在靜美和幽美上。

特色之四：詩中有畫。這首詩四句均可單獨成畫，而整體更是一副絕妙的鹿柴風光畫。畫面開闊而幽深，無人卻有影，林暗卻有光，若大師潑墨，當妙不可言。這是深山獨有的靜美，也是深山獨有的幽美，朦朧中透出詩人自感欣慰的空靈美。

四　作品簡評

這首詩給人一種亦虛亦實，瞬息變幻，不可捉摸的感覺，這是詩人受佛教影響的結果。王維的母親奉佛三十多年，潛移默化地影響著他。「安史之亂」後，王維再次貶官，已心灰意冷，過著一種半官半隱的生活，與道友裴迪，浮舟往來，彈琴賦詩。實際上王維晚年已是

一個虔誠的禪宗信徒，他的詩已流露出遁世、向佛的消極思想。學習本詩，應在瞭解王維複雜的思想基礎上，重點體會其高超的藝術表現技巧。

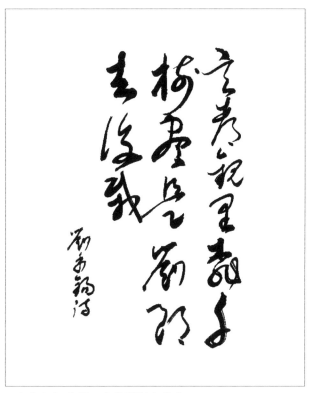

玄都觀裡桃千樹，盡是劉郎去後栽。

（劉禹錫／玄都觀桃花／作者手稿）

李白

行路難

金樽清酒斗十千^①，玉盤珍羞直萬錢^②。

停杯投箸不能食^③，拔劍四顧心茫然^④。

欲渡黃河冰塞川，將登太行雪滿山。

閑來垂釣碧溪上^⑤，忽復乘舟夢日邊^⑥。

行路難！行路難！多歧路，今安在^⑦？

長風破浪會有時^⑧，直掛雲帆濟滄海^⑨。

注釋 ①金樽：盛酒的器具。金，言其貴重。清酒：清醇的美酒。斗十千：一斗（酒）值萬錢，形容酒美價高。②珍羞：珍貴的食品。羞，同「饈」。直，同「值」。③箸（ㄓㄨˋ）：同筋，筷子。④茫然：無所適從的樣子。⑤垂釣：相傳呂尚曾經在磻（ㄆㄢˊ）溪（今陝西省寶雞市東南）垂釣，後遇西伯姬昌（周文王），得到重用。釣，釣絲。⑥夢日邊：相傳商初大臣伊尹將要受湯王的重用時，曾夢見自己乘舟在日月旁經過。這句詩按正常的詞序應作「忽復夢日邊乘舟」。⑦安在：（出路）在什麼地方？安：疑問代詞，哪裡。⑧長風破浪：表示志在四方。《宋書・宗慤（ㄑㄩㄝˋ）傳》記載，宗慤少年時，叔父宗炳問他的志向，他回答說：「願乘長風，破萬里浪。」⑨直掛雲帆濟滄海：意思是說自己一定會排除困難，實現遠大的理想。

一　題解

　　〈行路難〉是漢魏樂府雜曲歌辭，內容多寫世路艱難及離別悲傷之意。李白用這個古樂府為題寫的〈行路難〉共有三篇，是李白於天寶三載（西元 744 年）離開長安時所作，本篇是第一首。本詩以「行路難」喻世道艱難，抒發詩人因受排擠被逐出官場不可抑制的激憤之情，但詩人並不消極，對前途仍充滿信心，表現出詩人倔強、自信和執著追求的個性。

二　全詩串講及翻譯

　　全詩共十二行，可分三段，即四行為一段。

　　　　金樽清酒斗十千，玉盤珍羞直萬錢。

　　金杯中的美酒一斗價高十千，玉盤裡的佳餚價值萬錢。一、二句寫詩人即將離開京城，朋友設盛宴餞行。作品用誇張的手法，言酒食上品昂貴，為下文作鋪墊。

　　　　停杯投箸不能食，拔劍四顧心茫然。

　　詩人面對美酒佳餚，毫無食欲，拔劍消愁，環視四周，一片茫然。這兩句描寫作者心頭的鬱悶與茫然，「停」、「投」、「拔」、「四顧」四個連續的動作，形象地描寫了這種感情激盪的變化。李白年輕時，有很大的政治抱負，他渴望參加政治，曾給韓朝宗和安州裴長史寫過信，希望得到引薦，他的政治理想是「申管晏之談，謀帝王之

術，奮其智能，願為輔弼，使環宇大定，海縣清一」。為此，他曾北遊洛陽，等待機遇。但由於李白採取「不屈己、不干人」的態度去「平交諸侯」，終歸一事無成。直到三十歲左右，由道人兼詩人的吳筠推薦，才被唐玄宗召赴長安。初至京城，太子賓客、大詩人賀知章慧眼識才，贊之曰：「此天上謫仙人也！」賀向皇上引見。玄宗讓之供奉翰林，無非是讓其做一個御用文人，這與李白輔政的抱負相差甚遠，他大失所望。又由於受到權貴的排擠，加之玄宗昏聵，以為他「非廊廟器」，李白只好離開長安，以備不測。從以上分析可以看出，作品中憤懣與茫然，是詩人對昏君的失望、對佞臣的憤慨、對自己輔政願望落空的不甘與擔憂。「停杯投箸不能食，拔劍四顧心茫然」，正是對一個有極大參政熱望的年輕人破滅前程的形象描寫。

以上是一段，寫詩人的鬱悶與茫然，表現詩人不同流俗，傲視上流社會的個性。

　　欲渡黃河冰塞川，將登太行雪滿山。

想渡過黃河，冰封凍了河流。將登太行山，雪堆滿了山巒。「渡黃河」、「登太行」言行路難，加上「冰塞川」、「雪滿山」，是難上加難，言行路難，暗喻仕途艱難。這兩句詩寫本來胸懷大志，可是世道險阻，無法實現。詩人雖離開京城，政治遭受重創，但理想並未徹底破滅，字裡行間滲透出懷才不遇、仕途險惡之苦，也表現出為國出力的強烈願望。

　　閑來垂釣碧溪上，忽復乘舟夢日邊。

閒時學姜太公在碧溪上釣魚，忽然又想起伊尹夢見乘船在日月旁

經過。詩中用了兩個典故。相傳姜子牙曾在磻溪垂釣，後遇西昌伯姬
（即後來的周文王），成就一番偉業。第二個典故是，相傳商初大臣
伊尹夢見自己乘舟在日月邊經過，後得到商王的重用。詩用此兩個典
故，意謂有大才必有識才之明主，只是時機未到，且學呂尚與伊尹，
靜心等待。詩人企圖走終南捷徑，以隱居學道樹立聲譽，直上青雲。

　　以上是第二段，寫世路艱難，表現了作者為國輔政的強烈願望。

　　　行路難！行路難！多歧路，今安在？

　　行路艱難呀！行路艱難！岔路多，出路在何方？詩連呼「行路
難」，並用疑問句「多歧路，今安在」，表現出極度苦悶與傍徨。傳說
中呂尚、伊尹大才遇明主，精神上多少給詩人以慰藉，但當他的思路
一接觸到黑暗的現實，立即感到人生道路的艱難與無奈，頓覺前程多
岔道，茫然不知所向，心潮在尖銳複雜的矛盾中往返迴旋。這種思想
情緒詩人在其他作品中亦有所反應，〈蜀道難〉中是「蜀道之難，難
於上青天，側身西望長諮嗟」、〈行路難〉第二首開篇兩句就是「大道
如青天，我獨不得出」。

　　　長風破浪會有時，直掛雲帆濟滄海。

　　乘長風，破萬里浪，一定會有那一天，到時將高高地豎起風帆，
渡過茫茫的大海，到達彼岸。詩突開意境，引用劉宋時宗愨「願乘長
風，破萬里浪」的言志壯語表達志向，言外之意是：「行路難」是暫
時的，「天生我材必有用」，總有一天我會像呂尚、伊尹、宗愨那樣，
施展大才，為國效力，實現宏大的志願，揚眉吐氣！詩人寄望未來，
心潮澎湃，彷彿大海航行，「風正一帆懸」。

　　李白是富於幻想的詩人，容易將未來理想化。事實上，李白一生
並沒有實現「長風破浪」，「濟滄海」的理想，他在「安史之亂」後的
第二年，在永王李璘麾下做過一段短暫的幕僚，李璘叛軍被肅宗官軍
剿滅後，李白被捕入獄，他多虧無叛亂行為，才倖免一死。雖後又起
用他參謀軍事，但不久又被流放到夜郎（今貴州桐梓一帶），終未實
現其「成功拂袖去，歸入武陵源」的理想。

　　最後一段，寫展望未來，充滿信心。

三　藝術特色

　　其一，以「行路難」喻人生之路艱難險阻。詩處處寫行路難，處
處落筆於世路艱難，「路」字語義雙關。這是文學作品常用的思維方
式。其好處是，語言形象、含蓄，給讀者以想像和再創作的空間，同
時避免了概念化、抽象化的語言。

　　其二，用典貼切自然。詩多次用典，但不露痕跡，恰到好處。初
中文化，若不知典，理解起來，也無障礙，如「閑來垂釣碧溪上」一
句，知典當然更好，倘若不知，也無語言困難。最後兩句「長風破浪
會有時，直掛雲帆濟滄海」，更是如同白話，知典與否，理解起來詩
意差別不大，比起那些生硬用典的詩，讀來會輕鬆許多。

　　其三，大膽誇張，富於幻想。這一點串講部分已涉筆。

李白

夢遊天姥吟留別

海客談瀛洲①，煙濤微茫信難求②。越人語天姥③，雲霞明滅或可睹④。天姥連天向天橫⑤，勢拔五嶽掩赤城⑥。天臺一萬八千丈，對此欲倒東南傾。

我欲因之夢吳越⑦，一夜飛渡鏡湖月⑧。湖月照我影，送我至剡溪⑨。謝公宿處今尚在⑩，淥水蕩漾清猿啼。腳著謝公屐⑪，身登青雲梯⑫。半壁見海日，空中聞天雞。千岩萬轉路不定，迷花倚石忽已暝⑬。熊咆龍吟殷岩泉⑭，慄深林兮驚層巔⑮。雲青青兮欲雨，水澹澹兮生煙⑯。列缺霹靂⑰，丘巒崩摧。洞天石扉⑱，訇然中開⑲。青冥浩蕩不見底⑳，日月照耀金銀台。霓為衣兮風為馬㉑，雲之君兮紛紛而來下㉒。虎鼓瑟兮鸞回車㉓，仙之人兮列如麻。忽魂悸以魄動，怳驚起而長嗟㉔。惟覺時之枕席㉕，失向來之煙霞㉖。

世間行樂亦如此㉗，古來萬事東流水。別君去兮何時還？且放白鹿青崖間㉘。須行即騎訪名山。安能摧眉折腰事權貴㉙，使我不得開心顏。

注釋 ①海客：航海的人。瀛（一ㄥˊ）洲：傳說中東海中的仙山。詳見講析部分，下同。②信：確實，實在。③越人：浙江一帶的人。④明滅：忽明忽暗。或：或許，也許。⑤橫：遮斷。⑥拔：超出。掩赤城：遮蔽了赤城。赤城，和下文的「天臺」都是山名，在今浙江省天臺縣北部。⑦因之：憑藉這。之，代「越人語天姥」。⑧鏡湖：又名鑒湖，在浙江省紹興市。⑨剡（ㄕㄢˋ）溪：水名，在浙江省嵊（ㄕㄥˋ）州南。⑩謝公：南宋詩人謝靈運。⑪屐（ㄐㄧ）：木屐。⑫青雲梯：指高入雲天的高山峻嶺。⑬迷：迷戀。倚：依倚，靠。暝：天黑。⑭殷：形容雷聲震動很大。⑮慄：使……戰慄，與下面的「驚」都是使動用法。⑯澹（ㄉㄢˋ）澹：水波起伏的樣子。⑰列缺：指閃電。列，同「裂」。⑱石扉（ㄈㄟ），石門。⑲訇（ㄏㄨㄥ）然，象聲詞，形容聲音很大。⑳青冥：天空。㉑霓為衣兮風為馬：以彩虹當做衣，以風當做馬。㉒雲之君：雲裡的神仙。㉓鸞（ㄌㄨㄢˊ）回車，鸞鳥駕著車。鸞，傳說中的神鳥。回，轉運，運行。㉔怳（ㄏㄨㄤˇ）：同「恍」。㉕覺時（ㄐㄧˊ）：醒時。㉖向來：原來。煙霞，指前面所描繪的仙境。㉗此：代夢中幻境。㉘白鹿：傳說中神仙和隱者常騎白鹿雲遊。㉙摧眉折腰：低頭彎腰。

一　題解

　　〈夢遊天姥吟留別〉是一首贈別詩，一名〈別東魯諸公〉，又名〈夢遊天姥山別東魯諸公〉，是李白在長安受到權貴的排擠，於天寶四年（西元 745 年）離開長安後，由東魯（今山東省）準備漫遊吳越（今江蘇南部及浙江一帶），臨行前寫給朋友的詩篇。這首詩描繪夢中遊歷天姥山的情形，構思奇特，想像豐富，意境非凡，筆調豪放，理想與現實強烈碰撞，最能代表李白浪漫主義的創作風格。天姥（ㄇㄨˇ）山在浙江省天臺縣西北，傳說山上能聽到仙人天姥唱歌的聲音，山因此得名。

二　全詩講析

全詩分為三段。

　　海客談瀛洲，煙濤微茫信難求。

　　航海的人談起仙境般的瀛洲，大海煙波渺茫，實在難以找到。開篇從虛筆入手，故意跌宕一筆，本道天姥，卻言瀛洲。「瀛洲」，古代傳說中東海有三座仙山：蓬萊、方丈、瀛洲。詩人用傳說中美麗如畫的仙境來襯托高大神奇的天姥山。「信難求」起轉折的作用，詩篇將轉入對天姥山的描寫。

　　越人語天姥，雲霞明滅或可睹。

　　「越人」指浙江一帶的人。「天姥（ㄇㄨˇ）」，即天姥山，在浙江省天臺縣西北。傳說登天姥山的人能聽到仙人天姥唱歌的聲音，山因此得名。「或可睹」接「信難求」而來，上下渾然一體。一「信」一「或」，使人神馳天姥之念。下四句具體狀寫天姥山雄偉險峻的氣勢。

　　天姥連天向天橫，勢拔五嶽掩赤城。
　　天臺一萬八千丈，對此欲倒東南傾。

　　「向天橫」：遮斷天空。橫，遮斷。「勢拔五嶽掩赤城」：山勢高過五嶽，遮蔽了赤城。「五嶽」指東嶽泰山、西嶽華山、南嶽衡山、北嶽恒山、中嶽嵩山。「赤城」和詩中的「天臺」都是山名，在今浙

江省天臺縣北部。這四句用誇張和烘托的手法，描寫天姥山雄奇壯麗，導入夢遊。

以上為第一段，寫入夢之由。

　　　我欲因之夢吳越，一夜飛渡鏡湖月。

　　兩句承上啟下，「夢」字點題。「一夜飛渡」，寫行程之快，表現出詩人愉悅、急切的心情。

　　　湖月照我影，送我至剡溪。

　　名詞「影」和動詞「送」，寫出夢遊者輕飄飄的感覺。「送」字十分傳神，夢境中的詩人不是在走，是在飛，如月光一般恍惚，似影一般輕盈，好不逍遙自在，一如快活神仙。游至剡溪，自然夢見曾到此一遊的謝靈運了。

　　謝公宿處今尚在，淥水蕩漾清猿啼。

　　　腳著謝公屐，身登青雲梯。

　　「腳著（ㄓㄨㄛˊ）謝公屐」中的「謝公」，指南宋詩人謝靈運。傳說他備有一雙特製的木屐（ㄐㄧ），屐底裝有活動的齒，上山時去掉前齒，下山時去掉後齒，上下山活動自如。謝靈運是李白喜愛的詩人，兩人性格和遭遇有相似之處。李白和謝靈運一樣，很高傲，甚至狂妄。謝在爭權奪利中，得罪了權貴蕭霆光，因誣被殺。李白得罪了權貴高力士，不為朝廷所容，憤然離開了京城。由此可見，詩中提及謝靈運並非偶然。詩中的作者已經擺脫了塵世的煩惱，像謝靈運一

樣，陶醉在仙境般的夢幻之中。

　　半壁見海日，空中聞天雞。

　　言飛到陡峭的山腰，看到從海上升起的太陽，聽到山頂上天雞的
報曉。傳說東南有桃都山，山上有棵樹叫桃都，樹枝蔓延三千里。每
當太陽初升，照到這棵樹上，天雞就叫起來，天下的雞也都跟著叫。
這兩句詩突出天姥山的高大和神奇。

　　千岩萬轉路不定，迷花倚石忽已暝。

　　表現夢遊者醉情山水，迷戀奇景之樂。「忽」字寫時間之快，刻
畫出詩人陶醉的神態，也寫出時間的推移和景色應接不暇的特點。

　　熊咆龍吟殷岩泉，慄深林兮驚層巔。
　　雲青青兮欲雨，水澹澹兮生煙。

　　天色已暝，景象陡變，氣氛霎時恐怖：熊在咆哮，龍在低吟，山
巒為之發抖，令人毛骨悚然，更添黑雲翻滾，水霧蒸騰，險象莫測！
詩篇描繪陰暗不明和恐怖的氣氛，襯托出詩人淒涼的心情。

　　列缺霹靂，丘巒崩摧。
　　洞天石扉，訇然中開。

　　「洞天」，道教稱神仙居住的山洞為洞天。這四句寫突然一道閃
電掠過長空，雷聲滾滾，山峰崩裂，洞府石門轟然敞開。下面真是別

有洞天：

> 青冥浩蕩不見底，日月照耀金銀台。
> 霓為衣兮風為馬，雲之君兮紛紛而來下。
> 虎鼓瑟兮鸞回車，仙之人兮列如麻。

　　「金銀台」，金銀築成的宮闕，指神仙居住的地方。「雲之君」，雲中神仙。以上寫洞天所見，是夢遊的最高境界。

　　這奇特、飄忽、多彩的境界，一片光明，仙人們以霓為衣，以風為馬，無拘無束，自由馳騁，逍遙自在。這裡沒有險境，就連塵世間兇殘的老虎也很馴良，成了仙人們的吹鼓手。作者描寫這樣一幅美妙、和諧的仙境，寄託著無限的情懷。李白是一個很有政治抱負的人，他想通過仕途實現「濟蒼生」，「安社稷」的宏偉志願。天寶二年（西元 743 年），經朋友吳筠推薦，被唐玄宗召入長安，做了個翰林供奉（皇帝的文學侍官）。由於李白清高，傲岸，得罪了高力士等佞臣，不得不辭職離京，而玄宗也同意了他的辭呈。李白深感朝廷黑暗，次年便離開京城，對自己的前途一片渺茫。詩人虛構這一仙境，是政治失意後找不到出路，寄託於夢幻，企圖以此逃避現實，解脫自我。

> 忽魂悸以魄動，怳驚起而長嗟。
> 惟覺時之枕席，失向來之煙霞。

　　「悸」，心驚。這幾句寫夢醒時所見。一枕黃粱驚醒，詩人從極樂世界墜入塵世，幻想破滅，空虛陡然而至，理想與現實的強烈反差，反映出詩人政治抱負的落空與失望。

以上為第二段，寫夢遊之境。

世間行樂亦如此，古來萬事東流水。

這兩句的意思是：人世間享樂也不過像夢中幻境，自古以來萬事像向東流逝的水一樣，一去不復返。詩句表現了作者壯志難酬、理想破滅的苦悶，流露出人生如夢、萬事皆非的思想。這種思想與〈行路難〉（其三）中「且樂生前一杯酒，何須身後千載名」一脈相承，是詩人苦悶、彷徨、找不到出路時的自我安慰。

別君去兮何時還？且放白鹿青崖間。
須行即騎訪名山。

詩言此處別君而去，不知何時才能再見面，我暫且把白鹿放在青青的山崖間，想要行走時就騎上牠，去訪問名山。依依惜別，情深意切。李白此去，史載他南遊了揚州、越中、宣城、秋浦，北遊邯鄲、幽州，西遊嵩山，曾去襄陽，最後曾隱居廬山的屏風疊。

安能摧眉折腰事權貴，使我不得開心顏。

最後兩句表現出詩人對當朝權貴的蔑視，反映出詩人絕不與昏暗社會同流合污的反抗精神。李白是浪漫主義詩人，浪漫主義詩人一般性格開朗，有時也易消沉，常表現出自信、傲岸，甚至目空一切的性格，這種性格在這兩句詩中得到充分的體現。
以上為第三段，寫夢醒後的感慨。

三 藝術特點

本詩最大的藝術特點是：

其一，跳出了一般惜別詩依依之情和壯語贈言的陳規老套，別開生面，以夢遊形式虛構出一幅奇特、絢麗多彩、令人神馳的仙境，藉以寄託個人的理想；寫美夢驚醒，造成理想與現實的強烈抵牾，表現詩人壯志難酬的苦悶；直抒胸臆，糞土權貴，表明作者獨立特行、嶙峋直立的個性。詩構思奇特，不落窠臼，引人入勝。

其二，運用了襯托、誇張、對比的手法。襯托手法前面已作分析，這裡只舉例說明誇張和對比。誇張，如誇高：「天姥連天向天橫，勢拔五嶽掩赤城。天臺一萬八千丈，對此欲倒東南傾」（言山高）、「身登青雲梯」、「半壁見海日，空中聞天雞」（言登之高）；如誇快：「一夜飛渡鏡湖月」。如誇多：「千巖萬轉路不定」。如誇驚：「熊咆龍吟殷巖泉，慄深林兮驚層巔」等。對比手法也多次採用。如虛無縹緲的瀛洲與現實中神奇天姥，一虛一實，前者「信難求」，後者令人神往。又如寫夢境，神遊時自由馳騁，蒞臨洞天，夢醒時，惟見枕席，四大皆空。詩人虛構仙境，另隱含一層對比，即美好理想與醜惡現實的對比，理想只存在於幻想之中，黑暗的現實是理想的隱秘殺手。

崔顥

黃鶴樓

昔人已乘黃鶴去①，

此地空餘黃鶴樓。

黃鶴一去不復返，

白雲千載空悠悠②。

晴川歷歷漢陽樹③，

芳草淒淒鸚鵡洲④，

日暮鄉關何處是⑤，

煙波江上使人愁。

注釋 ①昔人：指傳說中在此駕黃鶴的仙人。《齊諧志》云，仙人子安乘黃鶴
過此。《太平寰宇記》引《圖經》云，費文禕登仙駕鶴於此。②悠悠：長久，
悠遠。③晴川歷歷：指陽光下隔江所望景物清晰可見。歷歷，分明貌。漢陽：
古地名，即今武漢市漢陽區。④淒淒：形容草木茂盛。鸚鵡洲：在武漢市武昌
城外江中。相傳東漢末年文人禰衡寫〈鸚鵡賦〉出名。禰衡後被黃祖所殺，葬
於洲上。鸚鵡洲在明代逐漸被淹沒。⑤鄉關：故鄉。

一　黃鶴樓與作者簡介

崔顥（西元 704～754 年）是唐代享有盛名的詩人。汴州（今河

南開封）人，開元十年進士，曾出使河東節度使軍幕。天寶時歷任太僕侍丞、司勳員外郎等職。他的七律〈黃鶴樓〉因盛極一時，被刻在黃鶴樓上，詩以樓傳，樓以詩揚。宋代詩論家嚴羽在《滄浪詩話》中贊云：「唐人七律，當以崔顥為第一。」

　　黃鶴樓與岳陽樓、滕王閣被譽為「江南三大樓」，原址在湖北省武昌市蛇山。關於樓名，眾說紛紜，可歸為兩類。一說因山得名。《清統一志》云：黃鶴樓在江夏（今武昌）治西隅，一名黃鵠山。《府志》云：「黃鶴山自高冠山西至於江，其首隆然，黃鶴樓枕焉。」一說來自民間傳說。《齊偕志》云：仙人子安乘黃鶴過此。《太平環宇記》云：「費文褘駕鶴於此」，等等。兩類解釋不一，一般認為先有山名，次有傳說，後有樓名。相傳黃鶴樓始建於三國時吳黃武二年（西元 223 年），後屢建屢毀。一九五七年修武漢長江大橋時，移建蛇山峰嶺。樓高五層，底層刻有「白雲黃鶴畫」，立柱楹聯云：「爽氣西來，雲霧掃開天地憾，大江東去，波濤洗盡古今愁。」二樓刻唐人閻柏瑾的《黃鶴樓記》，三樓刻有崔顥、李白、白居易等名家詩賦。

二　全詩串講及翻譯

　　　昔人已乘黃鶴去，此地空餘黃鶴樓。

　　傳說中的仙人早已乘黃鶴飛去，此地留下空盪盪的黃鶴樓。詩人借傳說中仙人駕黃鶴雲遊的故事，抒發世事茫茫、時變事遷、人去樓空的感慨，喻宦海沉浮，如同斯樓。崔顥進士及第，頗負才氣，混跡官場，長期得不到升遷，登樓遠眺，感慨萬千，失落之感油然而生。

　　黃鶴一去不復返，白雲千載空悠悠。

　　黃鶴飛去，一去不復返，只有悠閒的白雲千年依故。這兩句繼首聯感情進一步宣洩，同時也反映詩人此刻的超脫與豁達，似乎有一種超乎物外的胸襟。詩中「黃鶴」一詞出現三次，「空」字重現，一氣呵成，似天馬行空，不拘跡象，又如江水奔騰，一瀉千里。後人讀此四句，為之震撼，尤其是「白雲千載空悠悠」一句使無數失意者，特別是遷客騷人觸景生情，產生共鳴。

　　晴川歷歷漢陽樹，芳草萋萋鸚鵡洲。

　　漢陽晴川閣的碧樹歷歷在目，鸚鵡洲的芳草鬱鬱青青。這兩句寫北望所見景物，借景抒懷。史載東漢末年，一代才人〈鸚鵡洲賦〉的作者禰衡為黃祖所殺，時人傷感，將斯人葬於此洲。作者借此抒發世事蒼茫、仕途多舛等複雜情懷。

　　日暮鄉關何處是，煙波江上使人愁。

　　落日西沉，不知何處是家鄉？江上煙波浩渺，令遊子發愁！對本聯中「愁」字的解釋，幾乎歷代學者都認定是「鄉愁」，這是因為詩人眺望汴州大致是「漢陽樹」、「鸚鵡洲」的方向，特別是「鄉關」一詞已直接點明。筆者認為，思鄉是情之必然，但引起鄉愁與作者生活經歷、特別是官場失意及遷客騷人多愁善感密不可分，恐怕因單純的思鄉，詩人很難寫出「白雲千載空悠悠」和「煙波江上使人愁」的千古名句來。這裡的「愁」，有思鄉之愁、前程未卜之愁、國運無可奈何之愁、置身茫茫大宇的片刻空靈等，我們作這樣的理解，似乎更能

準確地把握前面寫景的含義和全詩的內涵。

三　類比崔李二詩

　　崔顥〈黃鶴樓〉一詩名貫古今，固然是詩人妙筆生花所致，但與大詩人李白關係甚大。相傳李白登臨黃鶴樓，見景生情，詩興大發，正要潑墨揮毫，忽見崔顥〈黃鶴樓〉一詩，乃大驚曰：「眼前有景道不得，崔顥題詩在上頭」，無作而去。這也許是子虛烏有，但李白後來確實寫過一首〈鸚鵡洲〉的詩。詩云：「鸚鵡東過吳江水，江上洲傳鸚鵡名。鸚鵡西飛隴山去，芳洲之樹何青青。」這首詩不僅題材是崔詩中的「鸚鵡洲」，而且「鸚鵡」一詞與崔詩中「黃鶴樓」一詞出現三次是同一寫法。後來李白還寫過一首黃鶴樓的詩，詩題〈與史郎中欽聽黃鶴樓中吹玉笛〉。詩云：「一為遷客去長沙，西望長安不見家。黃鶴樓中吹玉笛，江城五月落梅花。」兩首詩均以黃鶴樓為題，李詩中「西望長安不見家」與崔詩中「日暮鄉關何處是，煙波江上使人愁」內容大致相同。李白遊金陵（今南京市）鳳凰台時，再次詩性大發，揮毫一首，試欲與崔顥〈黃鶴樓〉一詩比高低，詩題為〈登金陵鳳凰台〉，詩云：

　　　　鳳凰台上鳳凰遊，
　　　　鳳去台空江自流。
　　　　吳宮芳草埋幽靜，
　　　　晉代衣冠成古丘。
　　　　三山半落青天外，
　　　　一水中分白鷺洲。
　　　　總為浮雲能蔽日，

長安不見使人愁。

　李詩故意模仿崔詩：採用七律的形式憑弔古蹟；先寫景後抒懷，而且寫景都是從古蹟名勝起筆；崔詩「黃鶴樓」一詞在首聯出現三次，李詩「鳳」字也在相應位置出現三次；崔詩用尤韻，李詩步其原韻。不同之處是，憑弔內容和抒情內容有所不同：李詩從第三句起已轉換視角寫景，崔詩從第五句才轉換視角。後世對這兩首詩優勝評價眾說紛紜，基本一致的看法是：崔詩重氣，見風骨，不受格律束縛（指前四句，不展開分析）。李詩概括力強，內容深厚（指前兩句基本概括了崔詩前四句的內涵），抒懷更開闊。此外，高度模仿，能寫出這樣的好詩，更能表現李白超凡的魄力與詩才。筆者不敢妄自斷論，但平心而論，實屬詩壇雙璧。

杜甫

茅屋為秋風所破歌

八月秋高風怒號①，卷我屋上三重茅②。

茅飛渡江灑江郊，高者掛罥長林梢③，下者飄轉沉塘坳④。

南村群童欺我老無力，忍能對面為盜賊。

公然抱茅入竹去⑤，唇焦口燥呼不得，歸來倚杖自歎息。

俄頃風定雲墨色⑥，秋天漠漠向昏黑⑦。

布衾多年冷似鐵⑧，嬌兒惡臥踏裡裂⑨。

床頭屋漏無干處，雨腳如麻未斷絕⑩。

自經喪亂少睡眠⑪，長夜沾濕何由徹⑫！

安得廣廈千萬間⑬，大庇天下寒士俱歡顏⑭，風雨不動安如山？

嗚呼！何時眼前突兀見此屋⑮，吾廬獨破受凍死亦足⑯。

注釋 ①秋高：秋深。②三重茅：幾層茅草。三，表示多數。③掛罥（ㄐㄩㄢˋ）：懸掛。④塘坳：低窪積水處。⑤公然：公開，當面。⑥俄頃：不久，頃刻之間。⑦漠漠：雲煙密佈的樣子。⑧布衾（ㄑㄧㄣ）：棉被。⑨惡臥，臥時不安靜，胡蹬亂踢。⑩雨腳：雨點。⑪喪亂：戰亂，「指安史之亂」。⑫何由徹：怎樣才能熬到天亮呢？徹，徹夜、通宵。⑬安得：怎能得到。⑭庇：覆蓋。寒士：貧寒的讀書人。⑮突兀：高聳的樣子。⑯見（ㄒㄧㄢˋ）：同「現」，出現。

　　杜甫是我國偉大的現實主義詩人，他的作品真實而形象地反映了唐代封建社會由極盛走向大衰的社會景象，被稱為「史詩」。由於杜甫的詩具有高度的人民性、藝術性及巨大的影響力，後世稱杜甫為「詩聖」，與同時代偉大的浪漫主義詩人李白齊名，合稱「李杜」。

　　〈茅屋為秋風所破歌〉通過對風災的描寫，反映了詩人和底層農民貧困的生活，表現了詩人博大的胸襟和高尚的情感。這首詩有兩處地方頗有爭議，下面分別談談個人的看法。

一　怎樣理解「盜賊」一詞

　　作品描寫秋風破茅屋後寫道：

> 南村群童欺我老無力，
> 忍能對面為盜賊，
> 公然抱茅入竹去，
> 唇焦口燥呼不得，
> 歸來倚杖自歎息。

　　詩稱群童為盜賊，是解讀這首詩的一個難點。從整首詩看，先寫風災，次寫風災後的困境，推己及人，呼發願望。寫風災和風災後的困境不是詩的重心，也不是詩的主題，詩的重心和主題隱含在詩的結尾一段：

> 安得廣廈千萬間，
> 大庇天下寒士俱歡顏，
> 風雨不動安如山。

嗚呼！何時眼前突兀見此屋，
吾廬獨破受凍死亦足！

詩卒章明志，表現出詩人關心天下寒士崇高的思想感情。如果我
們離開了詩的重心，忽視了詩的主旨，只著眼於隻言片語，其結論自
然就會出現偏差，甚至得出如有的文章「對立立場」的結論。從詩人
的生活處境看，杜甫的茅屋大約建於唐肅宗乾元三年（西元 760
年）。這年春天，經親友幫助，他在成都浣花溪水邊蓋起幾間「入門
依舊四壁空」的茅屋定居下來，而來成都前，杜甫一直過著居無定所
的流離生活。茅屋對他來說，如同農民的草棚，不值錢，但少不了。
風捲茅草，草又被人抱走，這對於一個悲辛潦倒的老人來說，罵一聲
「盜賊」，吐一口怨氣，也在情理之中。從詩人的整個創作看，其作
品的人民性是公認的，不妨舉數例說明。在〈兵車行〉詩人是這樣描
寫因戰爭帶來災難的：

耶娘妻子走相送，塵埃不見咸陽橋，
牽衣頓足攔道哭，哭聲直上干雲霄……
邊庭流血成海水，武皇開邊意未已。
君不聞漢家山東二百州，千村萬落生荊杞。
縱有健婦把鋤犁，禾生隴畝無東西……
君不見青海頭，古來白骨無人收。
新鬼煩冤舊鬼哭，天陰雨濕聲啾啾。

在〈自京赴奉先縣詠懷五百字〉中，他抒發了「窮年憂黎元，歎
息腸內熱」的悲痛情結，同時也揭示了「朱門酒肉臭，路有凍死骨」
的社會現實。在〈春望〉中，他目睹「安史之亂」造成的慘景，抒發

出沉痛的傷感：「感時花濺淚，恨別鳥驚心。烽火連三月，家書抵萬金。」當聞官軍收河南、河北時，則表現出心潮澎湃的狂喜。杜甫的詩始終充溢著一種憂國憂民的傷感，年輕時雖有「致君堯舜上，再使風俗淳」的政治抱負，但憂君仍是替君憂民，當他的政治抱負被後來的社會現實（主要是「安史之亂」的災難）擊得粉碎時，他的作品更加貼近社會最弱勢的群體，為民鼓與呼。對杜甫詩的思想有一個粗線條的瞭解後，再回過頭來看「南村群童」一段的描寫，作者不可能一反常態，改變一貫創作主張而站在貧苦農民的對立面，「盜賊」一詞可理解為「屋漏偏逢連夜雨」憂憤的發洩。總之，讀者只有在瞭解了詩的主旨，瞭解了詩人顛沛流離的生活，瞭解了他一貫創作思想，並設身處地去領會，才會得出一個合情合理的解釋。

二　怎樣理解「寒士」一詞？

　　怎樣理解「寒士」一詞，似乎關乎作者的思想和全詩的主題。有人認為，「寒士」一詞如果換成「閒人」或「赤子」之類的詞，作品的主題將更加深化，作品也更有意義。還有人在具體分析平仄和音韻後指出，「寒士」是基於平仄、音韻考慮不得已而用之。其原因是，「士」如用平聲字「人」，則前（寒）後（俱歡顏）出現四個平聲字，既不合平仄，又有失音韻和諧。前面兩種認識，其實是一種觀點，不過後者是進一步的解釋。對此，筆者不敢苟同，因為〈茅屋為秋風所破歌〉不是詞，也不是純七言律詩，它是古風，古風的平仄一般來說很自由，無須那麼講究。況且杜甫是一位「為求一字穩，捻斷數根鬚」的詩人，他作詩常常到「語不驚人死不休」的地步，絕不會隨意遣詞而因詞害意。持此種觀點的人看似維護作者的思想，其實是一種臆斷。杜甫本身就是寒士，不是普通的勞動者，由寒士推而廣

之，順理成章，何損詩聖形象呢？唐代詩人白居易受杜詩的影響，在〈新制布裘〉的結尾寫「安得萬里裘，蓋裹周四垠，穩暖皆如我，天下無寒人」，宋代詩人王安石在〈子美畫像〉中，讚揚杜甫「寧令吾廬獨破受凍死，不忍四海赤子寒颼颼」，白詩用「閒人」，王詩用「赤子」，但誰又會因此得出杜甫思想比白居易和王安石思想低的結論呢？分析古代文學作品，最忌拔高，因為拔高就會遠離作品的本意，甚至將古人今人化。

露從今夜白，夜是故鄉明。

（杜甫／月夜憶舍弟／作者手稿）

杜甫

石壕吏

暮投石壕村①，有吏夜捉人。

老翁逾牆走②，老婦出門看。

吏呼一何怒③，婦啼一何苦！

聽婦前致詞④：三男鄴城戍⑤。

一男附書至⑥，二男新戰死。

存者且偷生⑦，死者長已矣⑧！

室中更無人，惟有乳下孫。

有孫母未去，出入無完裙⑨。

老嫗力雖衰，請從吏夜歸，

急應河陽役⑩，猶得備晨炊⑪。

夜久語聲絕，如聞泣幽咽⑫。

天明登前途，獨與老翁別。

注釋 ①投：投宿。石壕村：今河南省陝縣東七十里。②逾（ㄩˊ）：越過，翻過。③一何：何等，多麼。④前致詞：走上前去（對差役）說話。致：對某某說。⑤鄴（一ㄝˋ）城：相州，今河南省安陽市。戍：守衛，保衛。⑥附書：捎信。⑦且偷生：苟活。且，苟且。⑧長已矣：永遠完了。⑨完裙：完整的衣

裙。裙，泛指衣服。⑩應：應徵。河陽：今河南省孟縣。⑪猶得：還能夠。⑫
幽咽：不出聲的哭泣。

一　題解

　　唐肅宗乾元二年春，郭子儀、李光弼、王思禮等九節度使各率所
部圍叛軍安慶緒（安祿山之子。此時安祿山已被安慶緒所殺）於鄴
城，由於朝廷害怕節度使力量過大而構成威脅，「不置元帥」，形勢逆
轉，反為安慶緒所敗，六十萬官軍潰於鄴城。郭子儀領殘兵退守洛
陽。朝廷緊急徵兵抓夫。這時，杜甫正從洛陽回華州司功參軍任所，
途中親見而作組詩「三吏」（〈新安吏〉、〈石壕吏〉、〈潼關吏〉）、「三
別」（〈新婚別〉、〈垂老別〉、〈無家別〉）。〈石壕吏〉主要記述在一天
傍晚，詩人投宿石壕村，遇官吏抓丁服役一幕。

二　全詩串講及翻譯

　　　暮投石壕村，有吏夜捉人。
　　　老翁逾牆走，老婦出門看。

　　傍晚投宿在石壕村，夜裡有官吏來抓丁捉人。老頭越牆逃走，老
婦出門觀望動靜。官軍新敗，抓兵充編是普遍現象，石壕村是詩人遴
選的是典型的環境。「夜捉人」，反映出唐代兵役制度的黑暗與腐朽。
老農倉皇翻牆，刻畫出官民對立和兵役苦民的社會存在。老婦人觀
望，是關注事態的進展。也許在她看來，當兵是男人的事，因為「婦
人在軍中，兵氣恐不揚」（〈新婚別〉），但事實並非她所料，由此推動

情節向前發展。

以上是第一層，交代時間、地點、人物和事件的起因，初寫農民兵役之苦。

> 吏呼一何怒，婦啼一何苦！

差吏叫囂是何等的憤怒，老婦啼哭是何等的淒苦！詩用對比手法，前句突出公差的威勢，惱羞成怒，仗勢淩人；後一句突出老婦的悲苦，苦苦哀求，泣不成聲。這是詩人推出的「父母官」與「子民」的特寫鏡頭，表現出官吏的霸道和農民的無奈，反映出官民地位極大的反差。在結構上，這兩句有承上啟下的作用。

> 聽婦前致詞：三男鄴城戍。
> 一男附書至，二男新戰死。
> 存者且偷生，死者長已矣！
> 室中更無人，惟有乳下孫。
> 有孫母未去，出入無完裙。
> 老嫗力雖衰，請從吏夜歸，
> 急應河陽役，猶得備晨炊。

老婦走上前對公差說：我的三個兒子都參加了圍困鄴城之戰，其中一個兒子托人捎信回來，說他的兩個親兄弟剛剛戰死了！活著的人苟且偷生，死的人永遠回不來了！家中再也沒有什麼人丁了，只有個吃奶的孫子，因為有小孩要吃奶，所以兒媳婦沒有離開這個家，而她進進出出沒有一條完好的衣裙。這幾句詩實際上是一問一答的形式，只不過是省去了公差的逼問，如果我們用現代語把公差的話補充出來

大意是：老東西，你兒子藏在什麼鬼地方？家裡還有什麼鳥人？你敢
撒謊，為何有小鬼在哭？兒媳怎敢不出來見官爺？兒媳走不了，那就
只好委屈你了！老婦面對公差怒問，答得天衣無縫，這都是威逼之下
情急生智。儘管如此，這個不堪重負的家庭再次面臨支離破碎，這就
是唐代「安史之亂」真實的的社會現實。

> 老嫗力雖衰，請從吏夜歸，
> 急應河陽役，猶得備晨炊。

老婦我雖然身體衰弱，請允許我跟您官爺今夜去吧，應付一下河
陽的勞役，現在去還趕得上做軍中的早飯。老婦挺身而出，當然是被
逼上絕路。從她個人的思想出發，主要是顧及家庭，與老伴分憂，可
憐哺乳期的兒媳和嗷嗷待哺的孫子，但事實本身也表現出她在一定程
度上對平亂的理解。

以上是第二層，借老婦人之口，進一步寫兵役之苦，揭露兵役制
度的腐朽黑暗。

> 夜久語聲絕，如聞泣幽咽。
> 天明登前途，獨與老翁別。

深夜交談聲漸小漸無，好像聽到有人泣不成聲，天亮後我繼續趕
前面的路程，只能與逃走回來的老翁告別。最後四句是第三層，寫事
件的結局。「夜久」承「有吏夜捉人」的「夜」字而來，表現出官差
逼民時間之長和老婦一家的極不平靜。「泣幽咽」，也許是兒媳想到丈
夫新死，婆婆將被抓走，泣不成聲；也許是老翁想到老伴前景未卜，
傷心哽咽，也許都是，令人肝腸寸斷，心潮起伏，難以平息。詩以

「天明登前途，獨與老翁別」收束全篇，留給讀者無限想像的空間：天明一別，老婦何日能歸？老翁送別，他作何感想？對老婦、老翁的思想該怎樣評價？……

三 老嫗的形象和作者思想的矛盾

　　詩中的老嫗是唐代「安史之亂」兵役制度下的一個被害者，對此無需多說，但這並不能概括這一形象的全部內涵。細細品味詩句「老嫗力雖衰，請從吏夜歸，急應河陽役，猶得備晨炊」四句及全詩，讀者不難發現，雖出於無奈，老嫗畢竟作出了一個超乎常人想像的決定——保全家人，代丁應徵！老嫗這一舉動從某種程度上或多或少地表現出她對朝廷平叛舉措的一份理解與支持，折射出平叛時期廣大農民舍小家為大家，企盼國家早日安定的強烈願望。應當說，作者創作〈石壕吏〉思想是複雜而矛盾的，作為官員，他理應擁護朝廷補丁平叛的舉措。正因為如此，詩中的老嫗不是一個一味訴苦哀求的婦人，在百般無奈之下，她終於明大義，挺身而出，以勞役代夫出征。作為一個有正義感和社會責任感的詩人，杜甫在理解朝廷平亂舉措的同時，對石壕吏的凶霸給予了無情的揭露，還歷史本來的面貌。在〈新安吏〉（附後）中，杜甫這種矛盾的思想表現得更為突出，詩一方面描寫新安吏抓丁的冷漠無情，一方面作者又站在朝廷的角度陳述理由，要抓又撫，令人哭笑不得。

四　藝術特色

（一）敘而不議，或者說寓褒貶於敘事之中。

〈石壕吏〉是一篇短篇敘事詩，沒有議論和抒情，詩通過敘事，形象而含蓄地表達作者的感受，但思想傾向強烈，褒貶分明。詩中石壕吏仗勢欺人所表現出來的蠻悍、兇狠與老婦一家的悲慘命運形成強烈的對比。詩愛恨分明，但愛與憎、褒與貶不是直接用議論和抒情的方式來表現，而是從對情節和場面的描寫中流露出來。這樣寫筆墨經濟，又避免了作品的概念化。

（二）兩個形象一台前一幕後，安排得體。

主要人物老嫗的訴說，是台前，篇幅也佔了大半，另一重要人物形象石壕吏的威逼是通過老嫗的訴說來刻畫的，這時這一形象已退到了幕後。從人物形象安排的效果看，雖然兩個人物形象都置台前也是一法，但老婦催人淚下的「獨白」將被支離，兵役苦民的主題和老婦的形象都有可能被削弱或重組。

附　杜甫〈新安吏〉

客行新安道①，喧呼聞點兵。

借問新安吏：縣小更無丁②？

府帖昨夜下，次選中男行③。

中男絕短小，何以守王城？

肥男有母送，瘦男獨伶俜④。

白水暮東流，青山猶哭聲。

莫自使眼枯，收汝淚縱橫。

眼枯即見骨，天地終無情！

我軍取相州⑤，日夕望其平。

豈意賊難料，歸軍星散營。

就糧近故壘，練卒依舊京⑥。

掘壕不到水，牧馬役亦輕。

況乃王師順，撫養甚分明。

送行勿泣血，僕射如父兄。

注釋　①新安：地名，今河南省新安縣。②更：豈。③次：依次。中男：指十八歲以上、二十三歲以下成丁。這是唐天寶初年兵役制度的規定。④伶俜（ㄆㄧㄥ）：形容孤獨。⑤相州：即今河南安陽縣。⑥舊京：指東都洛陽。⑦僕射：指郭子儀。如父兄：指極愛士卒。

韓愈

山石

山石犖确行徑微^①，黃昏到寺蝙蝠飛。

升堂坐階新雨足，芭蕉葉大梔子肥^②。

僧言古壁佛畫好，以火來照所見稀。

鋪床拂席置羹飯^③，疏糲亦足飽我飢^④。

夜深靜臥百蟲絕，清月出嶺光入扉^⑤。

天明獨去無道路，出入高下窮煙霏^⑥。

山紅澗碧紛爛漫^⑦，時見松櫪皆十圍^⑧。

當流赤足踏澗石，水聲激激風生衣。

人生如此自可樂，豈必局束為人鞿^⑨？

嗟哉吾黨二三子^⑩，安得至老不更歸^⑪！

注釋 ①犖（ㄌㄨㄛˋ）确：險峻不平的樣子。微：狹窄。②梔（ㄓ）子：亦稱梔子花，一種常綠灌木或小喬木。③羹（ㄍㄥ）飯：泛指飯菜。④疏糲（ㄌㄧˋ）：粗糙的食品。糲，糙米。⑤扉：門戶。⑥煙霏：流動的煙雲。⑦山紅：山花。爛漫：光彩照人的樣子。⑧櫪：同櫟，一種落葉喬木。⑨局束：侷促、拘束。為人鞿（ㄐㄧ）：被別人所控制，不得自由。鞿，套在馬口上的韁繩。⑩吾黨二三子：指與自己志同道合的那些朋友。⑪不更歸：即更不歸。更，再。

一　作者簡介與題解

　　韓愈（西元 768～824 年）是唐代古文運動的領袖，為唐宋散文八大家之首。字退之，中唐河陽（今河南省孟縣）人。因自稱昌黎韓愈，世稱「韓昌黎」。唐德宗貞元八年（西元 792 年）考入進士。貞元十八年，被任為國子監四門博士。因其最高職位為吏部侍郎，又稱「韓吏部」。韓愈生平有四件事值得一提：一是三歲而孤，由長兄嫂撫養，並接受良好的教育。二是貞元十九年，關中大旱，他以監察御史身分，查出貪官京兆尹李實知情不報，拒不執行免租令，上書請求寬徭，免田租，反為李實所誣，被貶為陽山（今廣東省陽山縣）令。三是唐憲宗元和十四年（西元 819 年），憲宗迎佛骨入宮，他上書要求「以此骨付之有司，投諸水火，永絕根本」，幾被處死。後因宰相裴度營救，被貶為潮州（今廣東潮州市）刺史。他在潮州曾釋奴婢七百餘人。四是宣導古文運動。韓愈的基本文學主張是：一、文道統一，即文章內容與形式有機結合，文以明道。二、提倡質樸自然的秦漢文學式散文，反對浮豔華麗的六朝駢文。有《昌黎先生集》四十卷、《外集》十卷。

　　〈山石〉是一首紀遊詩，以首句「山石」二字為題，寫作年未可考。

二　全詩串講及翻譯

　　　山石犖确行徑微，黃昏到寺蝙蝠飛。

　　山石險峭，山路狹窄不清，我來到寺廟已是蝙蝠翩翩低飛的黃

昏。首句寫沿途所見。「黃昏到寺蝙蝠飛」這一句極為巧妙，既照應了前面一句，又點出了止宿的時間，而且還描繪出了古寺傍晚的景致，很有畫面感。

> 升堂坐階新雨足，芭蕉葉大梔子肥。
> 僧言古壁佛畫好，以火來照所見稀。

登上廟堂，歇坐在臺階上，又是大雨，芭蕉葉大，梔子花肥壯。「芭蕉葉大梔子肥」是尋常所見，「大」和「肥」，是普通的字眼，但很有詩味，究其原因是詩人抓住山區雨水季節寺內景物的特徵，給讀者以鮮明的形象感並賦予情感。僧人述說古壁佛畫畫得好，用火把照看，有些模糊不清。「以火來照所見稀」，是說牆壁年代久遠，畫面大多剝落和黯淡。這兩句重在表現主人待客的熱情和主客間的融洽。

> 鋪床拂席置羹飯，疏糲亦足飽我饑。

為我輕輕拂去席子上的灰塵，擺上米飯湯菜。齋飯雖粗糙，卻足以解我饑餓。「鋪床」兩句寫主人的殷勤、僧侶生活的簡樸和「我」的勞累饑餐，雖是一般的交代，但與篇尾「人生如此自可樂，豈必局束為人鞿」相互照應，渾然一體。

> 夜深靜臥百蟲絕，清月出嶺光入扉。

靜靜地躺在床上，夜深百蟲聲息，明月爬上山頭，清輝瀉入門窗。這兩句寫夜宿的情景，突出寺僧生活的單調、幽靜和詩人心中的片刻寧靜。作者久在官場，深諳其中的明爭暗鬥，爾虞我詐，並早已

厭倦。現靜臥古寺，真是難得的寧靜，無怪詩結尾句寫道「嗟哉吾黨二三子，安得至老不更歸！」

　　天明獨去無道路，出入高下窮煙霏。
　　山紅澗碧紛爛漫，時見松櫪皆十圍。
　　當流赤足踏澗石，水聲激激風生衣。

　　天亮時，我獨自離開寺院，無法辨清山路，上坡下坡，出沒於霧靄中。滿眼山花紅豔，小溪碧綠，光豔照人。不時可見古松、古櫪約十人之圍。遇到澗流，我光著腳，踩著流石，水聲激激，輕風掀起我的衣裳。以上六句寫「我」天明離開寺院遊覽的情景。這裡寫景與前面寫景是不同的時間段，分別是黃昏、深夜和天明。「獨去」，本義是獨自離開。據考證，作者所遊的是洛陽的惠林寺，同游者是李景興、侯喜、尉遲汾，時間是唐德宗貞元十七年（西元 801 年）農曆七月。這裡的「獨」與《項羽本紀》鴻門宴一段中沛公「脫身獨去」的「獨」意思相同，是就主要人物而言。

　　人生如此自可樂，豈必局束為人鞿？
　　嗟哉吾黨二三子，安得至老不更歸！

　　人生在世能如此，也自得其中的樂趣，何必受人拘束，宛如馬口上的轡繩，被人控制呢？唉呀，我們那幾個志趣相投摯友，怎麼能到老不再回到塵世呢？「如此」，指如寺僧生活一樣，不為塵世所煩惱的生活。「為人鞿」，是打比方，比喻被人制約，得不到自由。「嗟哉」，是感歎詞，引發下文。「吾黨」，指志同道合的朋友。「歸」的賓語是故鄉，此指塵世。詩的最後四句是抒發感慨，詩人以幕僚生活作

反襯，表達了對山中自然美、人情美和寧靜生活的的無限嚮往，深化了全詩的主題。

三　從〈山石〉篇說「以文為詩」

　　《苕溪漁隱叢話》記載了一段沈括和呂惠卿關於韓愈詩的對話。沈括說：「韓退之詩乃押韻之文耳，雖健美富贍，而格不近詩。」呂惠卿說：「詩正當如是。我朝詩人以來，未有如退之者。」沈、呂二人對話相同點是認為韓愈以文為詩，不同的點是沈括認為「格不近詩」，呂惠卿認為「詩正當如是」。所謂「以文為詩」，是指不拘格律、章法、句法、甚至形象思維，用散文的筆調寫韻文詩。〈山石〉近乎以遊記散文的句法，不受格律、音韻、對偶、含蓄等約束，記作者一次遊山、借宿所見所感，全篇二十句，一韻到底。應當指出的是這首詩不但健美，語言也很形象。韓愈「以文為詩」的創作與他宣導的古文運動有關。六朝文學輕浮平庸，尤其是齊、梁、陳三朝一百年間，詩文單純追求文字華麗，而內容空虛，思想庸俗，詩則宮體，文則駢語。韓愈意在打破這種沉悶的詩風，把新的古文語言、章法、技巧引入詩壇。他的創作擴大了詩歌的領域，開創了中唐詩壇新的流派，但也帶來了講才學、以議論為詩、追求文字險怪等不良風氣，對宋代及以後的詩歌產生了不良影響。

附　〈山石〉詩趣談

　　蘇軾與友人遊南溪，解衣濯足，朗誦〈山石〉。蘇軾還寫過一首七絕：「犖確何人似退之，意行無路欲從誰？宿雲解駁晨光漏，獨見山紅澗碧詩。」金代元好問論詩絕句云：「有情芍藥含春淚，無力薔薇臥晚枝。拈出退之〈山石〉句，始知渠是女郎詩。」絕句拿〈山石〉與秦少游〈春

雨〉詩比照，指出兩詩截然不同的風格，讚揚韓詩的遒勁、壯美，笑話少游詩的「女郎」味。

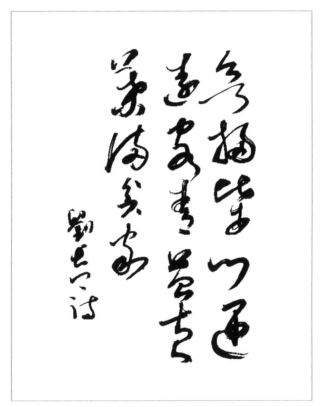

欲掃柴門迎遠客，青苔黃葉滿貧家。
（劉長卿／酬李穆見寄／作者手稿）

白居易

琵琶行

元和十年①，予左遷九江郡司馬②。明年秋，送客湓浦口③，聞船中夜彈琵琶者，聽其音，錚錚然有京都聲④。問其人，本長安倡女，嘗學琵琶於穆、曹二善才⑤。年長色衰，委身為賈人婦⑥。遂命酒，使快彈數曲。曲罷憫然⑦，自敘少小時歡樂事，今漂淪憔悴，轉徙於江湖間。予出官二年，恬然自安⑧，感斯人言，是夕始覺有遷謫意。因為長句⑨，歌以贈之⑩，凡六百一十六言⑪，命曰〈琵琶行〉⑫。

注釋 ①元和十年：西元八一五年。元和，唐憲宗的年號。②左遷：貶官，降職。九江郡：隋置，唐代叫江州或潯陽郡，治所在江西省九江市。司馬：州刺史的屬官，當時實際上是閒職。③湓（ㄆㄣ╱）浦口：湓江流入長江的地方，在今九江市西。湓浦，又叫湓江，源出江西省瑞昌縣清湓山。④錚錚：形容像金屬撞擊的聲音。⑤善才：唐代對樂師的通稱，意為「能手」。⑥委身：托身，嫁。賈（ㄍㄨˇ）人：商人。⑦憫然：憂鬱的樣子。⑧恬（ㄊㄧㄢˊ）然：安然的樣子。⑨長句：指七言詩，唐人習慣的說法。⑩歌：作歌。⑪言：字。⑫命：命名，題名。

潯陽江頭夜送客①，楓葉荻花秋瑟瑟②。
主人下馬客在船，舉酒欲飲無管弦③。

醉不成歡慘將別④，別時茫茫江浸月。

忽聞水上琵琶聲，主人忘歸客不發。

尋聲暗問彈者誰⑤，琵琶聲停欲語遲⑥。

移船相近邀相見，添酒回燈重開宴⑦。

千呼萬喚始出來，猶抱琵琶半遮面。

轉軸撥弦三兩聲⑧，未成曲調先有情。

弦弦掩抑聲聲思⑨，似訴平生不得志。

低眉信手續續彈⑩，說盡心中無限事。

輕攏慢撚抹復挑⑪，初為〈霓裳〉後〈六么〉⑫。

大弦嘈嘈如急雨⑬，小弦切切如私語。

嘈嘈切切錯雜彈，大珠小珠落玉盤。

間關鶯語花底滑⑭，幽咽泉流冰下難⑮。

冰泉冷澀弦凝絕⑯，凝絕不通聲暫歇。

別有幽愁暗恨生，此時無聲勝有聲。

銀瓶乍破水漿迸，鐵騎突出刀槍鳴⑰。

曲終收撥當心畫⑱，四弦一聲如裂帛⑲。

東船西舫悄無言⑳，唯見江心秋月白。

沉吟放撥插弦中㉑，整頓衣裳起斂容㉒。

自言本是京城女，家在蝦蟆陵下住㉓。

十三學得琵琶成，名屬教坊第一部㉔。

曲罷曾教善才伏㉕，妝成每被秋娘妒㉖。

五陵年少爭纏頭㉗，一曲紅綃不知數㉘。

鈿頭銀篦擊節碎㉙，血色羅裙翻酒汙㉚。

今年歡笑復明年，秋月春風等閒度。

弟走從軍阿姨死㉛，暮去朝來顏色故㉜。

門前冷落鞍馬稀，老大嫁作商人婦。

商人重利輕別離，前月浮梁買茶去㉝。

去來江口守空船，繞船月明江水寒。

夜深忽夢少年事，夢啼妝淚紅闌干㉞。

我聞琵琶已歎息，又聞此語重唧唧㉟。

同是天涯淪落人㊱，相逢何必曾相識！

我從去年辭帝京㊲，謫居臥病潯陽城㊳。

潯陽地僻無音樂，終歲不聞絲竹聲㊴。

住近湓江地低濕，黃蘆苦竹繞宅生㊵。

其間旦暮聞何物，杜鵑啼血猿哀鳴㊶。

春江花朝秋月夜㊷，往往取酒還獨傾㊸。

豈無山歌與村笛，嘔啞嘲哳難為聽㊹。

今夜聞君琵琶語，如聽仙樂耳暫明。

莫辭更坐彈一曲㊺，為君翻作〈琵琶行〉㊻。

感我此言良久立，卻坐促弦弦轉急㊼。

淒淒不似向前聲，滿座重聞皆掩泣[48]。

座中泣下誰最多？江州司馬青衫濕[49]。

注釋 ①潯陽江：長江流經江西省九江市一段，因臨近潯陽而得名。②瑟瑟：象聲詞，這裡形容楓葉、荻花被風吹動的聲音。③管弦：管樂、弦樂，這裡指音樂。④慘：悲傷。⑤暗：這裡是輕聲或暗中（打聽）的意思。⑥欲語遲：要回答，（又有些）遲疑。⑦回燈：把撤了的燈又拿出來。⑧轉軸撥弦：這是調弦校音的動作。⑨掩抑：低沉抑鬱（的樂聲）。思（ㄙ）思緒，名詞。這裡指愁思。⑩信手：隨手。續續；連續。⑪輕攏慢撚（ㄋㄧㄢˇ）抹復挑：輕輕地攏，慢慢地撚，一會兒抹，一會兒挑。攏，叩弦。撚，揉弦。抹，順手下撥。挑，反手回撥。四者都是彈琵琶的指法。⑫初為〈霓裳〉後〈六么〉：霓裳，就是《霓裳羽衣曲》，唐代樂曲名，相傳為唐玄宗所作製。《六么（ㄧㄠ）》：當時有名的曲子。⑬大弦嘈嘈如急雨：大弦，指琵琶四根弦中最粗的弦。嘈嘈，形容聲音粗重。切切：形容聲音輕細。⑭間關鶯語花底滑：像黃鶯在花下啼叫一樣宛轉流利。間關，形容鳥聲婉轉。⑮幽咽泉流冰下難：幽咽，低泣聲，這裡形容過塞不暢的水流聲。冰，一作「水」，難，一作「灘」。⑯弦凝絕：像泉水又冷又澀不能暢流，弦音似乎凝結不動了。這是形容弦聲愈來愈低沉，以至停頓。⑰銀瓶乍破水漿迸（ㄅㄥˋ），鐵騎突出刀槍鳴：這是形容琵琶聲在低咽、暫歇後，忽然又爆發出激越、雄壯的樂聲。銀瓶，汲水器。乍，突然。迸，濺射。鐵騎，帶甲的騎兵。⑱曲終收撥當心畫：樂曲終了，用撥子對著弦的中心劃一下。畫，同「劃」。⑲如裂帛：如撕絲織品（的聲音）。帛，絲織物的總稱。⑳舫（ㄈㄤˇ）：船。㉑沉吟：要說話又有些遲疑的樣子。㉒斂容：正容，顯出嚴肅的臉色。㉓蝦（ㄏㄚ）蟆陵：在長安城東南。㉔教坊：唐代官辦管領音樂、雜技，教練歌舞的機關。部：隊。㉕伏：服輸。㉖秋娘：唐代歌伎常用的名稱。這裡用為善歌美貌的歌伎的通稱。㉗五陵年少：指京城富貴人家的子弟。纏頭：古代送給歌伎舞女的錦帛叫「纏頭」。㉘一曲紅綃（ㄒㄧㄠ）不知數：（彈完）一個曲子，（所得的）紅綃不計其數。綃，一種絲織品。㉙鈿頭雲

篦：頭上鑲著的金花的銀釵。鈿，金花。篦，釵。古代婦女髮髻上的一種裝飾品。擊節碎：(給音樂）打拍子敲碎了。節，節拍。㉚翻酒汙：潑翻了酒被玷污。㉛從軍：參加軍隊。阿姨：指姨或倡女的養母，一說指姊妹。㉜顏色故：指容貌衰老。㉝浮梁：舊縣名，故城在今江西省景德鎮市北。㉞夢啼妝淚紅闌干：夢中啼哭，擦了脂粉的臉上流滿了一道道紅色的（淚痕)。妝，這裡指臉上的脂粉。闌干，縱橫散亂的樣子。㉟唧唧（ㄐㄧˊ ㄐㄧˊ)：象聲詞，歎息聲。㊱淪落：流落。㊲辭：離開。㊳謫：貶官。㊴終歲：一年到頭。絲竹：指絃樂器和管樂器，此泛指音樂。㊵宅（ㄓㄞˊ)：住所。㊶杜鵑啼血：傳說杜鵑鳥啼叫時嘴裡會流出血來，這裡形容杜鵑聲的悲切。㊷花朝秋月夜：年年月月，日日夜夜。㊸獨傾：獨酌。㊹嘔啞（ㄡ ㄧㄚˊ）嘲哳（ㄔㄠˊ ㄓㄚˊ)：嘔啞，象聲詞，形容樂聲嘈雜。嘲哳，象聲詞，形容聲音細碎。㊺更：再。㊻翻作：寫作，編寫。㊼卻坐：退回（原處）坐下。促弦：把弦擰緊。促，緊，迫。㊽掩泣：掩面哭泣。下句的「泣」是指眼淚。㊾江州司馬：即作者被貶江州時的官職。

一　作者簡介與題解

白居易（西元 772～846 年）是唐代傑出的現實主義詩人和新樂府運動的宣導者。字樂天，晚號香山居士，祖籍太原，後遷居下邽（ㄍㄨㄟ，今陝西渭南縣)。白居易生於河南鄭縣，二十九歲中進士，歷任秘書省校書郎、縣尉、翰林學士、左拾遺（皇帝跟前的諫官）等職。元和十年（西元 815 年）宰相武衡元被殺，白居易多次上書，「急請捕賊，以雪國恥。」權貴怒其越職奏事，貶為江州司馬（實為其諷喻詩的原因)。後任忠州、杭州、蘇州等地刺史，晚年閒居洛陽，終年七十四歲。

白居易被貶前，寫的主要是諷喻詩。之後，便一度消沉，晚年創作了大量的「閒適詩」、「傷感詩」及「雜律」。〈賣炭翁〉屬諷喻詩，〈長恨歌〉、〈琵琶行〉屬傷感詩。

　　〈琵琶行〉選自〈白氏長慶集〉。「行」和「引」（詩題一作〈琵琶引〉）都是古樂府的詩體，與「歌」相近，故曰「歌行體」。此詩是白居易被貶江州次年寫的。詩中琵琶女是賣藝的倡優，當為虛構，但也有人認為是寫實。這首詩描寫音樂非常成功，古今評價極高，詩的主旨是詩中的名句「同是天涯淪落人，相逢何必曾相識」。元代馬致遠以本詩為引子，創作了戲劇〈青衫淚〉，清代戲劇家蔣士銓據此寫出了〈四弦歌〉。

二　全詩串講

　　詩前小序：交代故事發生的時間、地點和經過，概述主人翁的身世，說明寫作緣由。

　　詩分為五段。

第一段（「潯陽」至「客不發」）：寫秋夜送客和聽到琵琶聲前後的心情。

　　「潯陽江頭」兩句，寫送客的時間、地點和氣候。血紅的楓葉和慘白的荻花在秋風中瑟瑟作響，詩人用蕭條的秋景襯托淒涼寂寞的心情。「黯然傷神者，唯別而已矣」，別情與悲涼的環境相映襯。

　　「主人下馬」六句，描寫主客酒後慘別和聽到琵琶聲的驚喜，為琵琶女出場渲染氣氛。

第二段（「尋聲」至「秋月白」）：寫彈奏琵琶精湛的技藝，著重表現琵琶聲所流露的幽愁暗恨。

　　「尋聲……半遮面」，寫主客尋聲盛邀琵琶女出場的過程和心情。「尋聲暗問」、移船相邀、「添酒回燈」、「千呼萬喚」，描寫主人翁

盛情相邀，表現對聽奏琵琶的渴望。「欲語遲」、「始出來」、「半遮面」等動作和神態的描寫，表現出琵琶女複雜的心理變化，暗示其難於啟齒的特殊經歷。

「轉軸撥弦」二十二句，描寫彈奏琵琶的絕技。值得注意的是，詩人在描寫絕技的同時，融入了對彈奏者「不得志」的表達，暗寫「幽愁暗恨」。「轉軸撥弦」兩句寫調弦試音，「未成曲調先有情」突出一個「情」字，由「情」字統率彈奏一段。三至八句（弦弦……〈六么〉）寫彈奏的內容或詩人感悟彈奏的主題，為下文琵琶女自述身世埋下了伏筆。詩寫聽眾的感悟，表現彈奏者感人的藝術效果。

「東船西舫悄無言，唯見江心秋月白」兩句，是環境描寫，側面烘托音樂的涵味，有餘音繞樑之效果。

第三段（「沉吟」至「紅闌干」）：寫琵琶女自言身世。

這一段可分兩層。

第一層（「沉吟」至「閒度」）：寫女藝人年輕時色藝超群。

第二層（「弟走」至「闌干」）：寫女藝人年長色衰的處境。

以上兩層在寫法上主要用對比的方法。女藝人年輕美貌時，紈袴子弟爭相捧紅，門庭若市，生活奢華；人老珠黃時，家庭變故，門前冷落，獨守空船。琵琶女的生活是中唐社會商業發展的必然，也是整個封建社會歌伎生活的縮影。

第四段（「我聞」至〈琵琶行〉）：寫詩人的感慨。

「我聞琵琶」四句，起承上啟下的作用，由琵琶女自言過渡到「我」的感慨。「同是天涯淪落人，相逢何必曾相識」，既是詩的名句，也是詩的主旨，意謂雖彼此未曾相識，但遭遇有共同之處，因而即便是萍水相逢，也可傾談心事。古今讀者喜愛它，許是詩句跳出了

官位、行業、門第、貧富、生疏、年齡、距離等束縛，表現出對社會底層人群的憐憫和相知。人生本來就是一連串的搏擊，社會險惡，人在失意時最容易產生同病相憐的情感，抒發自己淪落天涯的感慨，這便是此兩句詩不可抗拒的藝術感染力，也是詩句的生命力所在。

「我從去年」十二句，是詩人自述被貶後的生活。其描述表現兩點：一是不聞絲竹聲，突出忽聞琵琶聲的驚喜；二是寫貶謫之苦，表現「淪落人」的孤寂與憂愁。

「今夜聞君」四句，是詩人對琵琶女的讚揚和請求。

第五段（「感我此言」至「青衫濕」）：寫作者重聞琵琶聲時激動強烈的感受。

詩兩次描寫演奏，第一次著重於技藝和詩人的美感，較詳；第二次側重於樂曲的淒切和詩人的感受，較簡。詩在音樂哀怨之情達到頂峰時突然收筆，猶如琵琶女結束彈奏，異曲同工，十分漂亮！

三　對詩中「幽愁暗恨」的簡析

從女藝人自言身世看，「幽愁暗恨」包括：歌伎卑微的地位；家庭的不幸（「弟走從軍阿姨死」）；對婚姻的不滿（「商人重利輕別離」）。正是這諸多因素，琵琶女出場時，「琵琶聲停欲語遲」，「千呼萬喚始出來，猶抱琵琶半遮面」；也正是這些原因，她的演奏才「弦弦掩抑聲聲思，似訴平生不得志」，「低眉信手續續彈，說盡心中無限事」，「別有幽愁暗恨生，此時無聲勝有聲」。因為弦為心聲，一彈為快。從琵琶聲感染聽眾（主要指作者）的效果看，「幽愁暗恨」所指還應包括詩人官場失意所引發的怨恨。詩句「淒淒不似向前聲，滿座重聞皆掩泣。座中泣下誰最多？江州司馬青衫濕」足可見證。從全詩

的主題看，「幽愁暗恨」所指亦包括詩人對天下淪落人的同情與擔憂，這種同情與擔憂隱含著詩人對社會不公及世風日下的不滿與憤慨。

四　本詩對音樂的描寫

　　隻言片語地描寫音樂，在古詩中不少見，像〈琵琶行〉這樣大段小段地進行描寫，妙筆生花，使人如臨其境，如聞其聲，可謂鳳毛麟角，堪稱古典文學之絕唱。其基本藝術手法是：第一，以聲喻聲，即以不同的聲音喻不同的弦聲。「大弦嘈嘈如急雨，小弦切切如私語。嘈嘈切切錯雜彈，大珠小珠落玉盤。間關鶯語花底滑，幽咽泉流冰下難」便是這種寫法。第二，既從聽覺的角度描寫聲音，也從視覺的角度描寫聲音，將無形之聲形象化。如「銀瓶乍破水漿迸，鐵騎突出刀槍鳴」兩句既有聲，又見具體之形。上面列舉的詩句都是這種寫法。音樂是無形之物，極難描寫，詩人妙在用有形之物，從視覺的角度將無形之聲形象化，使虛無縹緲的樂聲以具體可觸的形象展現在讀者的眼前和想像中。第三，烘托。首段描寫詩人惆悵、寂寞的心情和愁煞的秋景，實為女藝人出場作鋪墊，為其超強的彈奏技藝烘托氛圍。二段寫「尋聲暗問」、「欲語遲」、「邀相見」、「添酒回燈」、「千呼萬喚」、「半遮面」、「轉軸撥弦」是進一步烘托氛圍，把難得一聞的弦樂推到滿弓待發的臨界點，扣人心弦。第一次演奏結束時的環境描寫「東船西舫悄無言，唯見江心秋月白」，也是用烘托的手法，是以無聲寫有聲，從視覺的角度渲染琵琶聲的強大藝術感染力。第四，聲中寫情，描寫藝術與悲情雙管齊下。如果說「未成曲調先有情」，只是點出一個「情」字，「似訴平生不得志」是揣摩悲情的原因，那麼「說盡心中無限事」則是悲情的敞開，「別有幽情暗恨生」更是悲情

的深掘。本詩中琵琶聲之所以感人，除了彈奏者高深莫測的技藝外，主要得力於其悲情激盪的藝術表現。

劉禹錫

賞牡丹

庭前芍藥妖無格①，池上芙蕖淨少情②。

唯有牡丹真國色③，花開時節動京城④。

注釋 ①芍藥（ㄕㄠˊ ㄧㄠˋ）：多年生草本植物，花大而美麗，有紫紅、粉紅、白等顏色，可供欣賞。妖無格：嫵媚而無品格。②芙蕖（ㄈㄨˊ ㄑㄩˊ）：即荷花。淨少情：言花清純但缺少風情。③國色：原意為一國中姿容最美的女子，此指牡丹花豔壓群芳。④動：驚動、哄動。

一　作者簡介與題解

　　劉禹錫（西元 772～842 年）是唐代著名的樸素唯物論思想家、詩人。字夢得，洛陽（今河南省洛陽市）人。二十一歲中進士，後又中博學宏詞科。曾參與王叔文政治革新活動。革新失敗後，王叔文被殺，劉禹錫被貶為朗州（今湖南省常德市）司馬。九年後被召回京師，又因玄都觀題詩，觸怒執政者，被貶為連州（今廣東省連縣）刺史。後改任夔州、和州刺史。晚年回京，任賢殿學士、檢校禮部尚書、太子賓客。

　　劉禹錫的〈竹枝詞〉有濃郁的民歌氣息，清新爽朗，真摯含蓄，流傳很廣。懷古詩格調抑鬱蒼涼，影響也很大。劉禹錫在當時有「詩豪」之稱。

牡丹豔麗多姿，雍容大方，有「百花之王」的美譽。隋朝賞牡丹已成宮廷習氣，唐代更是萬人空巷。《全唐詩》收錄了吟詠和涉及牡丹的詩詞約一百三十首。劉禹錫的〈賞牡丹〉是其中影響最大的一首。該詩通過對芍藥和芙蕖的鑒賞品評，讚頌牡丹的「國色」，反映出唐代京都牡丹花開時節的盛況，曲折表達了作者的審美標準。

二　全詩串講及翻譯

庭前的芍藥妖嬈，但缺少品格，池中的荷花清純，但缺少情韻。百花中只有牡丹真個國色天香，花開時節人們競相觀賞，驚動了整個京城。「妖無格」，言芍藥嬌媚過分而無格調。《詩經》中的芍藥是男子臨別時送給女子的花，花雖豔但易謝，即本詩的「無格」。「淨少情」，言荷花雖高潔，但孤芳自賞，缺少情致。「妖無格」、「淨少情」分別寫芍藥與荷花，落筆在牡丹。「國色」是對花的最高評價，加上「唯有」，把牡丹之美推到至高點。最後一句「花開時節動京城」，詩由靜態描寫改為動態描寫，用京城人潮湧動的壯觀景象作結，既是點題又給人以廣闊的想像空間。全詩浸透著詩人的審美意識。「美」是人評判事物的一個標準，帶有一定的主觀色彩。有人喜歡桃花，因為它「滿樹和嬌爛漫紅，萬枝丹彩灼春融」（唐・吳融〈桃花〉）；有人喜歡梅花，因為它「淩寒獨自開」；有人喜歡荷花，因為它「出污泥而不染」；詩人盛讚牡丹，因為它豔麗而有品味，清純而有風情，麗冠百花，「花開時節動京城」。詩人審美的標準是多重的，品格、大眾化（審美標準）是兩個關鍵字。

三 作品構思簡析

　　詩題為〈賞牡丹〉，詩無一句直接描寫牡丹，牡丹之美卻躍於眼前，這就是這首小詩構思的巧妙之處。本詩表現牡丹之美的手法有二：一是用比較法突出牡丹的完美性；具體說就是點出芍藥與芙蕖的美中不足，通過對比、烘托，突出牡丹特有的風情與品格。值得讚賞的是，詩人突出牡丹，並未貶低芍藥與芙蕖的美麗風采，還算比較公允。唐人詩句「虛生芍藥徒勞妒，羞殺玫瑰不敢開」，相比之下，就顯得不那麼容易接受了。二是跳出具體的花容花姿描寫，轉向對京城賞牡丹宏觀動人場景的描寫，用牡丹花開的轟動效應突出牡丹之美。

> **附　徐夤〈郡庭惜牡丹〉**①
>
> 　斷腸東風落牡丹②，為祥為瑞久留難③。
>
> 　青春不駐堪垂淚④，紅豔已空猶倚欄⑤。
>
> 　積蘚下銷香蕊盡⑥，晴陽高照露華干⑦。
>
> 　明年萬葉千枝長，倍發芳菲借客看。
>
> **注釋**　①徐夤：唐代詩人。字昭夢，福建莆田人。中進士，官至秘書省正字，後歸隱。本詩借牡丹花零落，歎人生短暫、青春不駐。尾聯道花開花落自然規律，格調稍高，詩人似乎感悟到新的希望。②落：降落，飄零。③「祥」和「瑞」：都是吉祥的意思。④駐：停留。倚：靠著。⑤蕊：花蕊，此指花。⑥華干：華麗的欄杆。

賈島

題李凝幽居

閒居少鄰并①，草徑入荒園②。

鳥宿池邊樹，僧敲月下門。

過橋分野色③，移石動雲根④。

暫去還來此，幽期不負言⑤。

注釋　①并：合在一起（居住）。②徑：狹窄的道路。③分野色：指花草一塊塊的，呈出不同塊狀的顏色。④雲根：古人認為雲生於山石上之上，石為雲根。⑤幽期：歸隱相約的日期。

一　作者簡介與題解

　　賈島（西元 779～843 年）是唐代有名的苦吟詩人。字閬（ㄌㄤˋ）仙，范陽（今北京附近）人。早年為僧，法名無本。以詩謁韓愈，很得韓愈賞識，遂還俗。曾任長江主簿、普州（今四川安岳縣）司倉參軍，年六十五歲死於官邸。著有《長江集》十卷。

　　賈島以苦吟著稱，長於五律。他曾在「獨行潭底影，數息樹邊身」（〈送無可上人〉）兩句詩後注過一首小詩：「二句三年得，一吟雙淚流。知音如不賞，歸臥故山秋。」但也有幾首詩不飾雕琢，如〈劍客〉（十年磨一劍，霜刃未曾試。今日把示君，誰有不平事）、〈尋隱

者不遇〉（松下問童子，言師采藥去。只在此山中，雲深不知處。）

本篇為五言律詩，是賈島苦吟之作。李凝是一位隱士，是賈島的朋友。「幽居」指悠閒的住所。詩寫作者去訪問友人不遇，抒發一種悠閒自得的情趣，表達詩人對隱逸生活的嚮往。這首詩主要因「鳥宿池邊樹，僧敲月下門」兩句而聞世。

二　全詩串講及翻譯

閒居少鄰並，草徑入荒園。

清淨幽閒的住所，近處少有鄉鄰，一條雜草蓬生的小路伸向荒蕪的園子。這兩句寫景，突出一個「幽」字，描繪友人居住環境的清幽，襯托出隱士心境的坦蕩與悠閒，滲透著詩人對隱士生活的憧憬。詩人曾為浮屠，他往來的朋友多為僧徒道士，他的詩境往往是那種獨處、清淨、枯寂的出家人的怡然自樂。〈寄董武〉「孤鴻來半夜，積雪在珠峰」，作者欣賞的正是這種暗淡、清冷、孤寂、悠然的情調。

鳥宿池邊樹，僧敲月下門。

鳥兒歇宿在池邊的樹上，夜歸的僧侶在月色下正敲打著山門。「鳥宿池邊樹」，給人以靜謐、幽然、和諧的感覺，但單看此句不免有些費解，夜色中作者怎會看得如此細微？其實，這正是詩構思巧妙之處。月光如水，萬籟無聲，老僧（或作者）造訪，敲門聲驚動了宿鳥，許是鳥兒驚飛，盤旋一陣後又重歸老巢棲宿。詩人捕捉到這一瞬息即逝的現象，動中寫靜，一石二鳥。「僧敲月下門」，是後人津津樂

道的好詩句。「推敲」二字還有一個故事：一日賈島騎驢偶得「鳥宿池邊樹，僧敲月下門」兩句，後句動詞初擬用「推」字，又覺不如「敲」妙，思改「敲」字，又覺「推」好，不覺陷於沉思。他在驢背上比劃推敲之勢，不覺毛驢撞到京兆尹韓愈的儀仗隊中，當即被押至韓愈面前。賈島便將做詩酌字一事說了，韓愈沒有責備他，思之良久，對賈島說，作「敲」字更佳。後來兩人竟成了朋友，這是後話。「推」和「敲」，差別不大。進老朋友家，況在荒山野外，用「推」字也合情合理。似乎「敲」字描寫隱士、僧侶的舉止更為妥帖，再者，「敲」字更顯聲感，與前句搭配更為縝密。賈島是大千世界名利場的失敗者，為填補個人心靈的寂寞和空虛，他緊緊地把自己封閉在文學象牙塔中，苦吟為詩，回味禪意，成為獨具風格的苦吟詩人。

　　過橋分野色，移石動雲根。

　　走過小橋，花草分出不同顏色的塊狀，雲腳飄浮，彷彿山石在輕移。此兩句寫返程所見，補寫隱士家居的環境。一平視、一仰視，詩人筆下視野高遠，突出空曠、自在、變幻、恬淡、幽美，寄寓詩人對空靈境界和歸隱的嚮往。「移石動雲根」這句頗有神韻，耐人尋味。山石是不會動的，因雲在輕飄，不動的山石以輕飄的雲作參照，就會感到雲靜石動了。

　　暫去還來此，幽期不負言。

　　我暫時離開這裡，但不久還會重來，按照相約的日子，與朋友一起隱居，絕不食言。最後一聯表白詩人歸隱的幽情，點出詩的主旨。賈島出道，後還俗，他始終在出家、還俗的矛盾中徘徊，但最終未能

歸隱，病死在普州任上。

三　本詩評述

　　〈題李凝幽居〉散發著濃濃的歸隱氣息和禪意，這是詩人「僧本位」思想的反應。作者之所以產生這種思想，當然與個人信仰有關，但與唐代統治者提倡佛老，麻醉吏民不無關係，更重要的是唐代黑暗現實使詩人看不到光明與希望，為尋求精神寄託而採取的自我麻醉。今天欣賞本詩時，讀者應當摒棄其思想糟粕，汲取其藝術精華。

　　詩中的草徑、荒園、宿鳥、池樹、野色、雲根，無一不是尋常所見，閒居、敲門、過橋、暫去，無一不是尋常所為，作者以平常所見所為入詩，卻虛構出詩人自我陶醉的理想境界，這是本詩的一大特色。從上面講到的故事看，這首詩是苦吟之作，詩酌字琢句極為講究，中間四句對仗十分工整，但刻意雕琢卻不露痕跡，與六朝漢魏賦和後來辛棄疾「掉書袋」的詞比，多一份自然、淺顯、清新的感受。

李賀

李憑箜篌引

吳絲蜀桐張高秋①，空山凝雲頹不流②。

湘娥啼竹素女愁③，李憑中國彈箜篌④。

昆山玉碎鳳凰叫⑤，芙蓉泣露香蘭笑⑥。

十二門前融冷光⑦，二十三弦動紫皇⑧。

女媧煉石補天處⑨，石破天驚逗秋雨⑩。

夢入神山教神嫗⑪，老魚跳波瘦蛟舞⑫。

吳質不眠倚桂樹⑬，露腳斜飛濕寒兔⑭。

注釋 ①吳絲蜀桐：指製作箜篌的材料。絲，指箜篌的弦。桐，桐木。張高秋：在爽朗的秋天彈奏。②「空山」句：言空山雲氣被箜篌聲所吸引，凝而不流。頹：頹然，堆積，凝滯的樣子。③湘娥：湘水的女神，即舜的妃子娥皇、女英。傳說舜死於蒼梧（山名，在今湖南省寧遠縣），二妃追至洞庭湖，聽到不幸的消息，淚灑竹上，因而有湘江一帶的斑竹。素女：神話中的霜神。湘娥，一作「江娥」。④中國：即國之中央，指京城長安。⑤昆山：即崑崙山，著名的產玉之地。玉碎鳳凰叫：形容樂聲清脆激越。⑥「芙蓉」句：形容樂聲時而低回，時而輕快。⑦十二門：長安城東西南北各三門。這句是說樂聲使全城氣候變得溫馨。⑧「二十三弦」句：箜篌式樣不同，有一種名叫豎箜篌的，為二十三弦。動紫皇：感動天神。紫皇，道教尊天上最尊的神為紫皇，即玉帝。⑨女媧：《淮南子‧覽冥訓》和《列子‧天問》載女媧煉五色石補天故事。⑩

「石破」句：形容樂聲忽然高昂激越，如石破天驚般引得天上下起了秋雨。⑪
「夢入」句：《搜神記》載「永嘉中，有神現兗州，自稱樊道基。有嫗號成夫
人。夫人好音樂，能彈箜篌，聞人弦歌，輒便起舞。」所謂「神嫗」，疑用此
典。從這句以下寫李憑在夢中將他的絕藝教給神仙，驚動了仙界。⑫老魚跳
波：《列子·湯問》：「瓠巴鼓琴而鳥舞魚躍。」⑬吳質：即吳剛。吳剛，字質。
《西酉雜俎》卷一：「舊言月中有桂，有蟾蜍。故異書言月桂高五百丈，下有
一人常斫之，樹創隨合。人姓吳名剛，西河人，學仙有過，謫令伐樹。」⑭寒
兔：傳說月中有廣寒宮，故言「寒兔」。

一 作者簡介與題解

　　李賀（西元 790～816 年）是中唐浪漫主義詩人。字長吉，昌谷
（今河南省宜陽縣）人。出生於一個沒落的皇室後裔家庭，家境貧
困。少年時就有詩名，因避父晉肅諱，不得參加進士科舉考試，只作
了一個職掌祭祀的小官奉禮郎。一生抑鬱，死時年二十七歲。李賀的
詩獨樹一幟，馳騁於神話故事和鬼魅世界裡，形成一種奇崛幽峭、穠
麗淒涼的風格，他因此被後人稱為「詩鬼」。

　　〈李憑箜篌引〉以描寫音樂見長，是唐代描寫音樂三大詩篇之
一。清人方扶南云：「白香山『江上琵琶』、韓退之〈穎師琴〉、李長
吉〈李憑箜篌引〉皆摹寫聲音之至文。韓足以驚天，李足以泣鬼，白
足以移人。」（《李長吉詩集批註》卷一）。該詩通過描繪李憑箜篌所
創造的離奇幽怪的藝術境界，讚美其高超的技巧，也曲折地流露出作
者懷才不遇的悲涼情懷。李憑是供奉宮廷的梨園藝人，擅長彈奏箜
篌。「箜篌引」為樂府舊題。箜篌是我國古代的絃樂器。

二　全詩串講及翻譯

　　吳絲蜀桐張高秋，空山凝雲頹不流。

　　吳地蠶絲和蜀地桐木製成精美的箜篌，樂聲飄蕩在晴朗的深秋。聽到這美妙的樂聲，空山上的浮雲頹然凝滯不再飄遊。詩開門見山描寫樂聲。「吳絲蜀桐」，突出樂器製作精美高檔，為下文極力誇張李憑彈箜篌高超的技藝張本。「張」，是調試的意思。「高秋」，即深秋，兼有秋高氣爽的意思。李賀詩常用險僻字，較難理解。「空山凝雲頹不流」，是將無生命之物情感化，描寫音樂，給人以亦真亦幻的感覺。

　　湘娥啼竹素女愁，李憑中國彈箜篌。

　　娥皇、女英淚灑斑竹，素女霜神滿腔愁——李憑在國中長安彈箜篌。這兩句詩描寫李憑演奏箜篌曲調極悲，有如湘娥哭夫、素女鼓瑟于秦王之悲，感天動地。《述異志》云：「舜南巡，葬於蒼梧，堯二女娥皇、女英淚下沾竹，文悉為之斑。」《漢書・郊祀志上》：「秦帝使素女鼓五十弦瑟，悲，帝禁不止，故破其瑟為二十五弦。」

　　昆山玉碎鳳凰叫，芙蓉泣露香蘭笑。

　　像崑崙美玉碰擊聲聲清脆，如鳳凰那激越清亮的歌喉，如同芙蓉在露水中唏噓飲泣，好似蘭花迎風開放笑語輕盈。「昆山」句以聲寫聲，模擬樂聲的清脆動聽 。「芙蓉」句以形寫聲，描寫樂聲輕盈優美。「芙蓉泣露香蘭笑」這句詩寫得極妙。「芙蓉泣露」摹寫琴聲的悲

抑低回，「香蘭笑」描摹琴聲歡暢，既可以耳聞又可以目睹，以有形之花狀無形之聲，刻畫惟妙惟肖。「昆山」兩句用四個比喻，表現李憑彈箜篌能模擬各種不同的聲音，美妙而富於變化。如果說前兩句重在一個「悲」字，那麼這兩句就是突出一個「悅」字，清脆輕盈，怡人悅耳。這是兩種不同的音樂境界，共同鋪成音樂變化神奇的功效。

　　十二門前融冷光，二十三弦動紫皇。

　　長安十二道城門前的寒光冷氣，全被箜篌聲所消融。二十三根弦絲輕彈快撥，天神亦為之感動。「融冷光」，意即人們陶醉在美妙的弦樂聲中，以致連深秋時節的風寒霜冷也全然不覺，弦聲溫暖人心，如同融化了周身的寒冷。「動紫皇」是雙關語，既指感動天神，亦指感動皇帝，不確指，用語新奇。

　　女媧煉石補天處，石破天驚逗秋雨。

　　高亢的樂聲有如女媧煉石補天，石破天驚，引出漫天紛紛揚揚的秋雨。這兩句想像奇特，用女媧煉五彩石補天來描寫弦樂已是非凡之想；再用「石破天驚」，真個異想天開；「逗秋雨」繼續馳騁想像的翅膀，將音樂神化，浪漫主義色彩十分濃厚。

　　夢入神山教神嫗，老魚跳波瘦蛟舞。

　　音樂彷彿把人們帶入夢境——神山，夢見李憑向神女傳授演奏箜篌的技藝，那情景有些怪誕：天池裡的老魚跳出波面，深潭中瘦弱的蛟龍應節起舞。「夢入」兩句寫李憑的弦聲驚動了仙界，極寫其超凡

的藝術境界。在文人筆下，常見的是仙術迷人，指點凡人，李賀卻來個顛倒，凡人李憑給仙人——箜篌高手成夫人傳授技藝！「老魚跳波瘦蛟舞」是烘托，用龍騰魚躍、水光波影襯托超凡入聖的弦聲。

　　　吳質不眠倚桂樹，露腳斜飛濕寒兔。

　　月宮中吳剛被樂聲吸引，靠著桂樹，徹夜不眠；廣寒宮中的月兔張耳聆聽，露珠斜飛，全身透濕。這裡的吳剛、寒兔和前面的神嫗、老魚、瘦龍都是李憑箜篌音樂的癡迷者和知音。詩的結尾有點意思，也許是音樂正酣，吳剛、寒兔正迷，也許是曲終，吳剛、寒兔還未回過神來，但這並不重要，重要的是詩的藝術效果。與白居易〈琵琶行〉中「四弦一聲如裂帛，東船西舫巧無言，唯見江心秋月白」比，寫法不同，但一樣有嚼味，回味無窮。

三　品「詩鬼」的「鬼」味

　　詩壇稱李賀為「詩鬼」，無疑是就李賀整體詩作而言，但〈李憑箜篌引〉亦「鬼」味十足，我們無妨品一品。此詩雖寫的是現實生活中的人，描寫的是現實生活中的音樂，但取材於神話（女媧補天）、傳說（「湘娥啼竹素女愁」、樊道基和吳剛的故事等）；李賀的其他一些詩亦如此，甚至取材於鬼魅世界，歌唱死亡（如〈神弦曲〉），這是取材上的「鬼」味。本詩時而天上，時而地上，交叉變更；時而凡人，時而仙女、天神，沒有一定的次序，想像所至，筆之所隨，這是寫法的「鬼」味。詩用詞特別，如「張高秋」、「頹不流」、「老魚跳波瘦蛟舞」，這是用詞上的「鬼」味。簡單地說，題材「鬼」，與作者的學識、官職（奉禮郎）等有關；寫法「鬼」，與詩人的創作方法（浪

漫主義）、表現技巧、甚至性格有關；遣詞「鬼」，與其崇拜韓愈「唯陳言之務去」的觀點和追求遣詞新奇有關。

附　描寫音樂的古詩詞佳句

此夜曲中聞《折柳》，何人不起故園情！（李白〈春夜洛城聞笛〉）

曲終人不見，江上數峰青。（唐‧錢起〈省試湘靈鼓瑟〉）

錦城絲管日紛紛，半入江風半入雲。（杜甫〈贈花卿〉）

鄰家思婦更長短，楊柳如絲在管中。（唐‧劉商〈夜聞鄰管〉）

浮雲柳絮無根蒂，天地闊遠隨飛揚。（韓愈〈穎師琴〉）

嘈嘈切切錯雜彈，大珠小珠落玉盤。（白居易〈琵琶行〉）

請君莫奏前朝曲，聽唱新翻楊柳枝。（劉禹錫〈楊柳枝詞〉）

昆山玉碎鳳凰叫，芙蓉泣露香蘭笑。（李賀〈李憑箜篌引〉）

微波澄不動，冷浸一天星。（秦觀〈臨江仙〉）

杜牧

江南春

千里鶯啼綠映紅，水村山郭酒旗風①。

南朝四百八十寺②，多少樓台煙雨中③。

注釋　①山郭：山城。郭，外城。酒旗：古代酒店外面懸掛寫有「酒」字的旗子。②南朝：在建康（今南京市）建都的宋、齊、梁、陳四朝合稱南朝。南朝皇帝和官僚信佛。《南史‧循吏‧郭祖深傳》：「都下佛寺五百餘所。」這裡說四百八十寺，是概數。③樓台：指寺廟。

一　作者簡介與題解

　　杜牧（西元 803～853 年）是晚唐傑出的詩人和辭賦家。字牧之，號樊川，京兆萬年（今陝西省西安市）人，宰相杜佑之孫。二十六歲舉進士，因被人排擠，只做過幕僚。三十六歲，為京官。後出使黃州、池州、睦州等地刺史。年輕時杜牧注重研究財賦兵甲之事，曾注《孫子》，寫過許多兵論，希圖在軍事上有所作為，但理想落空。杜牧工詩、賦、文，詩以七絕著稱。有「小杜」（以別杜甫）之稱，與李商隱齊名。

二 全詩串講及翻譯

> 千里鶯啼綠映紅，水村山郭酒旗風。

　　千里江南，黃鶯聲裡，叢叢綠樹映著簇簇紅花，在臨水的村莊、依山的城郭，到處可見風中飄動的酒旗。「千里」，言地域遼闊。明代楊慎在《升庵詩話》中說：「千里鶯啼，誰人聽得？千里綠映紅，誰人見得？若作十里，則鶯啼綠紅之景，村郭、樓臺、僧寺、酒旗，皆在其中矣。」這種理解不無道理，但「即作十里，亦未必盡聽得著，看得見」（何文煥《歷代詩話考索》）。若改「千里」為「十里」，雖是一字之差，然詩之氣勢、意境、風格則實難並論，也與題目〈江南春〉不貼。「水村山郭酒旗風」與前一句都是寫景，本句寫景突出江南一帶生活的繁華，為下文寫景句抒情蓄勢。

> 南朝四百八十寺，多少樓臺煙雨中。

　　南朝四百八十座寺廟，如今有多少樓台都籠罩在煙霧般的細雨之中。詩四句都是寫春景，這兩句寫景不同之處有二：一是寫景已由春和景明變為細雨濛濛，觀察時間不同；二是已由寫自然景觀轉到寫人文景觀，巧妙地揉入了歷史的滄桑和詩人的感慨，從而進一步深化了作品的主題。關於最後兩句，有人認為極具諷刺意味，諷刺南朝或當政者沉迷佛教，勞民傷財，不思進取，結果國事日危，江河日下。有人認為詩人純粹寫景，所謂諷刺是一種臆斷。筆者認為本詩諷刺意味明顯，看杜牧的其他作品不難得出這一結論。如〈過華清宮〉：「長安回望繡成堆，山頂千門次第開。一騎紅塵妃子笑，無人知是荔枝

來。」——詩諷刺唐玄宗荒淫昏瞶，生活腐敗，勞民傷財。如〈泊秦淮〉：「煙籠寒水月籠紗，夜泊秦淮近酒家。商女不知亡國恨，隔江猶唱後庭花。」——諷刺上層社會紙醉金迷、醉生夢死，不知國之將亡。〈阿房宮賦〉寫作目的就是：規勸當朝統治者、特別是唐敬宗，應以秦國覆滅作為歷史教訓，不要貪圖享受而大興宮殿，逼民於絕路。

三　寫法比較

〈江南春〉是一首抒情小詩，篇幅雖短，描繪的卻是廣闊而深遠的畫面，大至整個江南，遠至宋、齊、梁、陳。詩不具體描寫某一地方的景色，而是著眼於整個江南，大處著墨，尺幅千里。這種描寫與「日出江花紅勝火，春來江水綠如藍」的宏觀描寫有相似之處，細微差別是白詩更概括，用異色相襯法，杜詩時空交織，宏觀中見景點。大處著墨和以點帶面是文學作品描寫的兩種常用方法，一般來說，前者常給人以氣勢恢宏的感覺，後者常給人以具體可觸的形象感。

溫庭筠

商山早行

晨起動征鐸①，客行悲故鄉。

雞聲茅店月，人跡板橋霜。

槲葉落山路②，枳花明驛牆③。

因思杜陵夢④，鳧雁滿回塘⑤。

注釋　①征鐸：車行時懸掛在馬頸上的鈴鐺。②槲（ㄏㄨˊ）：一種落葉灌木或喬木。③枳（ㄓˇ）：一種落葉灌木或小喬木，果實似橘而略小，俗稱臭橘，可用作中藥。驛牆：驛站的牆壁。④杜陵：在長安城南，因漢宣帝陵墓所在而得名。⑤鳧雁：鳧，野鴨；雁，一種候鳥。回塘，彎曲的山塘。

一　作者簡介與題解

　　溫庭筠（約西元 812～870 年）是晚唐「花間派」的領袖人物。原名岐，字飛卿，並州祁（今山西省祁縣）人，後定居於鄠（ㄏㄨˋ）縣（今陝西省戶縣）。溫庭筠一生只做過巡官、檢校員外郎、國子助教之類的小官。他才思敏捷，會弦管樂器，工於詩、詞、賦。唐宣宗朝試宏辭，溫代人作賦，因擾亂科場，被貶為隋縣尉。溫詞多寫個人遭際和閨情，辭藻華麗，他被稱為花間派鼻祖。在唐代他與李商隱齊名，世稱「溫李」，與韋莊齊名，世稱「溫韋」。《花間集》收溫詞六

十六首，其詩部分保存在兩《唐書》中。

〈商山早行〉是詩人於唐宣宗大中末年離開長安在商洛山一帶宦遊之作，描寫了旅途寒冷淒清的早行景色，流露出遊子的孤寂和思鄉之情，是唐代有名的羈旅行役詩之一。商山，又名楚山，在今陝西省商州市東南。

二 全詩串講及翻譯

晨起動征鐸，客行悲故鄉。

清晨起床，車馬的鈴鐸已叮噹作響，旅客踏上旅途，悲憂總繫故鄉。首聯點明時間、地點和心緒。「晨起」照應詩題「早行」。「客」指旅客，也包括作者。「悲故鄉」是旅客早行的原因。遊子飄零，免不了孤單寂寞，故鄉是他們的牽掛，同時也是他們的精神寄託。「在家千般好，出門時時難」，「客行悲故鄉」一句，極易引起讀者、特別是遊子的共鳴，成為人們喜愛的詩句。

雞聲茅店月，人跡板橋霜。

雞聲清亮，茅草店披著曉月的餘輝，寒霜覆蓋的木板橋上早有行人的足跡。頷聯寫詩人晨行所見所聞。雞聲打破凌晨的寧靜，月亮尚掛在天際，是取雞聲和曉月兩種常見景物寫早。銀霜未化，腳印雜亂，是從特殊氣候下的特別場面寫早。「人跡板橋霜」，真個「莫道君行早，更有早行人」。兩句共十字，六個名詞一線貫珠卻無雕琢的痕跡。歐陽修「西風酒旗市，細雨菊花天」（〈秋懷〉）、「鳥聲梅店雨，

野色板橋春」(〈過張至秘校莊〉),似有模仿的痕跡,但未能超過溫詩。倒是陸游「樓船夜雪瓜州渡,鐵馬秋風大散關」(〈書憤〉)和馬致遠「枯藤老樹昏鴉,小橋流水人家,古道西風瘦馬」(小令〈淨天沙〉)詩(曲)中名詞連用來得自然。同是寫早行,陳與之〈早行〉是這樣寫的:

> 露侵駝褐曉寒輕,星斗闌干分外明。
> 寂寞小橋和夢過,稻田深處草蟲鳴。

溫詩的「雞聲茅店月,人跡板橋霜」與陳詩的「寂寞小橋和夢過」構思不同,表意也不同,但同樣受讀者喜愛,均成為千古名句。

> 槲葉落山路,枳花明驛牆。

槲葉紛飛,落滿了荒山的野路,枳花淡白,映亮了驛站的土牆。頸聯寫早行所見山景。槲葉落、枳花開,點出「早行」的時令是早春。早春早行,春寒料峭,「明」字卻別開境界,不但寫出了早行之早,而且給人帶來早春時心中的一絲暖意。有人認為「人跡板橋霜」與「槲葉落山路」是寫秋景,與「枳花明驛牆」寫早春之景時令不合,這是外地人不知商洛山初春特殊景物的緣故。事實上槲葉飛,枳花放,正是商洛山的早春景物的特色,溫庭筠「槲葉曉迷津路,枳花春滿庭」(〈送洛南李主簿〉)即可印證。

> 因思杜陵夢,鳧雁滿回塘。

一路所見,因而想起近日夢見杜陵美好的景象:彎彎曲曲的池塘

滿是野鴨和大雁。尾聯寫早行思家，表現出詩人歸心似箭的心情。詩句避直就曲，不直言急於回家與親人團聚，而寫家鄉「鳧雁滿回塘」之景，語言含蓄、生動形象，且很好地照應了首聯和文題。

三　詩人心境透視

孤寂、悲涼、失意、思鄉、進取，是作者寫作此詩的複雜心境。這首詩寫於詩人商洛山宦遊期間，詩中的「客」字，既指旅客，也指作者，獨自飄零在異鄉，能不孤獨？「悲故鄉」的「悲」字，感情沉重，一字千鈞，如重壓中爆發。懷才不遇，宦遊無盡頭，失意隨之而來。異鄉為客，故鄉總關情，詩句「因思杜陵夢，鳧雁滿回塘」所表達的正是這種揮之不去的鄉愁。儘管如此，詩人仍在為前途奔波，奔波的動力源於自信，詩句「枳花明驛牆」中的「明」字既是早春早行淒冷景色中的一絲暖意，也是詩人政治生命中的一絲光亮。

李商隱

隋宮

紫泉宮殿鎖煙霞①，欲取蕪城作帝家②。

玉璽不緣歸日角③，錦帆應是到天涯④。

於今腐草無螢火⑤，終古垂楊有暮鴉⑥。

地下若逢陳後主⑦，豈宜重問後庭花⑧？

注釋 ①紫泉：即紫淵。唐人避唐高祖李淵諱改紫淵曰紫泉。此指長安隋宮。鎖煙霞：喻冷落。②蕪城：指隋時的江都，舊名廣陵，即今江蘇省揚州市。劉宋時鮑照見該城荒蕪，作〈蕪城賦〉，後遂有此稱。③玉璽（ㄒㄧˇ）：皇帝的御印。緣：因。日角：人的額骨飽滿得像太陽一樣，稱為日角。《舊唐書・唐儉傳》：隋末，唐儉勸李淵起兵時說：「明公日角龍庭。」④錦帆：指煬帝的龍舟，其帆皆錦製。天涯：指天下。⑤螢火：隋煬帝在江都等處大量搜集螢火蟲，夜間放出，以代燭光。隋時揚州有放螢院。⑥「終古」句：隋時開運河，河旁植有楊柳，後人稱為隋堤。垂楊暮鴉，喻亡國景象。⑦陳後主：即陳叔寶，陳朝國君。隋文帝開皇九年（西元 589 年），隋滅陳；陳叔寶投降。⑧後庭花：即〈玉樹後庭花〉，樂府名，陳後主所作，後人視為亡國之音。

一 作者簡介與題解

　　李商隱（西元 813～858 年）是晚唐最著名的詩人。字義山，號玉谿生，懷州河內（今河南省沁陽縣）人。開成二年（西元 837 年）

進士。曾任秘書省校書郎、弘農尉、節度使判官等職。年輕時，李商隱因文才而深得牛黨要員令狐楚的賞識，後李黨的王茂元愛其才，以女妻之。從此，李商隱便在牛李黨爭的夾縫中求生存，儘管他保持中立，然一生清冷潦倒。李商隱詩構思新奇，意蘊深微，好用典，文辭清麗。他的詩最為人傳誦是愛情詩，寫得纏綿悱惻，但過於隱晦迷離，難於索解，如〈無題〉（昨夜星辰昨夜風）。他與杜牧並稱「小李杜」，與溫庭筠合稱為「溫李」。

　　題「隋宮」指的是隋煬帝楊廣在江都的江都宮、顯福宮、臨江宮等行宮。〈隋宮〉是一首詠史弔古詩，表面上惋惜隋煬帝身死國亡，實則諷刺其荒淫腐化、昏聵誤國。該詩言辭深婉，史訓深刻。李商隱詩繼承、發展了中國古典詩歌的藝術技巧，成就很高。就內容而言，有政治詩、詠史詩、寫景詠物詩、愛情詩幾類。李商隱的政治詩中〈行次西郊作一百韻〉、〈安定城樓〉較為出色，表達了奮發進取的精神；他的詠史詩〈賈生〉、〈隋宮〉構思新巧、措詞委婉、意蘊深長；詠物寫景詩也有驚人之筆，如〈登樂遊原〉境界蒼涼悲壯，意蘊含蓄。他的愛情詩是最為人們廣泛傳誦的。他常取名「無題」，或以詩中兩字為題作為此類詩的題目，後人就把無題詩作為愛情詩的別稱。李商隱的無題詩有兩種情況：一種是隱晦朦朧的愛情詩。詩人的對象和戀情在當時是不能公開的，寫相思又無法直說，所以寫得迷離恍惚。另一種則是借戀情而寄託激憤，抒發感慨，就像他自己所說：「為芳草以怨王孫，借美人以喻君子」。以他的兩首〈無題〉（「昨夜星辰昨夜風」和「相見時難別亦難」）為例，前一首寫有情男女無法如願的苦楚，後一首刻畫了陷入絕境的愛情，詩情變幻迷離，難以捉摸。

　　李詩廣納前人所長，承杜甫七律的沉鬱頓挫，融齊梁詩的華麗濃豔，學李賀詩的鬼異幻想，形成了他深情、纏綿、綺麗、精巧的風

格。李詩還善於用典，借助恰當的歷史類比，使隱祕難言的意思得以
表達。

二　全詩串講及翻譯

　　　紫泉宮殿鎖煙霞，欲取蕪城作帝家。

　　長安城的隋宮鎖住一派清冷的煙霞，隋煬帝又要取遙遠的揚州作
為新的帝業。首聯點題，揭露隋煬帝借南遊之名行尋歡作樂之實。隋
煬帝楊廣是隋朝的第二個皇帝，他在位十四年（西元 604～618 年），
可用結束南北分裂、開通運河、打通絲綢之路、三游江都、三征高句
（ㄍㄡ）麗概括他一生所為，大體上是個有政治抱負、有進取心的皇
帝。最終因長期窮兵黷武，賦稅繁重，生產遭到嚴重破壞，引發農民
大起義。重兵在握的宇文化及乘機發動兵變，將他縊死於江都，身後
留下暴君、昏君的千古罵名。詩句諷刺隋煬帝兵指江南的野心和窮奢
極欲的生活。

　　　玉璽不緣歸日角，錦帆應是到天涯。

　　頷聯是假設：若皇帝大印無緣落到額骨飽滿得像太陽一樣的李淵
之手，煬帝的錦緞龍舟早該駛及天際。詩人的虛擬推想當以史實為依
據。〈開河記〉記載：煬帝「龍舟既成。泛江沿淮而下……連接千
里，自大梁至淮口，連綿不絕。錦帆過處，香聞千里。」這兩句不順
著首聯之意寫江都作帝家之事，卻蕩開一筆，以假設另起一層，這樣
寫深化了諷刺貪得無厭、荒淫誤國的主題，而且範圍更大，同時也避

免了行文的呆板。這兩句詩看似歌頌，實為譏諷，筆調委婉。

　　於今腐草無螢火，終古垂楊有暮鴉。

　　如今腐草叢中已不見螢火，傍晚時分隋堤垂柳上唯有烏鴉的哀鳴。頸聯涉筆兩個典故：隋煬帝在長安、洛陽、江都等處，令人大量捕捉螢火蟲，夜間放出，光遍岩穀。隋時揚州有放螢院，相傳是煬帝放螢的地方。「於今腐草無螢火」高度誇張，極諷煬帝荒淫至極。第二個典故寫開大運河時，朝廷詔令，獻柳一株，賞（實為抵）絹一匹，堤岸遍佈楊柳。白居易〈隋堤柳〉有「大業年中煬天子，種柳成行夾流水。西至黃河東至淮，綠影一千三百里」。「終古垂楊有暮鴉」意在表達隋堤長存，隋朝國運短暫悲哀。頸聯「於今」與「終古」對比，渲染隋王朝覆滅後淒涼的景象。

　　地下若逢陳後主，豈宜重問後庭花？

　　煬帝黃泉路上若遇陳後主，豈當再提起亡國之曲〈玉樹後庭花〉？〈隋遺錄〉上說：煬帝在揚州沉迷聲色，為妖所惑，恍惚間與陳後主相遇。後主舞女數十，煬帝屢盯一人。後主問，殿下（後主死時，煬帝為太子）不識乎？即（張）麗華也。帝因請寵妃麗華（魂靈）舞〈玉樹後庭花〉。最後兩句活用楊廣與陳叔寶夢中相遇的典故，以假設反詰的語氣，意在表達：楊廣目睹了陳叔寶荒淫亡國事實，卻不汲取教訓，縱情遊樂，迷戀聲色，身死國滅，為天下恥笑。相傳〈玉樹後庭花〉為後主所作，反映淫靡的宮廷生活，後人斥為亡國之音。

三　作品的剪裁與諷刺藝術

　　這首詩取材於隋煬帝楊廣逸遊和隋宮。隋煬帝三遊江都別開奢侈的遊樂外，事實上還另有目的，那就是巡視江南，開拓疆界，準備逃路，「欲取蕪城作帝家」。隋煬帝絕不是一個因循守舊的皇帝，他的野心大得很，他統軍滅陳、敗契丹、取吐谷渾、開發西域、征高句麗、開創科舉、修建東都洛陽、開鑿大運河等足可見證。作者思想深邃和眼光獨到之處在於，詩從警世的角度圍繞荒淫誤國的主旋律剪裁，給讀者打磨永恆的話題。

　　〈隋宮〉的諷刺是顯而易見的，但詩的諷刺與眾不同，那就是明頌暗諷。「欲取蕪城作帝家」，看似歌頌隋煬帝創業的進取心，實則鞭撻其貪婪的野心。「玉璽不緣歸日角，錦帆應是到天涯」，看似歌頌煬帝的雄心壯志，歎息其皇位短暫命中註定，實際上是諷刺其遊樂野心的無限膨脹。李商隱七絕〈隋宮〉也是採用這種諷刺藝術。詩云：

> 乘興南遊不戒嚴，九重誰省諫書函？
> 春風舉國裁宮錦，半作障泥半作帆。

　　首句字面上寫煬帝南遊深得民心、軍心，實則表現其驕橫和淫威；第二句字面上寫煬帝虛心納諫，實則表現其獨夫形象；「春風」一詞刻畫心情，但後面是「舉國裁宮錦」、「半作障泥半作帆」，諷刺入木三分！

敦煌曲子詞

望江南

莫攀我^①，攀我太心偏^②。

我是曲江臨池柳^③，者人折了那人攀^④，恩愛一時間。

注釋 ①攀：攀引。三個「攀」字，有的版本寫作「扳」。②心偏：原意是偏愛，此指癡情。③曲江：池名。在今陝西省西安市東南，因水流曲折出名，為唐朝觀光勝景。④者：同「這」。

一　題解

〈望江南〉是唐玄宗時的教坊曲名，後用為〈憶江南〉詞調的別名。此詞為敦煌曲子詞，本世紀初，隨著敦煌莫高窟藏經洞被打開，才重見天日。本詞寫一位受盡侮辱的妓女的自訴，充滿悲憤和反抗。作者佚名。

二　題材與人稱

本詞以妓女為題材，這在唐代並不少見，白居易〈琵琶行〉中的琵琶女就是一個歌伎。可見妓女作為被社會淪落的一個群體，在唐代已引起人們的關注。本詞題材的特殊性在於詞中女主人翁——妓女以第一人稱敘述表現這個群體被侮辱、被損害的痛苦，這在古典詩詞中

是很難見到的。這種自訴的表現方式，最能直接表達自身的痛楚和抒發強烈抗議的呼聲，與一般文人詩詞用第三人稱寫他人的感受，要直接、真實、深刻得多。

三　構思與比喻

「莫攀我」，可視為全詞的中心句，它與後面四句構成前果後因的倒置關係，就像推理一樣，只不過是先說出結論，然後再說出推理過程。應當指出的是，寫詞不可能離開形象思維寫成邏輯推理的形式，因為那不是文學。這裡因果關係中的「因」最妙是「我是曲江臨池柳」，這個比喻也可視為全詞整體構思的框架。比喻之妙，妙在生動、形象，符合人物特殊的身分。「曲江臨池柳」因地處繁華和其柔美，引逗遊人攀折，以此喻妓女，二者之間的相似點是，「者人折了那人攀，恩愛一時間」。「折」和「攀」對柳而言是攀枝折條的意思，就妓女而言是被挑逗和玩弄的意思。此比喻言妓女如同柳條，被人玩弄，地位低下。

四　與〈柳氏傳〉中的兩首小詩比較

唐代小說家許堯佐的〈柳氏傳〉中有兩首小詩，與本首〈望江南〉內容有相通之處。〈柳氏傳〉講述風塵女子柳氏與「大曆十才子」之一的韓翃（ㄏㄨㄥˊ）之間的感情糾葛：韓翃瀟灑，有詩名，但家境貧寒，在友人李生的撮合下，韓、柳終成男女之歡。後吏部選官，柳氏勸韓出而求職，並傾囊資助，以至賣妝奩。「安史之亂」中，柳氏恐陷於賊手，入法靈寺削髮為尼。韓翃發跡後舊情復發，尋柳氏，不遇，乃贈碎金並題詩一首而去。詩云：「章台柳，章台柳！

昔日青春今在否？縱使長條似舊垂，亦應攀折他人手。」柳氏見詩，捧金大哭，覆書於韓曰：「楊柳枝，芳菲節，所恨年年贈離別。一葉隨風忽報秋，縱使君來豈堪折！」這兩首詩與〈望江南〉比相同之處是：均是寫妓女的詩，同為以柳喻妓女；不同之處是：韓詩是第三人稱寫妓女，明顯帶有輕蔑和責備的意味；〈望江南〉和柳氏詩是第一人稱寫妓女，表現出對輕薄男子的蔑視和憤慨。就其藝術形象而言，韓詩中的男子不足為取，最多不過是一個薄情漢而已（小說結尾二人重歸於好），而〈望江南〉和柳氏詩中的妓女，雖地位低下，卻有三分傲氣，有人格的尊嚴。另外，〈柳氏傳〉中的兩首詩明顯受到〈望江南〉的影響。

附　敦煌曲子詞簡介

　　一九九○年，一個偶然的機會，有人在甘肅敦煌鳴沙山第二八八號石窟（藏經洞）裡發現了幾百首手抄的唐、五代民間詞，這些詞後來統一稱為「敦煌曲子詞」。敦煌曲子詞題材十分廣泛，「有邊客遊子之呻吟；忠臣義士之壯語；隱君子之怡情悅志；少年學子之熱望與失望；以及佛子之讚頌，醫生之歌訣……其言閨情與花柳者，尚不及半。」（王重民《敦煌曲子詞集・敍錄》）這些詞不僅題材廣泛，而且形式活潑，風格多樣，有鮮明的個性特徵和濃郁的時代氣息，反映了詞興起於民間時的原始形態，是研究唐、五代社會及民間說唱文學的第一手材料。一般認為，這些作品寫得最好的是男女情愛之作。茲舉一例：「天上月，遙望似一團銀。夜久更闌風漸緊，為奴吹散月邊雲，照見負心人。」（〈望江南〉）

敦煌曲子詞

鵲踏枝

叵耐靈鵲多謾語^①，送喜何曾有憑據。

幾度飛來活捉取^②，鎖上金籠休共語。

比擬好心來送喜^③，誰知鎖我在金籠裡。

欲她征夫早歸來^④，騰身卻放我向青雲裡。

注釋 ①叵（ㄆㄛˇ）耐：不可忍耐，可恨。叵，不可。謾語：謊話。一作「滿語」。靈鵲：喜鵲。民間有喜鵲傳送喜訊的說法。②幾度：幾次。③比擬：本擬。擬，打算。④征夫：出征作戰的人。此指女主人翁的丈夫。

一　詞牌名與本詞簡介

　　〈鵲踏枝〉，原題〈雀踏枝〉，格式與通行的六十字體不同。本篇詠鵲，符合詞調的本意。此詞牌一般抒寫纏綿悱惻之情，但後來有很大突破，並與「鵲」無關。本詞寫閨中思念征夫，是唐代民間流傳的一首愛情詞，屬於敦煌曲子詞，作者名已湮沒。

二　全詩串講

　　叵耐靈鵲多謾語，送喜何曾有憑據。

　　靈鵲，即喜鵲。民間有「喜鵲叫，貴客到」的諺語，喜鵲的叫聲是佳音的象徵。不難想像，每次聽到喜鵲鳴叫，閨中少婦總會一陣狂喜，趕緊梳妝打扮，出門迎接遠道歸來的丈夫，然而事與願違，總是乘興而去，掃興而歸。於是她轉喜為怒，深責起靈鵲來，責備靈鵲說謊話，空報喜。這裡責鵲與愛夫有一種微妙的關係，責之愈深，反見愛之愈切，可見責鵲是愛情表達的一種特殊方式。

　　幾度飛來活捉取，鎖上金籠休共語。

　　如果責鵲還不足以發洩，那麼下一步該是「活捉取」與「鎖上」了。這兩句寫思婦情感進一步宣洩下的舉措，側面表現出她純真、熾烈的愛情。「休共語」，意即不再和你說話。思婦與靈鵲像一對淘氣的好小朋友，玩耍間，一方突然賭起氣來。這些描寫巧妙地揭示出人物極度思念的苦楚，言在此而意在彼，同時為下面描寫靈鵲滿是委屈與溫和作答鋪墊。

　　比擬好心來送喜，誰知鎖我在金籠裡。

　　這兩句寫靈鵲蒙冤反思，鳴不平。寫靈鵲鳴不平不是目的，目的是突出女主人翁思念之切，由於思之深，所以遷怒於送喜的靈鵲，以致出現過激的行為（捉、鎖）。

　　　　欲她征夫早歸來，騰身卻放我向青雲裡。

　　「欲」句是靈鵲反思的結論，是詩人借靈鵲之口點明詞意。如果改用作者直接說出，必然味同嚼蠟，沒有詩味。最後一句既是寫思婦，也是寫靈鵲，「放」的主體是思婦，放後感受在靈鵲。

三　構思剖析

　　這首詞構思很巧妙，明暗兩條線同時進行，兩個敘事主體各啟一層，全詞渾然一體。先說明暗兩線。明線一寫思婦怨鵲、責鵲，甚至捉來鎖上，一寫靈鵲設身處地自我解答；暗線是閨思閨怨。很明顯，暗線是作品的思想所在，明線是表達這一思想的藝術形式。在詞中，明暗兩線一道行進，上片「送喜何曾有憑據」一句稍作點破，下片「欲她征夫早歸來」一語道破，明暗兩線在此融合，天衣無縫。再說敘事主體。一般詩詞從頭到尾只用一個敘事主體，此詞不同，詞雖短卻有兩個。上片敘事主體是思婦，從思婦感受的角度寫靈鵲，從而間接地表達主題；下片的敘事主體是靈鵲，通過靈鵲之口表達主題。兩個敘事主體一前一後，組成民歌簡單的唱和或獨白形式。這樣從不同的視角分兩次進行描述，表達同一主題，不僅深化了詞的思想，而且給人異彩紛呈的生動感和可讀性。

四　本詞的語言特色

　　這首詞的語言很有特色。從文學作品的語言分類看，全篇都是人物語言，沒有記敘語言。人物形象有兩個，一是閨中思婦，一是靈鵲，詞中的靈鵲被詞人賦予了思維和情感，在表現手法上是擬人。從

兩個人物形象語言的聯繫看，上片是思婦責鵲，下片是靈鵲申辯。這一責一申，巧妙地表現了思婦的閨怨情結和作品的主題。從詞的語言風格看，自然、清新、風趣、口語化，有濃厚的民歌體風味。

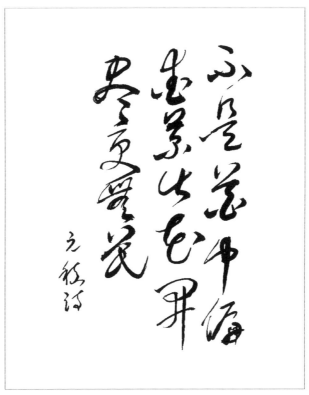

不是花中偏愛菊，此花開盡更無花。

（元稹／菊花／作者手稿）

馮延巳

謁金門

風乍起①，吹縐一池春水②。

閑引鴛鴦香徑裡③，手挼紅杏蕊④。

鬥鴨闌杆獨倚⑤，碧玉搔頭斜墜⑥。

終日望君君不至，舉頭聞鵲喜。

注釋 ①乍：忽然。②縐：同「皺」，皺紋。③香徑：花間的小路。④挼（ㄖㄨㄛˊ）：揉搓。⑤鬥鴨：一種使鴨相鬥的觀賞遊戲。詞中指欄杆上的圖案。⑥「碧玉」句：言髮髻蓬鬆，玉簪歪斜欲墜，形容無心打扮、懶散的神態。

一　作者簡介與作品提要

　　馮延巳（西元 903～960 年）是南唐的宰相和著名詞人。又名延嗣，字正中，廣陵（今江蘇省揚州市）人。南唐中主時官至翰林學士承旨、中書侍郎、左僕射同平章事（宰相）。長於言辭，但治國平庸。因保兩位兵敗的將軍曾引咎辭去宰相一職。後復宰相職，又因主政期間兵敗被免去宰相。兩年後馮因病去世。這一年，趙匡胤建立北宋王朝。

　　馮延巳的詞常以大境寫柔情，如「將遠恨，上高樓。寒江天外流」（〈更漏子〉）。他的詞開始擺脫了「花間派」濃重的脂粉氣和堆砌

辭藻的陋習，多抒寫女子、士大夫的閒情逸致，文人氣濃，語言清麗，藝術性很高。王國維在《人間詩話》中說：「馮正中詞……開北宋一代風氣。有《陽春集》（原名《陽春錄》）。

謁金門，詞牌名。本詞為佳人思念心上人之作。詞寫景和心理描寫細膩、渾然一體，構思精巧，語言自然清新。「吹縐一池春水」一語雙關，情景交融，是這首詞、也是馮延巳詞中的名句。

二　全詞串講及翻譯

風乍起，吹縐一池春水。

風忽地吹起，池水泛起漣漪，好似風拂絲綢出現的皺紋。這兩句寫景，景中有情，刻畫女主人翁春心萌動的微妙情態，語言清新明麗。相傳中主李璟見到此詞，極喜愛之，他同馮延巳開玩笑說：「『吹縐一池春水』，何干卿事？」馮延巳對曰：「安得如陛下『小樓吹徹玉笙寒』之句。」（見《南唐書・馮延巳傳》）李璟是皇上，又是詞家，他的讚譽無疑擴大了這首〈謁金門〉的影響。

閑引鴛鴦香徑裡，手挼紅杏蕊。

在花園的小路上，無聊地引逗鴛鴦玩兒，手輕揉著紅杏的花蕊。這兩句是女主人翁正式亮相，描寫這位少婦春心躁動，心不在焉。一個「閑」字透露出她面對春光百無聊賴的心理情狀。水邊成雙成對的鴛鴦，引起她情緒波動，孤單寂寞之感莫名而生。在語序上，前後兩句是倒張，按正常的語序應為「手挼紅杏蕊，閑引鴛鴦芳徑裡」。寫

詩填詞，因格律和強調某一層意思，常常採用倒張。如「鬥鴨闌杆獨倚」、「瑤草短，菊花殘，蕭條漸向寒。」（馮延巳〈更漏子〉）

> 鬥鴨闌杆獨倚，碧玉搔頭斜墜。

獨自靠著鬥鴨圖案的欄杆，頭上碧玉髮髻歪斜欲墜。詩句刻畫這位女郎孤單、慵懶、心事重重。「鬥鴨欄杆獨倚」，不是寫她離開鴛鴦，又去看鬥鴨了，「鬥鴨」在這裡是修飾欄杆的。「碧玉搔頭斜墜」，描寫女主人翁懶洋洋的，無心妝扮，興趣索然。她為何如此？答案在下兩句。

> 終日望君君不至，舉頭聞鵲喜。

整日盼望郎君，但郎君始終不見回來，突然間聽到樹上喜鵲的叫聲，不由暗自欣喜。「終日」，表思念日長。「舉頭」是抬頭的意思。「舉頭聞鵲喜」，突出「喜」之突然。最後兩句點明詞意。喜鵲報喜是習俗之談，元・沈禧〈浣溪沙〉有云：「刷羽枝頭翠色新，能傳芳信與閨人。」郎君是否到來，留下懸念，回味無窮。

三　構思分析

文學作品必須得到讀者的認可才能長久、廣泛地流傳。這首詞不僅「風乍起，吹縐一池春水」這一名句吸引讀者，而且構思極為巧妙。先看人物描寫。「閑引鴛鴦香徑裡」，當為人物出場亮相，巧在詞人先描寫其心事（「風乍起，吹縐一池春水」），讓讀者先揣摩其心再見其人。更為巧妙的是詞人並不特意刻畫人物心理，而是寓心理描寫

於寫景之中，景中含情，一石二鳥，筆墨十分經濟。再看整體構思。全詞只有八句，前六句寫女主人翁心泛漣漪、「閑引鴛鴦」、「手撚紅杏」、獨倚欄杆、「搔頭斜墜」，詞人始終未揭開謎底，直到第七句（「終日望君君不至」），讀者才抖掉霧水，豁然開朗，原來她是思念心上人，為情所困。最後一句「舉頭聞鵲喜」，由愁至喜，筆意一波三折，給讀者以神馳的空間。

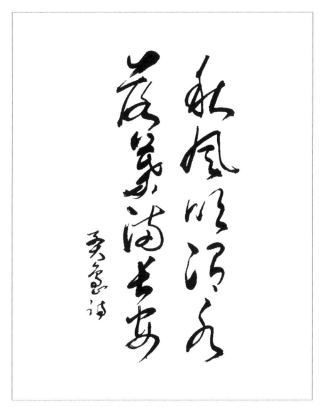

秋風吹渭水，落葉滿長安。

（賈島／憶江上吳處士／作者手稿）

李煜

相見歡①

無言獨上西樓，

月如鉤。

寂寞梧桐深院鎖清秋②。

剪不斷，

理還亂，

是離愁③。

別是一般滋味在心頭④。

注釋 ①相見歡：詞牌名，又作「烏夜啼」、「秋夜月」、「上西樓」。②清秋：深秋。③離愁：去國之愁。④一般：一種。

一　作者與李詞簡介

　　李煜（西元 937～978 年）是南唐末代皇帝和南唐最有影響的詞人。他是南唐中主、詞人李璟的兒子，世稱「李後主」。李煜的詞以西元九七五年宋滅南唐前後為界，大體可分為前後兩個時期。前期他是一國之君，但由於拙於執政和沉迷聲色，加之宋的軍事打擊，南唐國勢日漸衰弱，最終為宋所滅。這一時期的作品大體上寫宮廷生活，

讀其代表作〈玉樓春〉便略知一般：「晚妝初了明肌雪，春殿嬪娥魚貫列。風簫吹斷水雲間，重按霓裳歌遍徹……」但也有一些詞抒發忘國之前的哀愁，如清平樂（「別來春半」），雖思想性不高，但藝術上為後世所崇拜，結句「離恨卻如春草，更行更遠還生」，比喻新穎貼切，意味深長，千百年來膾炙人口。李煜被俘後離開金陵（今南京市），被押至汴京（今開封），從此「日夕以淚洗面」，最終被宋太宗毒死。李煜後期的詞無論思想性還是藝術性都比前期高。從詞思想性看，抒發的完全沒有聲色犬馬的豔氣，而是聲淚俱下的無盡哀愁，人們讀其詞，也似乎多了一份同情。後期詞的藝術也日臻完善，多用白描，擅長比喻，感情真摯而強烈，概括力極強，三言兩語就能渲染出無窮的悲哀。他擅長寫愁，「問君能有幾多愁，恰似一江春水向東流」簡直是千古絕唱。

　　李煜雖主政無方，卻是一個多才多藝的才子，音樂、書法、繪畫均有造詣，特別是詞在我國文學史上有著不容忽視的地位。李煜詞的的思想性和藝術性不平衡，甚至反差極大，值得研究。

二　全詞串講

　　〈相見歡〉寫作者在西樓所見所感，塑造出一個愁腸百結的亡國之君形象。

　　　　無言獨上西樓，月如鉤，寂寞梧桐深院鎖清秋。

　　言詩人孤寂一人默默地走上西樓，夜幕中，天邊懸掛一輪殘月，幽深的院子裡鎖著和人一樣寂寞的梧桐和愁煞的秋氣。「月」、「清秋」，交代時間。「西樓」、「深院」，交代地點。「無言」、「獨上」，刻

畫苦悶、孤寂。「月如鉤」和「寂寞梧桐深院鎖清秋」，寫景很有特色：月是如鉤的殘月，「鉤」出詞人萬千愁思；梧桐樹在深秋的月夜和作者一樣寂寞、孤獨，院子秋景蕭颯，鎖住一派秋氣。試想作為南唐國君，昔日是何等的威風，又是怎樣的享受，如今身在異國他鄉，淪為階下囚，失去人身自由，朝不保夕，只能用詞來抒發心中的哀痛，借景抒情，情何以堪！而俯視宮院，籠罩著煞人的秋氣，連梧桐樹也失去往日的生機，寂寞難耐，縱有悲哀，無從傾訴！「鎖」字十分生動形象，「鎖」住的不只是院子和清秋，更是上樓人的思緒。「鎖」字還有承上啟下的作用，正因為鎖住，所以下闋詞人並未回首往事，寫景戛然而止。

　　剪不斷，理還亂，是離愁。

　　這是本詞的傳神之筆。「絲」「思」諧音，用絲喻愁，並不少見，如，李商隱「春蠶到死絲方盡，蠟炬成灰淚始幹」（〈無題〉），但以絲喻離國之愁，李煜當為第一人。一般人想到的是「消愁」，作者信手拈來一個「剪」字，將無形之愁物化，似乎可見、可觸、甚至可剪，很有創意。讀到這裡，讀者很容易想到「快刀斬亂麻」的成語，快刀可以斬斷亂麻，但作者的離愁非亂麻所比，它「剪不斷，理還亂」，詩人無法擺脫。這是怎樣一種愁呢？讀者只能結合作者的平生遭遇去慢慢體會罷了。

　　別是一般滋味在心頭。

　　這是詞人無可奈何的哀歎。既然「剪不斷，理還亂」，說不清，道不明，那就乾脆拋在一邊，說一句「別是一般滋味在心頭」收筆。

細讀本詞似乎有一種愁腸百轉，欲言又止的感覺，這也許是愁至極點的煎熬，人們常說「欲哭無言」大概就是這這種境界吧。從表現手法上分析，這樣寫恰到好處地照應前面的「無言」和「鎖」兩詞，全詞結構融為一體。

三　主人翁形象分析

　　從南唐為宋所滅、李煜被擄的歷史事實和作品言愁的內容看，〈相見歡〉的主人翁是一個亡國之君的典型，這一結論恐怕沒有異議。作品中主人翁的基本性格特徵如下：一、孤獨難耐。首句「無言獨上西樓」便刻畫出其極度的孤獨，描繪出一個十足的「寡人」藝術形象。他完全身處一個孤獨的世界：「月如鉤，寂寞梧桐深院鎖清秋。」這一形象與「樂不思蜀」的阿斗相比，人物個性涇渭分明。二、為愁所困。怎樣一個困？詞人寫得極為形象：剪不斷，理還亂。」這不是一般男女的離愁別恨，是亡國之愁，是帝王淪為階下囚的離國之愁，也許只有「素車白馬，繫頸以組，封皇帝璽符節，降軹道旁」（《史記・高祖列傳》）的子嬰、「願世世無生帝王家」的南朝宋順帝劉准、親手劍殺長公主，歎曰「若何為生我家」的毅宗之類的亡國之君才有同感，常人無從深切體會。三、欲言又止。「無言」，表面上看是因為「獨上西樓」，沒有受眾，其實縱有受眾，又敢言何？俗話說，禍從口出。作為一個「違命侯」，早已判了死刑，只是尚未昭示而已。有人說結句「別是一般滋味在心頭」，愁腸比「剪不斷，理還亂」更多一結，真是讀懂了「詞帝」李煜！

附　言愁詩詞名句集錦

愁之古：「海水直下萬里深，誰人不言此愁古。」（李白〈遠離別〉）

愁之長：「白髮三千丈，緣愁似個長。」（李白〈秋浦歌〉）

愁之形：「離恨卻如春草，更行更遠還生。」（李煜〈玉樓春〉）

愁之多：「春去也，飛紅萬點愁如海。」（秦觀〈千秋歲〉）

愁之重：「只恐雙溪舴艋舟，載不動許多愁。」（李清照〈武陵春〉）

愁之聲：「斷盡愁腸誰會得？哀燕聲聲。」（晚清・王鵬運〈浪淘沙〉）

愁重遊：「山寺月中尋桂子，郡亭枕上看潮頭。何日更重遊。」（白居易〈憶江南（之二）〉）

愁相見：「時節欲黃昏，無聊獨倚門。」（溫庭筠〈菩薩蠻〉）

愁還鄉：「未老莫還鄉，還鄉須斷腸。」（韋莊〈菩薩蠻〉）

愁相思：「明月樓高休獨倚，酒入愁腸，化作相思淚。」（范仲淹〈蘇木遮〉）

愁離別：「明月不知離恨苦，斜光到曉穿朱戶。」（晏殊〈蝶戀花〉）

愁朱顏：「日日花前常病酒，不辭鏡裡朱顏瘦。」（歐陽修〈蝶戀花〉）

愁韶光：「流光容易把人拋，紅了櫻桃，綠了芭蕉。」（南宋・蔣捷〈一剪梅〉）

柳永

雨霖鈴

寒蟬淒切，對長亭晚①，驟雨初歇②。

都門帳飲無緒③，留戀處，蘭舟催發④。

執手相看淚眼⑤，竟無語凝噎⑥。

念去去⑦，千里煙波⑧，暮靄沈沈楚天闊⑨。

多情自古傷離別，更那堪冷落清秋節⑩！

今宵酒醒何處，楊柳岸曉風殘月。

此去經年⑪，應是良辰好景虛設。

便縱有千種風情⑫，更與何人說⑬！

注釋 ①長亭；古時驛站十里一長亭，五里一短亭，供行人休息。②驟雨：大暴雨。初歇：剛停止。歇，停止。③都門帳飲：在京郊城外設置帳幕宴飲送行。④蘭舟：用蘭木製造的小船。古詩中的「蘭舟」，「畫船」意義相近。⑤執手：手拉著手。⑥凝噎（一せ）：一作「凝咽」。因為激動，嗓子被氣憋住，說不出話來。⑦念：想。⑧煙波：煙霧籠罩的江湖水面。⑨暮靄：傍晚時的雲氣。沈沈：深沉。沈同「沉」。楚天；楚地的天空。（楚國範圍大，包括湖北，湖南，安徽，江西等地）這裡泛指南方的天空。⑩堪：能忍受，經得住。清秋節：即農曆九月九日的重陽節。⑪經年：年復一年。⑫風情：深情蜜意。⑬更：一作「待」。

一　作者簡介與作品提要

　　柳永（約 987〜1053）是北宋婉約派的代表詞人。字耆卿，原名三變，宋朝崇安（今福建省崇安縣）人。柳永年輕時熱忱仕途，因常出入秦樓楚館，名聲不好，未被啟用。相傳柳永考進士，臨軒放榜時，考官因其詞〈鶴沖天〉結句云：「忍把浮名，換了淺斟低唱」，特落之曰：「且去淺斟低唱，何要浮名！」未予取錄。柳永直到晚年才考中進士，一生只做過屯田員外郎一類的小官，世稱「柳屯田」。後來，他乾脆專門從事填詞創作，成為北宋第一位專業詞人。柳詞在宋元時期流傳極廣，葉夢得《避暑錄話》云：「凡有井水處，即能歌柳詞。」現存《樂章集》一卷，有詞近二百首。柳永一生窮困潦倒，相傳他死後還是「群妓合金葬之」。

　　柳詞多取才於都市底層生活，「工於羈旅行役」，擅長表現離情別恨，長於鋪敘，作品結構天成，情景交融，語言曉暢。

　　〈雨霖鈴〉選自《全宋詞》。〈雨霖鈴〉一作〈雨淋鈴〉，詞牌名。關於這首詞的題材看法不一，一說寫詞人與愛人的離別，一說寫詞人與情人的別離。從柳永的生平、生活環境和處世態度看，似乎後說更為貼切。作品在傾訴難以割捨的離情中，抒發了生平遭遇的不幸和前途暗淡的感慨，感情真摯，但通篇格調傷感。該詞以鋪敘、白描、渲染見長，銜接天然，充分體現了柳詞的特色。

二　全詞串講及翻譯

　　詞上闋寫詞人與戀人於長亭離別。

　　　寒蟬淒切，對長亭晚，驟雨初歇。

　　暮色蒼茫時分，一場秋雨剛歇。長亭之處，一對即將分離的情人，無可奈何的聽著寒蟬淒切的鳴叫。起筆描寫長亭別離時的景色，用淒涼的景物襯托作者冷落、愁煞、不忍離別的心情。柳永的詞多渲染秋煞的氣氛，他的另一代表作〈八聲甘州〉中「漸霜風淒緊，關河冷落，殘照當樓」，也是以渲染秋景聞名的佳句。「寒蟬」，交代深秋時令。「長亭」，表明離別。古驛道上五里一短亭，十里一長亭，供人休息，人們常在亭中送客止步。李白〈菩薩蠻〉詞云：「何處是歸程，長亭更短亭。」「驟雨初歇」暗示即將開船，情侶分手就在眼前。

　　　都門帳飲無緒，留戀處，蘭舟催發。
　　　執手相看淚眼，竟無語凝噎。

　　在汴京（開封）郊外帳中飲酒餞別，卻心無頭緒，兩人正難捨難分時，船上人催著要發船，兩人手拉著手，淚眼相望。此時此景，因傷感竟然說不出一句話來。這五句描寫分別時的痛苦心情及交代分別的場面。「都門帳飲」，交代分別的地點和餞別的方式。「留戀處」，言不願意離去，「蘭舟催發」，言不得不離。「執手相看淚眼，竟無語凝噎」，是情侶不願分離又不得不分離時柔情蜜意的特殊表現。描寫十分直率，表達了兩人誠摯而熱烈的感情，形象逼真，如在目前。

　　　念去去，千里煙波，暮靄沈沈楚天闊。

　　想到此次離別，路途遙遠，楚天遼闊，暮靄沉沉。詩寫景寄情，狀楚天景色，抒相思之情。「念」字直接領起下兩句，同時關涉上文的「無語」和本詞的結句。古今詞中念（往昔）、想（當年）、歎（如

今）、料（得）、問（青天）、看、望、夢等常用來領取下文，多加注意，就能觸類旁通。「去」字連用，刻畫蘭舟催發，人不願分離的相思之苦。「煙波」、「暮靄」，是詩人想像中的南方景色，藉以表達作者的憂思和飄忽不定的暗淡情懷。

詞下闋推想別後江南傷離的情景：

> 多情自古傷離別，更那堪冷落清秋節！
> 今宵酒醒何處，楊柳岸曉風殘月。

自古以來，多情的人傷感離別，（今天我倆彼此分手）怎經得起清秋節的冷落淒涼！今晚我酒醒時身在何處？也許是泊船楊柳岸邊，習習晨風中，天空掛著一鉤殘月。這四句寫離別後的感歎和想像。

「今宵酒醒何處，楊柳岸曉風殘月」，是本詞的名句。詩句成為名句原因有二：一是情景交融，意在言外。所描景物最能撥動讀者的心弦，勾起讀者的遐想。楊柳是古人分別時折枝相贈的信物，取「楊柳依依」之意，表依依惜別之情。「曉風」、「殘月」描繪的是清晨淒苦清涼的意境，晨風習習，更添殘月如鉤，怎不令人愁腸百結，愁思萬千？「楊柳岸」、「曉風」、「殘月」，取景自然，詩中有畫，畫中有情，加之語言曉暢，形象、含蓄，自然百讀不厭，千古傳頌。二是「楊柳岸曉風殘月」與蘇軾的「大江東去」的格調形成極為鮮明的對比，前者代表宋代婉約派詞風，後者代表宋代豪放派詞風。其中還有一個小故事（見〈念奴嬌・赤壁懷古〉一文的分析），故事因兩位大詞家而流傳，兩位大詞家相得益彰，「楊柳岸曉風殘月」與「大江東去」兩首詞隨故事而廣為傳播。

此去經年，應是良辰好景虛設。

便縱有千種風情，更與何人說！

　　這一去經年累月，就是遇到美好的時刻和宜人的景色，也形同虛設，即使有千般情意，又能向誰傾吐呢？景之好壞，是由人的心情決定的，杜甫詩「感時花濺淚，恨別鳥驚心」是對「良辰好景虛設」的側面詮釋。「便縱有千種風情，更與何人說」，涵義豐富，就思友而言，是寫相見之難，就獨處而言，是寫孤寂之苦，就前景而言，是寫渺茫之憂。作者以問句作結，言盡而意不盡。

三　簡析本詞中的「離情別恨」

　　〈雨霖鈴〉上闋寫長亭離別之情，下闋寫想像中的孤獨之恨，通篇充溢著離情別恨。這種離情別恨既包括男女之情，同時也透露出作者對現實社會的擔憂和不滿。下面我們從這兩方面進行簡要分析。

　　從男女私情看，感情是真摯的，沒有輕浮之處，詞的描寫在當時雖不免有些露骨，與李商隱「身無彩鳳雙飛翼，心有靈犀一點通」、「相見時難別亦難，東風無力百花殘」（〈無題〉）和晏殊「輕別意中人，山長水遠知何處」（〈踏莎行〉）及秦觀「兩情若是久長時，又豈在朝朝暮暮」（〈鵲橋仙〉）相比，直率有餘，含蓄不夠。總觀全詞，我們應當肯定其真情實感、健康的主調，在此前提下，擯棄其迎合市民口味的趣味，切不可以庸俗低級，甚至色情化來全盤否定。

　　從詞的寓意看，〈雨霖鈴〉在描寫男女離情別恨的同時，流露出作者對社會黑暗現實的擔憂與不滿，這是本詞的社會現實意義所在，忽視了這一點，就不能深刻理解該詞的主題。應當指出的是，柳永不是一個很有社會責任感的文人，他的擔憂與不滿是基於個人前景的考慮，未能代表柳詞所描寫的市民的立場。

梅堯臣

魯山山行

適與野情愜^①，千山高復低。

好峰隨處改^②，幽徑獨行迷^③。

霜落熊升樹^④，林空鹿飲溪。

人家在何許^⑤？雲外一聲雞^⑥。

注釋 ①適：恰好。野情：喜愛山野之情。愜（ㄑㄧㄝˋ）：（心裡）滿足。②隨處改：（山勢）隨觀看的腳步移動而改變。③幽徑：幽暗的小路。④升：爬上。⑤何許：何處，哪裡。⑥雲外：形容高遠。一聲雞：暗示遠處有農家。

一　作者簡介與題解

　　梅堯臣（1002～1060）是北宋前期傑出的詩人。字聖俞，世稱梅都官。宣州宣城（今安徽省宣城縣）人。皇佑三年（1051）召試，賜進士出身。官國子監直講，累遷至尚書都官員外郎。據《至德縣誌》記載：景佑元年至五年，梅堯臣任建德縣令，居官清廉正直。後人為紀念他，改縣城為梅城，並於其官舍西建梅公亭。梅堯臣曾預修《唐書》，工於詩。與歐陽修、蘇舜欽齊名，時稱「梅歐」、「蘇梅」。劉克莊《後村詩話》稱之為宋詩的「開山祖師」。有《宛陵先生集》。

　　魯山，又名露山，坐落河南省魯山縣東北，接近襄城縣西南邊

境。其山奇峰錯落，風景秀麗。宋仁宗康定元年（1040），梅堯臣知襄城縣時寫此詩。該詩寫魯山山行所見，描寫了魯山的獨特風景，浸透著詩人的一種「野情」。

二 全詩串講及翻譯

適與野情愜，千山高復低。

恰好與我喜愛山野風光的情趣相合，遊覽時千萬座山峰時高時低。「適」，是恰好、正好的意思，意謂山峰錯落，正合詩人遊山的情趣。首句表達了作者對山野景物的喜愛之情。「千山高復低」是千山復高低的意思，是從遊人行走的視角寫山峰多姿的景象。首聯倒張，景物描寫與心理表述相結合，讚美魯山奇峰錯列，抒發遊山之樂。

好峰隨處改，幽徑獨行迷。

美麗的山峰隨著觀看點改變而改變，一條幽深的小路引我獨行而迷路。「好峰」接「千山高復低」而來。峰之好是詩人的主觀感受，「好」字照應「適與野情愜，千山高復低」一層意思。「改」字看似隨手拈來，但用語極工，是用擬人手法寫山峰千姿百態，寓「山」於變化之中，同時含蓄表達了遊山者迷戀風景的愉悅心情。「迷」，即迷路，迷的直接原因是「好峰隨處改」和放縱「野情」。詩人寫迷路不是目的，重在表現山勢多姿，峰迴路轉。茲引幾句古詩為證：「遙看雲木秀，初疑路不同」（王維〈藍田山石門精舍〉）、「攀岩踐苔易，迷路出花難」（宋之問〈春日宴宋主簿山亭〉）、「山重水復疑無路，柳暗

花明又一村」（陸游〈遊西村山〉）。

　　霜落熊升樹，林空鹿飲溪。

　　傍晚下霜時分，樹林空寂，隱約可見熊爬上樹，野鹿在溪邊飲
水。「霜落」，點明山行的時令——深秋。「熊升樹」、「鹿飲溪」是遊
人難見的景象，正因為深秋黃葉落，可見度大，方見熊吃飽了，爬上
樹，懶洋洋地躺著，野鹿悠閒地喝著溪水，並同處一個畫面。這一動
態的景觀，襯托出詩人片刻閒適與寧靜。頸聯與頷聯在修辭上相同點
是對仗，這是七律中間兩聯對仗的要求。在取景上頸聯從頷聯以靜態
景物（峰、徑）入詩，轉入以動態景物（熊、鹿）入詩，「轉」也是
五律（七律）起承轉合的格律要求。起，即開端；承，即承接上聯加
以申述；轉，即轉折，另起一層；合，即結束全詩，拍合開端提出的
問題。

　　人家在何許？雲外一聲雞。

　　人家在哪裡？山高雲外突然傳來一聲公雞的打鳴聲。深山獨行，
迷路，又見熊瞎子，前不著村，後不著店，詩人不免心生擔憂，「人
家在何許」一句銜接十分自然。「人家在何許」是設問，作者沒有直
接回答，「雲外一聲雞」極其巧妙地點到為止，真是「含不盡之意見
於言外」。讀到這裡，筆者不禁想起了王維「空山不見人，但聞人語
響」的詩句來。這兩句詩與王詩比，意象更加豐富、語言更為含蓄。
尾聯表達了詩人超脫，淡定、恬靜、驚喜的心境。

三　作品評述

　　這是一首寫景抒情的五言律詩。寫景有兩個明顯的特色：一是大
處著墨與捕捉細節相結合。前四句描寫山峰著眼於全貌，不拘泥於一
峰一景，給人以魯山壯美的整體感；五、六句選取了「霜落熊升
樹」，「林空鹿飲溪」兩個細節，表現出魯山景物的特殊性，給人以新
奇感。這種面與點描寫一前一後的安排，不僅使魯山之美呈現出立體
感，而且使行文靈活多變，避免了景物描寫的呆板。二是靜中有動，
動中有靜，動靜映襯。「千山」是靜物，加上「高復低」三字，群山
立刻靈動起來了。「好峰」是靜物，加上「隨處改」三字，山峰便有
了鮮活生命一般。「霜落熊升樹，林空鹿飲溪」，畫面是動的，但表現
的是山中人跡罕至的幽靜。「雲外一聲雞」，是動態描寫，但細心的讀
者從詩句中捕捉到的卻是另一種訊息──幽深、靜穆。本詩抒情不是
直抒胸臆，而是情因景生，景中含情，抒情意在言外。「千山高復
低」，「文氏看山不喜平」，「適與野情愜」，景中含情。「好峰隨處改，
幽徑獨行迷」，詩句情景交融，喜悅之情溢於言表。「雲外一聲雞」是
本詩中抒情的名句，詩句意象豐富，有「白雲深處有人家」的驚喜，
有「一路奇景，不覺引余獨往」妙境的招引，有對農家「雞鳴桑樹
顛」自在生活的嚮往，有「野情」的釋放，總之，只可意會，難於言
表。

　　〈魯山山行〉語言自然、清新、曉暢、含蓄，無鍛字煉句的痕
跡，但意境高遠、飄逸，引人入境，如品茗茶，回味無窮，最能代表
梅堯臣詩歌的風格。他的〈陶者〉（附後）等詩卻很露鋒，甚至有明
顯的議論，但由於是有感而發，用白描的手法再現了尖銳的貧富對
立，思想深刻，加之對比強烈，諷刺辛辣，極為讀者所喜愛。

附　梅堯臣〈陶者〉

陶盡門前土，屋上無片瓦。

十指不沾泥，鱗鱗居大廈。

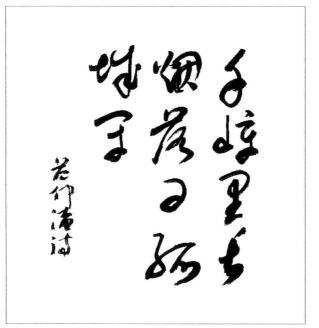

千嶂裡，長煙落日孤城閉。

（范仲淹／漁家傲／作者手稿）

歐陽修

蝶戀花

庭院深深深幾許①？

楊柳堆煙②，

簾幕無重數。

玉勒雕鞍遊冶處③，

樓高不見章台路④。

雨橫風狂三月暮，

門掩黃昏，

無計留春住。

淚眼問花花不語，

亂紅飛過秋千去⑤。

注釋　①幾許：多少。②堆煙：形容楊柳濃密，風中起伏如煙團。③玉勒：玉製的馬銜。雕鞍：精雕的馬鞍。遊冶處：指歌樓妓院。遊冶，豔遊。④章台：漢長安街名。《漢書・張敞傳》有「走馬章台街」語。唐・許堯佐《章台柳傳》，記妓女柳氏事，後因以章台為歌妓聚居之地。⑤亂紅：落花。

一　作者簡介與題解

　　歐陽修（1007～1072）是北宋著名的文學家、史學家。字永叔，自號醉翁，晚年又號六一居士，吉州永豐（今江西省永豐縣）人。仁宗時進士。官館閣校勘、諫官。因支持范仲淹革新，被貶滁州，任太守。後升至翰林學士、樞密副使、參知政事。王安石推行新法時，他對青苗法有所批評。

　　歐陽修是北宋古文運動的領袖，為唐宋「八大家」之一。散文說理暢達，抒情委婉。詞多描寫愛情，婉麗，富於情韻，與晏殊接近。曾與宋祁合修《新唐書》，並獨撰《新五代史》。有《歐陽文忠公集》、《六一詞》傳世。

　　〈蝶戀花〉，詞牌名。此詞一說為馮延巳作，但宋人一些選本均定為歐詞，比較可信。詞描寫閨怨，寄託著作者的某種情懷，歷代詞評家眾說紛紜。

二　全詞串講及翻譯

　　　庭院深深深幾許？
　　　楊柳堆煙，
　　　簾幕無重數。

　　庭院幽深，知多深？楊柳婆娑，騰起團團煙霧，簾幕垂掛無重數。詞開頭三句寫景。三個「深」字重疊，極寫庭院幽深，表高門禁錮，內外隔絕，閨房孤寂，形同囚居之意。前兩個「深」字是形容詞，第三個「深」字是形容詞用作動詞。「庭院深深深幾許」，此句李

清照極喜愛之，曾作詞數闋（附後）。「堆煙」，描寫楊柳，狀景象模糊，襯托團團閨怨。「簾幕無重數」，言閨閣深遠、封閉、隔絕，暗示閨中少婦孤身獨處，憂思重重。

> 玉勒雕鞍遊冶處，
> 樓高不見章台路。

高樓遠望，華貴的車馬停在歌樓妓館，卻看不見情郎走馬章台路。這兩句宕開一層，把視線推向女主人翁的丈夫，是從少婦的眼中寫她的悲哀與怨恨，點明詩意：自己獨守空房，癡情期盼，丈夫卻秦樓楚館，醉生夢死，遊冶不歸——現實的淒風楚雨無情地摧殘她善良美麗的芳心！自古多情女子花心郎，可見豪門生活絕非精神的寄託，大院高樓終難彌補感情世界的空虛與淒涼。

以上是詞的上片，描寫閨中少婦幽居的環境，抒發孤獨、不平之情。

> 雨橫風狂三月暮，
> 門掩黃昏，
> 無計留春住。

狂風暴雨，春三月即將過去，用門掩住黃昏，卻無法阻止春天的腳步。雨橫風狂，催送著暮春，也催送著女主人翁的芳齡，摧殘著她情感世界，殘酷的現實吞噬她的心靈，使她一籌莫展，無計可施。俞平伯評曰：「三月暮點季節，風雨點氣候，黃昏點時刻，三層渲染，才逼出無計句來。」（《唐宋詞選釋》）詩中「雨橫風狂」，喻殘酷的現實；「門掩黃昏」，喻苦留時光；「無計留春住」，喻青春流逝。

> 淚眼問花花不語，
>
> 亂紅飛過秋千去。

　　含淚問花，可知我的心否？花兒默默不語，紛紛揚揚，飛落秋千外。思婦含淚問花，花亦被摧殘，同病相憐，物我合一。結尾兩句寫女子的癡情、無奈和絕望。「淚眼問花」，實為含淚自問。「花不語」，意無言以對，狀無語凝噎之態。張宗橚（ㄙㄨㄟ）《詞林紀事》卷四：「《南部新書》記嚴惲詩：盡日問花花不語，為誰零落為誰開？」歐詩似從嚴惲〈落花〉詩中化出，但詞意渾成，意味深長，深得後人贊許。王又華《古今詞論》引清毛先舒云：「永叔詞云『淚眼問花花不語，亂紅飛過秋千去』，此可謂層深而渾成。何也？因花而有淚，此一層意也；因淚而問花，此一層意也；花竟不語，此一層意也；不但不語，且又亂落，飛過秋千，此一層意也。人愈傷心，花愈惱人，語愈淺而意愈入，又絕無刻畫費力之跡，謂非層深而渾成耶？」

　　下片寫女主人翁思念之情，抒發傷感、絕望之意。

三　讀者欣賞本詞的原因

　　這首〈蝶戀花〉被譽為閨怨詞中的千古名作，其原因分析如下：從主題看，作品歌頌了女主人翁純真的愛情，同時也鞭撻了花心郎對她美好愛情的褻瀆，從很大程度上引起了公眾道德的共鳴。詞中少婦獨守空房，望穿秋水，但現實卻是丈夫走馬章台，尋花問柳，讀者能不感懷？從情景描寫看，情從景出，景中含情，二者水乳交融。幽深的庭院、「堆煙」的楊柳、重重的簾幕是寫景，景中溢出的是少婦孤獨傷感的淡淡幽情。「雨橫風狂三月暮，門掩黃昏」，是寫景，但詞所表達的是封建禮教對閨中少婦無情地摧殘和貴婦人青春的流逝，詞中

對花的描寫極具情態，以花被摧殘喻青春被毀。「淚眼問花花不語，亂紅飛過秋千去」，人即花，花即人，真個「無可奈何花落去」。三、層次清晰，結構天成。詞以思婦為中心，前三句寫幽深的環境，後面寫思婦不為環境所囿：登樓望夫，痛感青春流逝，淚眼問花，滿腹傷感。寫花亦見層次，即因花落淚，含淚問花；花兒不語，飛過秋千。四、語言淺顯新奇，尤其是疊詞令人讚不絕口（串講部分已涉筆）。

附　李清照〈臨江仙〉①

庭院深深深幾許？雲窗霧閣常扃②。

柳梢梅萼漸分明③。

春歸秣陵樹④，人老建康城。

感月吟風多少事，如今老去無成。

誰憐憔悴更雕零。

試燈無意思，踏雪沒心情。

注釋　①這首詞寫於李清照晚年。上片寫春回大地，詞人四處飄零，閉門幽居，思念親人；下片感昔撫今，抒發南渡後的感慨。②「雲窗」句：韓文公〈華山仙女詩〉：「雲窗霧閣事恍惚，重重翠幕深金屏」。常扃（ㄐㄩㄥ）：指門雖設而常關。扃，關門。③萼（ㄜˋ）：花瓣。④秣陵：秦漢時期今南京的稱謂。

王安石

明妃曲

明妃初出漢宮時①，淚濕春風鬢腳垂②。

低徊顧影無顏色③，尚得君王不自持④。

歸來卻怪丹青手⑤，入眼平生未曾有。

意態由來畫不成⑥，當時枉殺毛延壽。

一去心知更不歸，可憐著盡漢宮衣。

寄聲欲問塞南事⑦，只有年年鴻雁飛⑧。

家人萬里傳消息：好在氈城莫相憶⑨。

君不見咫尺長門閉阿嬌⑩，人生失意無南北！

注釋　①初出漢宮時：指昭君出塞時。②春風；比喻面容嬌美。③低徊顧影無
顏色：言明妃徘徊不前，顧影自憐。④不自持：不能控制自己的感情。⑤丹青
手：此指畫師毛延壽。⑥意態：指人的精神、氣質等。⑦塞南：此指漢王朝。
⑧鴻雁：古時有鴻雁傳書的說法。⑨氈城：此指匈奴王宮。⑩長門閉阿嬌：漢
武帝曾將陳皇后幽禁在長門宮。阿嬌：陳皇后的小名。

一　作者簡介與題解

　　王安石（1021～1086）是北宋著名的政治家、散文家、詩人。字

介甫，晚號半山，世稱王荊公，江西臨川人。王安石二十二歲中進士，做過知縣、知州等地方官。其間寫過〈上仁宗皇帝萬言書〉，主張革除弊政，明法度。熙寧二年（1069），神宗特拔為參知政事，次年為宰相，從此，他推行新法（包括青苗、農田水利、方田均稅、免稅、保甲、保馬、市易等法）。由於舊黨反對，他屢次罷相，屢次啟用。司馬光為宰相時，新法廢除。

王安石詩文有濃厚的政治色彩，散文如〈答司馬諫議書〉，詩歌如〈河北民〉、〈陰山畫虎圖〉。他的詩風格獨特，對掃蕩西昆體的殘餘影響有很大的作用。有《臨川集》、《臨川先生歌曲》傳世。

〈明妃曲〉寫王昭君出塞事。昭君，字嬙（ㄑㄧㄤˊ）。南郡（今湖北秭歸）人。漢元帝時，她被選入宮中，數歲「不得見御」。竟寧元年（西元前 33 年），呼韓邪單于來朝，帝賜以昭君等五宮女，漢與匈奴和親，《漢書》和《後漢書》對此均有記載。西晉時因避司馬昭諱，改稱明君。晉葛洪《西京雜記》卷二「畫工棄市」一段增加了元帝按畫圖召幸宮女一節，說昭君因不肯賄賂畫工，見不到元帝才被遣嫁匈奴。此事可能存在，但小說類不足為據。作者有〈明妃曲〉二首，本篇是第一首（第二首附後）。

二　全詩串講及翻譯

明妃初出漢宮時，

淚濕春風鬢腳垂。

明妃出塞起初離別漢宮時，淚水濕透了她嬌媚的臉，雲鬢低垂。昭君出塞的原因，唯《後漢書》言其「積悲怨，乃請掖庭令求行」，

即不滿元帝長期冷落,悲憤之下請求出塞和親。不管是自願還是被迫,初離大漢,淚水漣漣,詩人的描寫都是符合實情的。這兩句寫明妃的美麗與離別之苦,為下文鋪墊。

　　低徊顧影無顏色,尚得君王不自持。

　　明妃徘徊不前,顧影自憐,覺得自己已失去了昔日的光彩,可元帝初見明妃,還是控制不了自己愛慕激動的心情。這兩句是用反襯的手法,從元帝愛慕的角度寫元妃的美麗。

　　歸來卻怪丹青手,入眼平生未曾有。

　　送走元妃歸來,元帝把沒有發現元妃的責任歸罪於為選美畫像的人,像元妃這樣燦若天仙的女子平生還未曾見到。《西京雜記》寫漢元帝遴選宮娥,令畫師先畫像,由於元妃不肯賄賂畫師毛延壽,結果未被元帝看上。這裡寫元帝送走元妃歸來,遷怒於畫師。後來毛延壽等一干人被殺。《西京雜記》寫成距離漢元帝有四百餘年,又屬小說家言,本不足信。但晉武帝因嬪妃眾多而「莫知所適,常乘羊車,恣其所之」,卻是史有明文。由此推斷漢元帝以畫圖召幸宮女不是不可能的。這兩句也是反襯手法,寫元妃出類拔萃之美。未曾有,一本作「幾曾有」。

　　意態由來畫不成,當時枉殺毛延壽。

　　人的氣質、風度是很難用筆畫出來的,當時殺毛延壽實在是有些冤枉。這是作者對毛延壽被殺的評論,暗諷皇帝按圖召幸的好色與愚

笨，強調明妃的美在獨特的氣質，同時表現了作者對明妃失意的同情和對毛延壽被殺的不平。

以上是詩的第一層，寫明妃的美不僅在容貌，更在氣質。

一去心知更不歸，可憐著盡漢宮衣。
寄聲欲問塞南事，只有年年鴻雁飛。

一別漢宮，前去大漠蠻荒，心裡明白不可能再回到故土，經年累月，可憐穿完了從漢宮帶去的所有衣服。要問家鄉的情況，只有年年靠鴻雁往來傳遞音信了。明妃身在匈奴，心想大漢，惦念祖國的變化，但塞南塞北相距千里，只能想像大雁傳書了。「可憐著盡漢宮衣」，這個細節看似信筆所致，但它卻反映出明妃的精神世界：人在胡營心想漢，大漢（祖國）、家鄉、親人永遠揮之不去的情結。

以上是詩的第二層，寫昭君雖獨處大漠，但心繫祖國和親人。

家人萬里傳消息：好在氈城莫相憶。
君不見咫尺長門閉阿嬌，人生失意無南北。

家鄉的親人在萬里之外傳來了書信，囑咐昭君好好地在塞外生活，不要老是惦記著大漢、家鄉和親人。你沒聽說過嗎？漢武帝時的皇后陳阿嬌失寵後，被幽居在長門宮，近在咫尺，卻不能和親人相見。自古人生失意，是沒有距離遠近的。家人的囑託是一種夢魂顛倒的牽掛和不可斷絕的關心，與漢元帝重色的「不自持」相比，不可同日而語。「好在氈城莫相憶」與「只有年年鴻雁飛」兩相照應，將昭君與親人連為一體，結構渾成。「君不見咫尺長門閉阿嬌，人生失意無南北」，是詩人借家人書信發表議論，既是對昭君失意的不滿，也

是對自己失意的發洩，這是全詩的主題所在。

以上是詩的第三層，寫家人對昭君的牽掛。

三　本詩獨到的見地

昭君出塞是千古歌詠的題材，「如何一段琵琶曲，青草離離詠不休。」（元・虞集〈昭君出塞圖〉）這些作品主題或悲其遠嫁淒涼，或咒罵毛延壽貪財失節，或暗諷漢元帝的薄情寡恩，或哀歎國事日非，立意大多俗套。王安石〈明妃曲〉有己見，有理趣，立意高遠，深得後人的讚許。「意態由來畫不成，當時枉殺毛延壽」，是本篇的名句之一，這一見解有對視覺藝術特殊性的理解、有對漢元帝濫殺畫師的不滿，與簡單地詛咒畫工相比，思想要深邃、新穎得多。「君不見咫尺長門閉阿嬌，人生失意無南北」，是本詩中感人的名句，它不僅心境豁達開朗，而且思想豐富、見解新穎。「咫尺長門閉阿嬌」，引典貼切，蘊藏說服力。「人生失意無南北」，道理淺顯易懂，最能撥動遠在大漠之遙失意者的心弦，而且揉入了作者自己的悲怨。詩中的昭君形象明顯帶有詩人理想化的成分，帶有古代才學之士的某種審美情趣和悲情，有著詩人某些影子。王安石〈明妃曲〉第二首中「漢恩自淺胡自深，人生樂在相知心」一句可謂見解獨到，在昭君出塞題材的詩中令人耳目一新。人生在世需求很多，「相知心」往往比地位、財富和所處地域更為重要，它是夫妻、同窗、同僚、親朋不可缺少的重要紐帶。王安石的作品大多思想深邃、有見地，其原因有二：一是他常以一個政治家的眼光審視周圍的事物，理性分析自然與眾不同；二是源於他的文學主張。他認為「文者，務為有補於世用而已矣」，即強調文學的社會功能。正因為如此，王安石的作品有較多的理性成分，思想傾向性十分鮮明，獨具風格。

附　王安石〈明妃曲〉①（其二）

明妃初嫁與胡兒②，氈車百輛皆胡姬③。

含情欲語獨無處，傳與琵琶心自知。

黃金杆撥春風手④，彈看飛鴻勸胡酒。

漢宮侍女暗垂淚，沙上行人卻回首。

漢恩自淺胡恩深，人生樂在相知心。

可憐青塚已蕪沒⑤，尚有哀弦留至今。

注釋　①這首詩的主題較集中體現在「漢恩自淺胡恩深，人生樂在相知心」一聯，「相知心」，強調男女心心相印，這一見解在當時十分新穎，很有見地。②胡兒：具體指呼韓邪單于。③姬（ㄐㄧ）：古代對婦女的美稱，此指宮女。④杆撥：彈琵琶撥弦之具。⑤塚（ㄓㄨㄥˇ）：墳墓。

蘇軾

念奴嬌·赤壁懷古

大江東去①，浪淘盡②，千古風流人物。

故壘西邊③，人道是，三國周郎赤壁④。

亂石穿空，驚濤拍岸，卷起千堆雪⑤。

江山如畫，一時多少豪傑。

遙想公瑾當年，小喬初嫁了⑥，雄姿英發⑦。

羽扇綸巾⑧，談笑間，檣櫓灰飛煙滅⑨。

故國神游，多情應笑我，早生華髮⑩。

人生如夢，一尊還酹江月⑪。

注釋 ①大江：指長江。②淘盡：沖洗乾淨。③故壘：指黃州古老的城堡。作者推測，可能是古老的陳跡。④人道是，三國周郎赤壁：人們說（那）是三國時周瑜（指揮作戰的）赤壁。周瑜，字公瑾，吳國大將軍。⑤雪：這裡比喻浪花。⑥小喬：喬玄小女兒，嫁給了周瑜。⑦英發：英氣發揚。形容周瑜氣概。⑧羽扇綸（《ㄨㄢ）巾：（手握）羽扇，（頭戴）青絲帛頭巾。形容周瑜態度從容閒雅。⑨檣櫓：這裡指曹操的水軍。⑩華髮：白髮。⑪酹（ㄌㄟ丶）：（古人祭奠）把酒灑在地上。這裡指灑酒祭月，寄託自己的感情。

一　創作背景與赤壁之戰

　　創作背景要從「烏台詩案」前後說起。宋神宗熙寧二年（1069），
王安石任參知政事，創置三司條例，議行新法。由於新法嚴重削弱了
享有封建特權的貴族利益，立即引起了軒然大波。韓琦、歐陽修等元
老重臣首先起來抵抗，後來又形成了以司馬光為首的反對派，蘇軾也
由主張革新轉向攻擊新法。新舊兩派鬥爭之激烈，蘇軾感到繼續留京
將禍及自身，於是他請求外調，先通判杭州，後又在密州、徐州、湖
州等地任知州。在外任職期間，因長時間接觸現實，蘇軾的思想有了
轉變，便開始支持新法。熙寧九年，王安石罷相。諫官李定、舒亶
（ㄉㄢˇ）、何正臣三人摘出蘇軾詩中一些諷刺新法的詩句，無中生
有，指責他影射朝廷乃至皇上，加以彈劾。蘇軾被捕入獄，牽連者數
十人，這就是有名的「烏臺詩案」。一百三十多天後，蘇軾出獄，被
貶黃州，任團練副使。當時蘇軾非常苦悶，經常遊覽於山水之間，寫
下了〈赤壁賦〉、〈後赤壁賦〉。〈赤壁懷古〉就是他與友人閒遊黃州城
外赤壁磯（又稱赤鼻磯）時所作。詩中赤壁不是赤壁之戰的古戰場。
赤壁之戰中的赤壁一般認為在湖北省嘉魚縣東北，詩人是借傳說赤壁
的歷史故事抒懷。

　　赤壁之戰發生於東漢獻帝（劉協）建安十三年（西元 208 年）冬
天。東漢末年，政治黑暗，賦稅繁重，刑法殘酷，各種矛盾一觸即
發。西元一八四年爆發的黃巾起義，聲勢浩大，極大地動搖了東漢王
朝的統治。朝廷在鎮壓義軍的同時，各州刺史便趁機擴充勢力。董卓
之亂以後，中央政權被削弱，軍伐混戰的格局形成。在軍閥角逐中，
最後形成了曹操、孫權、劉備三大勢力。曹操勢力最大，他「挾天子
以令諸侯」，平定了北方。然後揮師南下，號稱八十萬軍（實為四十
萬左右）；而孫權能投入的兵力不過三萬；劉備兵力約一萬，加上劉

琦的軍隊，蜀軍不足二萬。諸葛亮在這種形勢下來到東吳，提出聯合
禦敵的策略。面對強敵壓境，東吳內部立即形成了以張昭為首的投降
派和以周瑜、魯肅為首的主戰派。吳主孫權權衡利弊之後，決定迎
戰，他令周瑜為統帥，聯合蜀軍，共擊曹軍。周瑜用黃蓋計，以詐降
為名，火攻曹軍戰船（曹軍中龐統計，戰船用鐵鍊相連，以防大
浪），水戰大捷，聯軍乘勝追擊，曹軍死傷大半，引軍北還。赤壁之
戰後，初步形成了魏、吳、蜀三國鼎立的局勢。赤壁之戰是我國歷史
上以弱勝強的著名戰役。

二　全詩串講及翻譯

　　　大江東去，浪淘盡，千古風流人物。

　　長江向東流去，浪頭翻滾，把古代英雄豪傑也沖洗得乾乾淨淨。
詩人面對壯麗山河，一股熱流湧上心來，不禁想起在這片熱土上叱吒
風雲歷史人物。如今江山依舊，英雄作古，作者百感交集，寫景中有
抒情，以抒情的筆調寫景，把讀者帶向遙遠的歷史長河。這兩句大處
著墨，穿越時空，把大江和英雄人物聯繫起來，起筆雄渾，給人以歷
史的滄桑感。「浪濤盡」，清代學者朱彝（一ˇ）尊在《詞綜》中認為
定是「浪濤沉」，以為「沉」字才協音律。殊不知蘇詞「豪放不喜剪
裁以就聲律」（陸游語）。倘若用「沉」字，讀者無法解讀詞中「亂石
穿空，驚濤拍岸，卷起千堆雪」三句和全詞的豪放風格了。

　　　故壘西邊，人道是，三國周郎赤壁。

　　黃州古老的城堡西邊，有人說那是三國時周郎破曹的赤壁。這兩句點明懷古的特定時代、人物和地點，引入對古戰場英雄的憑弔。周郎，即周瑜，因周瑜為吳將時年僅二十四歲，人稱周郎。詩人從「風流人物」中將周瑜單揀出來重點表述，一是因周瑜是赤壁之戰的主帥，二是因周瑜年紀輕輕，就已建立大功，而自己「早生華髮」，被貶黃州，報國無門，前途難測。相比之下，愧疚與羨慕縈迴在心。

　　亂石穿空，驚濤拍岸，卷起千堆雪。

　　陡峭的石壁穿入雲中，驚濤駭浪拍打江岸，翻滾的浪花，就像卷起千堆白雪。這三句寫景氣勢非凡，驚心動魄，有聲有色，概括集中，古今讚歎不已。詩人用誇張和比喻的手法，描寫赤壁磯壯麗的風光，用大自然的壯美來渲染氣氛，作為英雄出場的背景並以此表達作者對古代英雄的懷念。

　　江山如畫，一時多少豪傑。

　　祖國河山美如畫卷，那一時湧現多少英雄豪傑。前句是對前面寫景的總括，後一句是抒發感慨。這兩句使人聯想到當年橫槊賦詩的曹操、縱馬射虎的孫權、隆中定策的孔明、雄姿煥發的周公瑾……詩人一唱三歎，把美麗的江山和這片熱土孕育的英雄視為一個整體，在作者看來，如此美麗的江山，必將孕育出偉大的英雄，而偉大的英雄必然出自如此多嬌的江山。
　　以上是詞的上闋，描寫赤壁的壯麗風光，即景抒懷，引起對古代英雄人物的緬懷。

遙想公瑾當年，小喬初嫁了，雄姿英發。

遙想當年，周公瑾迎娶小喬，英姿煥發。下闋從寫景轉到對英雄的描寫。「小喬」，是喬玄的小女兒，是吳國的大美人，小喬嫁周郎曾轟動吳國。這裡寫小喬是用美女襯托英雄的手法，突出周瑜年輕得意，盛極一時。古代文人寫周瑜多言及這位美女，如清代有一位小詩人詠周瑜「大帝誓師江水綠，小喬卸甲晚妝紅」用的是同一寫法。小喬在這裡只是配角，詞便不再言及。

羽扇綸巾，談笑間，檣櫓灰飛煙滅。

手搖羽扇，頭戴青絲帛頭巾，談笑之間，曹操水軍好像灰煙一樣，消失得無影無蹤。「羽扇綸巾」是描寫儒將的裝束，這裡形容周瑜姿態從容閒雅。宋人戴復古〈赤壁〉詩云：「千載周公瑾，如其在目前。英風揮羽扇，烈火破樓船。」有人根據諸葛亮的史料、裝束和詞中「浪淘盡，千古風流人物」及「一時多少豪傑」兩句，認為「羽扇綸巾」是描寫諸葛亮，也不無道理，但從「周郎赤壁」和「遙想」兩句及宋人寫周瑜的詩看，似乎是寫周瑜為妥。「檣櫓」，此指曹操的水軍。赤壁之戰用的是火攻，所以說「灰飛煙滅」。檣櫓，一作「強虜」，兩詞優劣相比，仁者見仁，智者見智，實難判定。

故國神游，多情應笑我，早生華髮。

我神遊赤壁之戰的古戰場，應笑我多愁善感，以至於過早地生出了白髮。詞從寫英雄過渡到抒發個人的感慨，這幾句抒發的是詩人宦海沉浮，功業無成的感慨。蘇軾此詞寫於宋神宗元豐五年（1082）七

月，時年四十七歲，雖不算老，但與當年建不朽功勳的周瑜相比，詩人自愧不如，感慨良多。故國神遊，是「神遊故國」的倒裝。「多情應笑我」也是倒裝句，即「應笑我多情」。

> 人生如夢，一尊還酹江月。

人生在世就像夢一樣，我還是倒一杯酒來祭奠江上的明月吧。詩人目極無限江山，思接悠遠的歷史，念及有限的人生，用「人生如夢」來聊以自慰。理解這兩句詩可參看作者在同一時期創作的〈赤壁賦〉中「惟江上之清風，與山間之明月，耳得之而為聲，目遇之而成色。取之無禁，用之不竭，是造物者之無盡藏也，而吾與子之所共適」幾句。「人生」兩句包含的思想感情很複雜，有對皇上不明、朝廷傾軋的哀歎，有對「烏台詩案」的悲憤，有對被貶黃州的苦悶，有時不我待的憂慮，還有作者對宇宙、人生的感悟，要真正理會，須在瞭解作者生平遭遇的基礎上，反覆閱讀全詞。

三　主題歸納

這首詞通過對赤壁古戰場的描寫，讚美了祖國的大好河山，通過對三國英雄周瑜的追述，讚美了古代英雄的偉業，抒發了詩人建功立業的願望，同時也流露了「人生如夢」的消極思想。

四　本詞的風格

〈念奴嬌・赤壁懷古〉千百年來廣為流傳，一個重要原因是該詞立意高遠，氣勢澎湃，感情奔放，揮灑自如，代表了蘇詞豪放的風

格。從時空和人物看，重點寫三國時的周瑜，思接「千古風流人物」。讀其詞，讀者會由三國時期，馳騁到更廣闊的時空。從詞氣（「氣」是古人評說詩文的一個概念，沒有統一的定義，可以從氣魄、氣勢、氣韻上去理解）看，「大江東去，浪淘盡，千古風流人物」，是何等的氣勢，「亂石穿空，驚濤拍岸，卷起千堆雪」，是何等的壯觀，「羽扇綸巾，談笑間，檣櫓灰飛煙滅」，是何等的從容。詞從大處著墨，筆力雄健，宛如行雲流水。相傳蘇軾官翰林學士時，曾問幕下：「我詞何如柳七（柳永）？」幕下答道：「柳郎中詞只合十八七女郎，執紅牙板，唱『楊柳岸曉聲殘月』；學士詞須關西大漢，銅琵琶、鐵綽板，唱『大江東去』」。這一評價雖有笑話蘇詞之意，但確實道出了蘇詞與柳詞一個豪放，一個婉約的特點。從心境看，有一種超然物外的境界。再引首句「大江東去，浪淘盡，千古風流人物」，讀者不難看出，此句抒情中涵蓋著一種人生哲學思想，說白了就是，英雄只能名噪一時，只有大自然才是永恆的。正是由於作者有這種超然物外的心境，〈赤壁懷古〉必然是英俊的人物、宏大的的意境、雄奇的景色、奔放的風格。蘇詞的豪放是公認的，〈赤壁懷古〉最能代表蘇詞這一風格。

秦觀

浣溪沙

漠漠輕寒上小樓①，曉陰無賴似窮秋②。

淡煙流水畫屏幽③。

自在飛花輕似夢④，無邊絲雨細如愁⑤。

寶簾閑掛小銀鉤⑥。

注釋 ①漠漠：形容清寒。②無賴：詞人厭惡之語。窮秋：深秋。③淡煙流水：指畫屏上輕煙淡淡，流水潺潺。幽：指意境悠遠。④自在：自由自在。⑤寶簾：綴著珠寶的簾子。⑥閑掛：很隨意地掛著。

一　作者簡介

　　秦觀（1049～1100）是北宋後期擅長寫男女情愛，傷感的婉約派大詞家。字少游，一字太虛，別號邗（ㄏㄢˊ）溝居士，揚州高郵人。從小研習經史，喜讀兵書。神宗元豐八年（1085 年）進士及第。因蘇軾推薦授定海主簿，除太學博士，兼國史院編修官。他與黃庭堅、晁補之、張耒合稱「蘇門四學士」。紹聖初，新黨執政，連遭貶斥，後死於滕州（今廣西藤縣）。存《淮海集》四十卷，有《淮海詞》單刻本。

二　全詞串講及翻譯

> 漠漠輕寒上小樓，曉陰無賴似窮秋。

春寒料峭，獨自登上小樓，無賴早上天陰，好似深秋。「漠漠」用來描寫「輕寒」，在這裡有密佈的意思。唐詩「平林漠漠煙如織，寒山一帶傷心碧」（李白〈菩薩蠻〉）、「漠漠輕陰晚自開，青天白日映樓臺」（韓愈〈同水部張員外曲江春遊寄白二十二舍人〉）中的「漠漠」詞義與之相近。「無賴」在古漢語中有時表示親暱的口吻，有「可愛」的意思，是反其意而用之。如「天下三分明月夜，二分無賴是揚州」（中唐・徐凝〈憶揚州〉）；又如「最喜小兒無賴，溪頭臥剝蓮蓬」（辛棄疾〈村居〉）；有時表示憎惡之感。南朝徐陵〈烏棲曲〉：「唯憎無賴汝南雞，天河未落猶爭啼。」本詞中的「無賴」即後一種解釋，帶有「無可奈何」的意思。春天陰寒侵襲，使人感到抑鬱難耐，因言之曰「無賴」，是憎惡語。「窮秋」，指快將過去的秋天，即深秋。南朝鮑照〈白歌〉云：「窮秋九月荷葉黃，北風驅雁天雨霜。」唐高適〈燕歌行〉；「大漠窮秋塞草腓（ㄈㄟˊ，枯萎），孤城落日鬥兵稀。」詞開篇兩句描寫曉陰窮秋似的特殊景色，一般認為是寒食、清明前後的陰霾天氣，詞描寫樓中主人翁在曉陰窮秋氣候下的感受，借此抒發心中的惆悵與無奈。秦觀三次考進士，乃得如願。登科後，任定海主簿及蔡州教授，因其親附蘇軾，被視為舊黨，從此陷入北宋朋黨傾軋的漩渦而不能自拔。他重修《神宗實錄》，被告隨意增損，詆毀先帝，再次被貶。接二連三的打擊，使得秦觀對仕途心灰意懶，早有退隱之意，詩句反映的正是這種迷茫、失落、無望的複雜心情。

淡煙流水畫屏幽。

　　室內畫屏上輕煙淡淡，流水潺潺，一派清幽。詞由寫小樓景象轉入對屋內畫屏的描寫。主人翁呆坐小樓，畏寒不出，茫然四顧，唯見畫屏上一幅「淡煙流水圖」，與樓外迷濛的景色融為一體，更顯清幽，於是一股淡淡的憂愁很自然地流露筆端。

　　以上是詞的上片，描寫晚春拂曉清寒惱人的景象，刻畫出畫中人暗淡的心境，流露出作者對前程的淡淡哀愁。

自在飛花輕似夢，無邊絲雨細如愁。

　　自由自在翻飛的花瓣兒輕似夢幻，天空中飄灑的雨絲細如憂愁。詞再次轉換視角，樓中人不堪寂寞，有意無意地眺望漠漠天空，落筆在所見所感。另一種理解是，下片承「畫屏幽」而來，選取畫中「飛花」、「絲雨」富有動態性的細節，描繪畫境之清幽與樓中人似夢如怨的情懷。古今詞評家對這兩句十分讚賞，以為「奇」。奇在「飛花」與「夢」、「絲雨」與「愁」本來無從類比，但作者卻發現了它們之間有「輕」和「細」的共同點，於是就將四個原來毫不相干的東西組成兩組，構成了既恰當又新奇的比喻。更奇的是一般的比喻大都以具體的事物去形容抽象的事物，作者打破常規，反向類比，不言夢似飛花，愁如絲雨，而說飛花似夢，絲雨如愁，給人耳目一新的感覺。

寶簾閑掛小銀鉤。

　　走回室內，隨意用小銀鉤把綴著珠寶的簾子掛起。「寶簾」、「小銀鉤」以及前面的「畫屏」，透出樓中人的身分。最後一句的「閑」

用詞精彩，刻畫出樓上人漫不經心的動作，表現了其懶散、空虛的精神世界。

以上是詞的下片，通過對室外景物的描寫，刻畫了主人翁的淡淡愁思，同時表現了詞人傷感、憂愁的情懷。

附一　名家評秦觀詞摘要

宋・蘇軾：「有屈、宋之才。」

宋・王安石：「其詩清新嫵媚，鮑、謝似之。」

宋・李清照《詞論》：「專主情致，而少故實，譬如貧家美女，雖極妍麗豐逸，而中乏富貴態。」

宋末・張炎《詞源》：「體制淡雅，氣骨不衰，清麗中不斷意脈，咀嚼無滓，久而知味。」

金末元初・元好問《論詩絕句三十首》：「有情芍藥含春淚，無力薔薇臥晚枝。拈出退之〈山石〉句，始知渠是女郎詩」

清初・王士禎：「風流不見秦淮海，寂寞人間五百年。」

清・李調元《雨村詞話》：「首首珠璣，為宋一代詞人之冠。」

清・周濟《宋四家詞選》：「少游最和婉醇正，稍遜清真者，辣耳。少游意在含蓄，如花初胎，故少重筆」

清・紀昀《四庫全書總目》：「而詞則情韻兼勝，在蘇黃之上。」

晚清・陳廷焯《白雨齋詞話》：「少游詞寄慨身世，閒情有情思。他人之詞，詞才也；少游，詞心也。得之於內，不可以傳。」

晚清・劉熙載《藝概》：「少游詞有小晏之研，而幽趣則過之。」

近代・王國維《人間詞話》：「少游詞境最為淒婉，至『可堪孤館閉春寒，杜鵑聲裡斜陽暮』，則變為淒厲矣。」

附二 秦觀〈踏莎行・郴州旅舍〉①

霧失樓台，月迷津渡②，桃源望斷無尋處③。

可堪孤館閉春寒，杜鵑聲裡斜陽暮④。

驛寄梅花⑤，魚傳尺素⑥，砌成此恨無重數⑦。

郴江幸自繞郴山⑧，為誰流下瀟湘去⑨？

注釋 ①此詞是詞人於紹聖四年（1097）貶謫郴州時所作。詞抒寫了作者流徙僻遠之地的淒苦失望和思念家鄉的孤獨之情，同時也在一定程度上流露出對官場現實的不滿。②「月迷」句：月色朦朧，迷失了渡口（含有找不到出路的意思）。③「桃園」句：喻所嚮往的事物渺不可尋。④杜鵑：杜鵑鳥叫聲淒切，容易引發鄉愁。⑤「驛寄」句：陸凱〈贈范曄詩〉：「折梅逢役使，寄與隴頭人，江南無所有，聊送一枝春。」⑥魚傳尺素：〈古詩〉有：「客從遠方來，遺我雙鯉魚。呼兒烹鯉魚，中有尺素書。」古人寫書用素絹，通常為一尺，故稱尺素。⑦砌：堆積。⑧幸自：本來。⑨為誰：為什麼。

李清照

聲聲慢

尋尋覓覓①，冷冷清清，淒淒慘慘戚戚②。

乍暖還寒時候③，最難將息④。

三杯兩盞淡酒，怎敵它晚來風急⑤！

雁過也，正傷心，卻是舊時相識。

滿地黃花堆積，憔悴損⑥，如今有誰堪摘⑦？

守著窗兒，獨自怎生得黑⑧！

梧桐更兼細雨，到黃昏，點點滴滴。

這次第⑨，怎一個愁字了得！

注釋 ①覓（ㄇㄧˋ）：尋找。②戚戚：憂愁的樣子。③乍：忽然。④將息：平息，指身體調養。⑤敵：抵擋。⑥損：破敗。⑦堪：能忍受。⑧怎生：怎樣，怎能。⑨這次第：這一連串的情形。

一　作者簡介

　　李清照（1084～1151）是宋代婉約派大詞家。號易安居士，山東濟南人。李清照出生於書香門第。父親是學者、散文家，母親知書工

文。十八歲時，她和太學生趙明誠結婚，夫妻常以詩詞唱和，酷愛金石圖書。金兵入侵時，全家避難江南，後趙明誠接受了湖州太守的任命，在赴任途中病死於建康（今南京市）。此後李清照輾轉漂流於杭州、越州（今紹興市）、金華一帶，晚年生活極為淒苦。

李清照詩詞、散文均有成就，詩文集《李易安集》和詞集《漱玉集》在宋代已刊行，惜已失傳。現行各種版本的《漱玉集》是後人輯錄的，可能有偽作，存詞七十多首。李清照是婉約派中成就最高的詞人，其藝術成就超過了晏幾道、秦觀，後來的婉約派詞人更是無人能企及。

二　全詞串講

尋尋覓覓，冷冷清清，淒淒慘慘戚戚。

「淒淒慘慘」，形容淒涼悲傷的樣子。「戚戚」，形容憂愁悲哀的樣子。這三句描寫主人翁心神不定，孤獨寂寞，淒冷難耐，起筆七組疊字一氣呵成，濃墨重彩，前所未有。「尋」和「覓」都是尋找的意思，詩人並非尋找一種具體的東西，而是「冷冷清清，淒淒慘慘戚戚」心情的表現，是空虛來襲，若有所失，尋找精神的慰藉。這首詞寫於金兵南下後，其時兵荒馬亂，丈夫新死，她隻身飄零，悲傷、憂鬱、淒涼自不待言。讀此三句，我們彷彿看到一個弱女子憔悴的面容、難民般的生活，體會到作者國之衰亡的沉痛。這一時期，李清照的詞大多書寫悲傷，催人淚下，詞所反映的內容已不侷限於個人的不幸，而帶有對國家和社會的憂慮。「如今憔悴，風鬟霧鬢，怕見夜間出去，不如向簾兒底下，聽人笑語」（〈永遇樂〉）正是用他人的笑語

來襯托自己的深沉的痛苦。並以此諷刺「直把杭州作汴州」的南宋統治者。難怪宋末愛國詞人劉辰翁讀此詩，要「為之泣下」。

　　乍暖還寒時候，最難將息。
　　三杯兩盞淡酒，怎敵它晚來風急！

　　「乍」，忽然。「將息」，平息，指身體調養。「乍暖還寒時候，最難將息」是說：天氣一會兒回暖，一會兒寒冷，（身體）最難調養。「三杯兩盞淡酒，怎敵它晚來風急」，意謂幾杯薄酒（下肚），怎能抵擋晚風襲來的寒氣。詩人以酒消愁，酒入愁腸愁更愁。詞句寫景、敘事、抒情融於一體：夜晚呼嘯的秋風、乍冷乍熱的天氣是寫景；獨自飲酒暖身是敘事；心情無法平息，淡酒難敵暮秋的風寒是抒情。「晚來風急」四字含義豐富，有痛失親人的悲傷，有漂泊的孤苦，有國事日非的無奈。

　　雁過也，正傷心，卻是舊時相識。

　　這三句大意是：雁兒飛過的時候，正想托牠帶信，可丈夫已離開人世，信又寄給誰呢？再看看這些雁兒，卻原來在北方時見過，睹雁思親，真是傷心透了！古代有大雁傳書的傳說，一行大雁掠過，詞人怎能不思念曾朝夕相處的丈夫？作者早年寄給丈夫〈一剪梅〉云：「雲中誰寄錦書來，雁子回時月滿西樓。」李清照婚姻美滿，婚後衣食無憂，但這一切在殘酷的現實面前都成為過去。金兵南下，她獨自逃難，生死未卜，過去「好把音書憑過雁」（〈蝶戀花〉），如今縱有千言萬語，又說與何人聽呢？詞人多愁善感，思緒萬千而又愁腸百結，「舊時相識」是作者的深度想像，借此抒愁。

　　上闋：寫詩人面對國破家亡的煎熬和回首往事的空虛和寂寞。

　　滿地黃花堆積，憔悴損，如今有誰堪摘？

　　「憔悴損」，指菊花枯萎。損，破敗。「誰」，不指定代詞，指
人，一說指花。這三句寫看到菊花凋零的感受。黃澄澄的菊花漫山遍
野，在秋風中全都耷拉著朵兒，一片枯萎，現在還有誰去欣賞呢？花
是文人墨客常描之物，有人讚花，有人惜花，有人歎花，有人葬花，
以此表達不同的心情。李清照常以花入詩。〈和張溫替讀中興頌碑〉
詩中是「珠翠踏盡香塵埃」，〈醉花陰〉中是「人比黃花瘦」，〈如夢
令〉中的海棠是「綠肥紅瘦」，本篇中的菊花是「憔悴損」，可見李清
照是一個以花寫愁見長的詞人。這裡寫花和上闋寫雁一樣，是借物寄
情，表達自己惋惜、沉重的心情。句中「堆積」一詞看似平淡，實則
用語極工，殘花堆積，含時過境遷之意，狀深秋衰敗之景，抒心中抑
鬱之情，確切而又形象。

　　守著窗兒，獨自怎生得黑！
　　梧桐更兼細雨，到黃昏，點點滴滴。

　　言黃昏細雨，孤寂難耐。「守著窗兒」是臨窗期盼，思念夢魂牽
繞的丈夫。「怎生」，是怎能的意思。「獨自怎生得黑」，言形單影隻，
思念日長，痛苦難熬。下行言梧桐樹在黃昏細雨灑落下，瑟瑟作響，
更添煩惱。「梧桐」，詩人常用來寫愁，晚唐詞人溫庭筠〈更漏子〉有
云：「梧桐樹，三更雨，不道離情正苦。一葉葉，一聲聲，空階滴到
明。」北宋詞人蘇軾〈卜算子〉有云：「缺月掛梧桐，漏斷人初靜」。

這次第，怎一個愁字了得！

「這次第」，是這一連串情形的意思，既指愁煞的秋景，更是指詞中所流露的思念、悽楚、煩惱、絕望等複雜的感情。這句譯成白話是：此種情形，用一個「愁」字怎能說盡呢？本句和詩人〈武陵春‧晚春〉「只恐雙溪舴艋（ㄗㄜˊ　ㄇㄥˇ，小船）舟，載不動，許多愁」意思相近，為全詩點睛之筆。

下闋：寫看花、聽雨所感，抒發詩人沉重而複雜的哀愁。

三　作品簡評

〈聲聲慢〉是李清照後期的作品，也是李清照的代表作。這首詞用殘秋景色作烘托，傾訴國破家亡，顛沛流離的痛苦，表現了詞人對時局的憂慮，代表著當時不幸婦女在動亂時代的心聲，具有一定的社會現實意義。但詞未能描寫動亂的現實，反映社會力度不夠。與其他南渡詩人曾幾、陳與之、呂本中比，缺少一種國難當頭時喚起國人奮起反抗的激情和感召力。這與詞人的文學主張有關。李清照早年的《詞論》批評了從柳永、蘇軾到秦觀、黃庭堅等一系列大作家，她堅持「詞別是一家」，不能「以詩為詞」，要協音律，有情致，這無疑是正確的，但她認為詞不能像詩一樣可以有無所不包的題材，這在一定程度上限制了她的詞反映社會的廣度和深度，制約了她的詞的思想性。正因為如此，李清照的詩在題材範圍和思想內容上均超過了她的詞，〈五絕〉「生當作人傑，死亦為鬼雄。至今思項羽，不肯過江東」和斷句「南渡衣冠思王導，北來消息少劉琨」，可窺見一斑。另外，〈聲聲慢〉過於低沉，這是顯而易見的。

從藝術表現看，〈聲聲慢〉採取鋪敘的手法，選用最能表現詩人

情感的景物（晚風、梧桐雨、雁、黃花、淡酒）渲染氣氛，寫景抒情
接榫無痕。李清照駕馭語言的能力十分高超，可以與李煜相提並論。
本詞口語化，特別是大量、準確地使用疊字，開篇十四個疊字無一
「愁」字，卻字字含愁，聲聲是愁，造成了一種如泣如訴的音韻效
果，既有藝術性又具有創造性，非高手莫及。

春潮帶雨晚來急，野渡無人舟自橫。　　　　　　（韋應物／滁州西澗／作者手稿）

岳飛

滿江紅

怒髮衝冠①，憑闌處②，瀟瀟雨歇③。

抬望眼④，仰天長嘯，壯懷激烈⑤。

三十功名塵與土⑥，八千里路雲和月⑦。

莫等閒⑧，白了少年頭，空悲切。

靖康恥⑨，猶未雪⑩，

臣子恨，何時滅⑪。

駕長車⑫，踏破賀蘭山缺⑬。

壯志饑餐胡虜肉⑭，笑談渴飲匈奴血。

待從頭⑮，收拾舊山河⑯，朝天闕⑰。

注釋 ①怒髮衝冠：形容憤怒到了極點。語出《史記·廉頗藺相如列傳》：「相如因持璧卻立，倚柱，怒髮上衝冠。」②憑：靠。③瀟瀟：形容小雨。④抬望眼：抬頭遠望。⑤壯懷：奮發圖強的志向。⑥塵與土：（功名）猶如塵土。⑦八千里路：指長期征戰的距離，概數。雲和月：指征戰中披星戴月。⑧等閒：輕易，隨便。⑨靖康：宋欽宗趙桓的年號。靖康二年（1127），金兵擄徽宗、欽宗北去，北宋亡。⑩雪：雪洗，洗除。⑪滅：平息，消除。⑫長車：戰車。⑬賀蘭山：在今寧夏西北。缺：指險隘的山口。⑭胡虜：我國古代對西北少數民族的

蔑稱。⑮從頭：重新。⑯收拾：整頓。舊山河：指淪陷區。⑰天闕：宮殿，代朝廷。

一　作者簡介與作品提要

　　岳飛（1102～1142）是南宋初年抗金名將、著名詞人。字鵬舉，相州湯陰（今河南省安陽市湯陰縣）人，當時匈奴流傳「撼山易，撼岳家軍難」。紹興十一年（1142），秦檜以「莫須有」的罪名，將岳飛毒死於臨安大理寺獄中，時年三十九歲。岳飛部將張憲、兒子岳雲亦被腰斬。

　　〈滿江紅〉，詞牌名，原為唐代教坊曲名，本名〈江上紅〉。這首詞表現了作者對敵寇的切齒痛恨、報仇雪恨的急切心情和收復失地的堅定意志。詞中雖流露出濃厚的忠君思想，但仍不失為一篇愛國主義名作。岳飛在今古文學研究史上似乎地位不高，甚至有些名著未曾涉筆，但絲毫不減一般讀者對岳飛詞的喜愛。

二　全詞串講及翻譯

　　　怒髮衝冠，憑闌處、瀟瀟雨歇。
　　　抬望眼，仰天長嘯，壯懷激烈。

　　（面對山河破碎，我熱血沸騰），怒髮衝冠，（獨自）靠著欄杆，（看）風雨交加，剛剛停歇。抬頭遠看，對天長叫，壯心激昂。紹興十年（1140）五月，金國撕毀和約，兵分四路攻宋。由於沒有防備，宋軍一路丟城失地。隨後韓世忠、張俊、岳飛等出師迎敵，大勝金

兵。七月，岳飛率一支輕騎在河南郾城與金兀朮大部發生激戰，大破金軍「鐵浮圖」和「拐子馬」。岳家軍乘勝向朱仙鎮逼進（離金軍大本營汴京僅四十五里），金兀朮連夜準備從開封撤逃。眼看收復中原在即，可就在這關口，朝廷連下十二道金牌，急令岳飛「措置班師」。岳飛憤慨地說：「十年之功，廢於一旦！所得諸郡，一朝全休！社稷江山，難以中興！乾坤世界，無由再復！」回首眼前清晰的一幕，詩人怎不「怒髮衝冠」，「仰天長嘯」，「壯懷激烈」？

　　三十功名塵與土，八千里路雲和月。
　　莫等閒，白了少年頭，空悲切。

　　三十年的官職名位，（我視）若塵土，八千里路（戎馬生涯），披星戴月。不要虛擲了大好的時光，等到年少白了頭，才徒生悲憤！這幾句是詞人回首往事並自勵。思往昔，包羅時空，寫征戰之艱，言建樹之微；期許未來，壯心不已。但細心的讀者透過作品激越之情，總能揣摩到詞人心中一絲的悲涼，這是現實中瀰漫的陰影。
　　以上是詞的上片，寫詞人建功報國的急切心情。

　　靖康恥，猶未雪，
　　臣子恨，何時滅。

　　靖康年間的國恥啊，還沒雪洗，臣子復仇之恨啊，何時才能消除！「靖康恥」，指宋欽宗趙桓靖康二年，京城和中原淪陷，金兵擄徽宗、欽宗二帝和眾皇子皇孫、嬪妃、宗室北去的奇恥大辱，史書亦稱「靖康之難」、「靖康之禍」和「靖康之變」。詩人視國恥為臣恨，以雪國恥、收復中原為己任，其忠於朝廷、報效祖國之心天地可鑒！

但就是這樣一位效愚忠、威震敵膽的抗金名將卻死於「莫須有」的罪名，讀其詩，怎不令人扼腕長歎！

　　駕長車，踏破賀蘭山缺。

　　駕駛（遠征的）戰車，用鐵蹄踏破賀蘭山雄關漫道！賀蘭山位於今寧夏回族自治區西北邊，南宋時屬西夏管轄。岳飛「直搗黃龍，與諸君痛飲」，指的是渡過黃河，向東北方進軍，與金兵決戰，也就是說，賀蘭山不是岳家軍進軍的方向，西夏更不是岳家軍打擊的敵軍。據此有人認為此詩非岳飛所作。其實詩人是化用「踏碎賀蘭石，掃清西海塵」（《西清詩話》載姚嗣宗〈崆峒山〉）的詩句，借此抒發誓死抗金的豪情。宋詞人張元幹「要斬樓蘭三尺劍，遺恨琵琶舊語」（〈賀新郎〉）亦用此法，以「樓蘭」影射金國。

　　壯志饑餐胡虜肉，笑談渴飲匈奴血。

　　壯志凌雲，（恨不得）一口吞下外族掠奪者，仰天大笑，狂飲匈奴血酒！這裡的胡虜、匈奴，是借指金貴族侵略者。在古代金和匈奴是外民族，與漢族戰爭連綿不絕，彼此間有不共戴天之仇。這兩句詞充分表達了作者對殘忍掠奪的金統治者的刻骨仇恨和報仇雪恥的決心，在當時極具民族尊嚴感。

　　待從頭，收拾舊山河，朝天闕。

　　等待（我軍）從頭越，收復失地，（再）觀見天朝。結尾句重在言志。山河破碎，一腔忠憤，大志尤在，期盼效命戰場，驅胡韃虜，

建功立業，報捷於朝廷。然而事實卻是殘酷的，岳飛一回到臨安，立即陷入秦檜等奸臣的陷阱。就在岳飛遭受大刑之時，苟且偷生的主和派正在與視主戰派為眼中釘的金兀朮密謀新一輪的和議！

以上是詞的下闋，表達詩人「還我河山」的堅定信念。

三　本詞的藝術感染力

這首〈滿江紅〉氣壯山河，藝術感染力極強，下面從三個方面加以分析。一、全詞字裡行間迸發出誓死抗金，收復失地的強烈呼聲，愛國精神、民族感躍然紙上。面對破碎山河，詞人怒髮衝冠，「仰天長嘯，壯懷激烈」，自勵建功立業，不生悲切。靖康恥，詞人沒有消沉，而是立志繼續統兵征戰，血洗金兵，收拾舊山河，報效朝廷。這種高昂的民族氣概和愛國精神對南宋抗金軍民是極大的鼓舞，對後世民族戰爭必然產生深遠的影響。二、作品激情澎湃，迴盪著平虜的豪情和信心。「怒髮衝冠」是何等的憤怒，「仰天長嘯」是何等的激昂，「靖康恥，猶未雪，臣子恨，何時滅」是何等的煎熬，「駕長車，踏破賀蘭山缺」是何等的豪邁，「壯志饑餐胡虜肉，笑談渴飲匈奴血」是何等仇恨，詞如摩拳擦掌，刀出鞘，箭上弦，千軍萬馬赴沙場。本詞非將軍詩人所能疾書，可以肯定地說，在我國古代浩如煙海的詩歌中，沒有一首像本詞這樣怒火燃燒，熱血沸騰，義憤填膺，激奮人心。三、全詞曲折迴旋，忠憤鏗然作金石聲。作品大部分篇幅抒發國破之怒、復仇建功之急，但結尾處「朝天闕」筆鋒一轉，落筆在「忠」字上，語調由激越趨於平和，有如江河直下，回環往復，別開生面。

「忠」是封建社會官們的信條和護身符，在今天看來不值得稱道，可貴的是岳飛的「忠」淵源「精誠報國」四字，而「精誠報國」永遠是超越時代和社會的最美妙的旋律。

楊萬里

小池

泉眼無聲惜細流①，

樹陰照水愛晴柔②。

小荷才露尖尖角③，

早有蜻蜓立上頭。

注釋　①泉眼：泉水的出口。惜：愛惜。②晴柔：晴天裡柔和的風光。③尖尖角：還沒有展開的嫩荷葉尖端。

一　作者簡介與題解

　　楊萬里（1124～1206）是南宋傑出的詩人，與陸游、范成大、尤袤（ㄇㄠˋ）被稱為「中興四大詩人」。字廷秀，號誠齋，吉州吉水（今屬江西）人。紹興二十四年（1154）進士。歷任漳州、常州等地地方官，入為東宮侍讀，官至吏部郎中、寶謨（ㄇㄛˊ）閣學士。楊萬里力主抗金，他在給皇帝的許多「書」、「策」、「札子」中痛陳國家利弊，力詆投降之謬。他為官清正廉潔，同時代詩人徐璣稱讚他「清得門如水，貧惟帶有金」（《投楊誠齋》）。他的詩自然、清新、幽默、風趣，別具一格，嚴羽《滄浪詩話》稱之為「楊誠齋體」。今存詩四千二百餘首。

　　〈小池〉通過對池中常見景物的描寫，表現了大自然中萬物間和諧相處的關係，抒發了作者對新生事物的愛慕。

二　全詩串講及翻譯

　　　泉眼無聲惜細流，
　　　樹陰照水愛晴柔。

　　泉眼無聲地流淌著涓涓細流，樹影映入水中，像愛戀著晴日的溫柔。這兩句寫景，景中滲情，給人以靜美、和諧、友好的感覺。「惜」字用的是擬人手法，彷彿泉眼是因為愛惜細流，才讓它無聲地緩緩流淌。「愛」字也是擬人手法，賦予樹蔭以鮮活的生命，似乎它是為了晴柔才將華蓋的影子投在山泉之上。這兩句以平常景物入詩，靜中寫動，詩句充滿著濃郁的生活氣息，構成全詩的背景，而主體在下兩句。

　　　小荷才露尖尖角，
　　　早有蜻蜓立上頭。

　　嫩小的荷葉剛露出一點緊裹的葉尖兒，一隻蜻蜓早已站立在牠的上頭。「才露」點出小荷出水的時態，「尖尖角」描寫小荷亭亭玉立的嫩姿，細心的讀者從這清新的畫面中已感知初夏的來臨。「早有」與「才露」呼應，很自然地帶出最後一句，描寫蜻蜓的迫不及待。「立」字寫出了動態蜻蜓的靜態感，才露出尖尖角的小荷與好奇的蜻蜓相互映襯，使小池充溢著大自然的活力。

三　本詩的取材並簡說〈舟過安仁〉

　　〈小池〉取材有兩點值得一提。一是著眼平常景物，小處取材。詩中泉湧、細流、樹陰、荷葉、蜻蜓都是常見景物，不誇張、不渲染，但經詩人點化，畫面生氣盎然，洋溢著濃郁的生活氣息。究其原因是以小見大、以靜襯動、賦予景物以情感，突出了萬物和諧共處的樂章。「小荷才露尖尖角，早有蜻蜓立上頭」是本詩的名句，這兩句詩與「黃河之水天上來，奔流到海不復還」（李白〈將進酒〉）、「星垂平野闊，月湧大江流」（杜甫〈旅夜書懷〉）、「亂石穿空，驚濤拍岸，卷起千堆雪」（蘇軾〈念奴嬌・赤壁懷古〉）、「接天蓮葉無窮碧，映日荷花別樣紅」（楊萬里〈曉出淨慈寺送林子方〉）相比，前者妙趣天成，後者氣勢恢宏，但同屬好詩，所以王國維說：「境界有大小，不以是而分優劣」（《人間詞話》）。二是抓住稍縱即逝的景色入詩，寫出一種靈動和野趣（或童趣）。「小荷才露尖尖角」寫荷葉，與「荷葉田田」相比，後者是常態，而前者是短暫間的特殊景象。「早有蜻蜓立上頭」，也許是眨眼間，也許一分半秒，詩人妙在捕捉。再看〈舟過安仁〉這首小詩：

> 一葉漁船兩小童，收篙停棹坐船中。
> 怪生無雨都張傘，不是遮頭是使風。

　　「一葉漁船兩小童」，不曾常見；「收篙停棹坐船中」，是玩童一念之間的事；「無雨都張傘」，「不是遮頭是使風」，「怪」在野趣，作者妙在對稍縱即逝景象的捕捉。這類詩在《誠齋集》中俯拾即是。

附　楊萬里〈插秧歌〉

田夫拋秧田婦接，小兒拔秧大兒插。

笠是兜鍪蓑是甲①，雨從頭上濕到胛②。

喚渠朝餐歇半霎③，低頭折腰只不答。

秧根未牢蒔未匝④，照管鵝兒與雛鴨。

注釋　①兜鍪（ㄉㄡ ㄇㄡˊ）：古代打仗時所戴的頭盔。蓑（ㄙㄨㄛ）：蓑衣，用棕或櫚葉等製成，披在身上以防雨。甲：用金屬或皮革製成的護身裝備。②胛（ㄐㄧㄚˇ）：肩胛骨。這裡指肩膀。③渠：他，代詞。半霎：很短的時間。④蒔（ㄕˊ）：移植。這裡指插秧。未匝：指這塊田裡秧還未插完。匝，滿。

陸游

劍門道中遇微雨

衣上征塵雜酒痕①，

遠遊無處不消魂②。

此身合是詩人未③？

細雨騎驢入劍門。

注釋　①征塵：指征戰途中身上的粉塵。②銷魂：心情沮喪，好像丟了魂似的。③合是：應該。未：語氣詞，表示發問。

一　作者簡介與題解

　　陸游（1125～1210），是南宋創作最旺盛的傑出的愛國詩人。字務觀，越州山陰（今浙江紹興）人。二十九歲時，到臨安參加進士考試，取第一名，因名列秦檜的孫子之前，又因不忘國恥，「喜論恢復」，受到秦檜的忌恨，複試時被除名。秦檜死後，陸游才被起用。高宗、孝宗時因抗金主張，兩次被黜還鄉。乾道八年（1172），受川陝宣撫使王炎的邀請，在幕中襄理軍務。熙寧二年（1175），范成大鎮蜀，邀他去帥府，任參議官。期間因同僚嫉妒，提升無望，詩人索性以酒消愁，自號「放翁」。前後九年的軍旅生活拓開了他創作新的視野，《劍南詩稿》寫於此時。淳熙五年（1178）春，離蜀東歸。任

地方小吏。淳熙七年春，撫州大旱。五月大雨，山洪暴發，淹沒大片田地和村莊，陸游在未得到朝廷准許的情況下，開倉濟貧，被罷職。六年後，再次起用，又因抗金主張被免職。卒年八十六歲。今存詩九千三百多首，風格雄渾豪放。陸游寫詞一百餘首，呈飄逸、悲壯的風格。有《劍南詩稿》、《渭南文集》、《南唐書》、《老學庵筆記》傳世。〈劍門道中遇微雨〉是詩人從南鄭（今陝西漢中）攜全家回成都途經劍門道中之作，寫於同時的名篇有五律〈劍門關〉。這次調回是由前線到後方的大都市，即到范成大幕府任參議官。劍門，在今四川劍閣縣北。《大清一統志》云：「四川保寧府：大劍山在劍州北二十五里。其山削壁中斷，兩崖相嵌，如門之辟，如劍之植，故又名劍門山。」本詩在抑鬱中自嘲，在沉痛中自我調侃，抒發詩人懷才不遇，有志難酬的感慨。

二　全詩串講及翻譯

衣上征塵雜酒痕，遠遊無處不消魂。

征途中，衣服上灰塵夾雜著酒跡，離家遠遊，無處不令人黯然丟魂。這兩句中的「征」和「遠遊」指宦遊，也指軍旅。陸游是一個有大志的詩人，曾赴臨安考進士，無門。之後投軍，去過四川、陝西，曾參加過「秋風大散關」的戰鬥。詩句「三十年間行萬里，不論南北怯登樓」（〈秋晚思梁益舊遊〉）便可見證。詩題〈劍門道中遇微雨〉，詩不言雨濕征衣，而言「征塵雜酒痕」，因為「征塵雜酒痕」所指更廣，不僅涵蓋了惡劣天氣下的長年勞頓，而且寫出了以酒消愁的具體畫面。「消魂（或銷魂）」一詞常用來形容極度的愁苦、悲傷，如「莫

道不銷魂，簾卷西風，人比黃花瘦」（李清照）、「黯然銷魂者，惟別而已矣」（江淹）；有時也用來形容極度歡樂，如，「真個銷魂」。遠遊，苦樂兼有，喝酒，或愁或喜，本詩兩義視不同場面當兼而有之。

　　此身合是詩人未？
　　細雨騎驢入劍門。

　　我這個人應該算個詩人呢，還是不應該算個詩人呢？細雨濛濛，我騎著一匹驢來到劍門道中。「此身合是詩人未」，這一問問得很突然，似乎與「消魂」無必然的聯繫，而且是不是詩人，作者、讀者都心知肚明。答案隱含在「細雨騎驢入劍門」這一千古名句中，原來作者由「騎驢」想到「詩人」一詞。孟浩然騎驢踏雪尋梅、李白乘醉騎驢游華陰、杜甫騎驢十三載旅京華、孟郊騎驢苦吟、賈島騎驢「推敲」、李賀騎驢帶小童覓句、詩僧貫休騎驢入蜀，自己則騎驢穿行在古劍門道中，感受古詩人的情懷。但如果我們對這兩句詩停留在這樣的理解，不免太淺，也就無法解讀詩人「豈其馬上破賊手，吟哦長作寒螿（古書上說的一種蟬。螿（ㄐㄧㄤ）鳴」、「顧聞下詔遣材官，恥作腐儒長碌碌（〈融州寄松紋劍〉）」等表達志向的詩句，更無法理解「沙頭空照征人骨，豈有逆胡傳子孫」（〈關山月〉）、「遺民淚盡胡塵裡，南望王師又一年」（〈秋夜將曉出籬門迎涼有感〉）等慷慨激昂的詩句。這兩句是詩人調侃和自嘲，是詩人懷才不遇，壯志難酬，憤世嫉俗的傾訴。

三　藝術特色

　　〈劍門道中遇微雨〉在語序上明顯的特點是將強調的內容前置。

「衣上征塵雜酒痕」是「遠遊」所致，作者不是按常規語序先寫遠遊，後寫遠遊所致，而是先描繪遠遊者風塵僕僕的衣著和愁煞心理，然後再點出「遠遊」。又如：按一般語序，應該是先表達「細雨騎驢入劍門」的意思，後表達「遠遊無處不消魂」的詩意，因為「細雨騎驢入劍門」是「遠遊無處不消魂」的特殊表現形式。但作者沒有這樣安排，而是將重點要表達的內容提到前面。這樣寫突出了感人的畫面，呈現突兀感，避免了平鋪直敘，也符合「文似看山不喜平」的趣味。這樣寫，當然與押韻有關，但音韻絕不是主要原因。古詩詞中這種寫法俯拾即是，茲舉三例：「獨下千行淚，開君萬里書」（庾信〈寄王琳〉）「風勁角弓鳴，將軍獵渭城」（王維〈觀獵〉）、「奇峰迎馬駭衰翁，蜀嶺吳山一洗空」（陸游〈過靈石山峰〉）。

語言形象，涵義深廣也是這首詩的一大特點。「衣上征塵雜酒痕」，描寫長途跋涉者的衣著，表現的是征途的勞頓和難以排遣的憂愁。「遠遊無處不消魂」抒發的是遠遊者的感受，這種感受是喜（有幸參加大散關戰鬥）？是驚（劍門古道七十二峰變幻莫測）？是憂（朝廷偏安一隅，不思收復中原）？是愁（報國無門）？或兼而有之，都在「消魂」一詞中。「此身合是詩人未？細雨騎驢入劍門」，詩句所表達的感情十分複雜，有調侃，有自嘲，有不甘、有憤慨，也可理解為作者對詩人生活的「破譯」和解讀。

范成大

催租行

輸租得鈔官更催①，踉蹌里正敲門來②。

手持文書雜嗔喜③：「我亦來營醉歸耳④！」

床頭慳囊大如拳⑤，撲破正有三百錢。

不堪與君成一醉，聊復償君草鞋費。

注釋 ①鈔：官府發給繳租戶的收據。②踉蹌（ㄌㄧㄤˋ ㄑㄧㄤˋ）走路搖擺不穩的樣子。蹌，一作「蹡」。里正：舊時鄉里的小吏，管轄百來戶農民。③文書：催租的文件。嗔（ㄔㄣ）：嗔怒，惱怒。④營醉歸：謂圖謀一醉而歸，即勒索錢財。⑤慳（ㄑㄧㄢ）囊：慳吝者的錢袋。慳，吝嗇，小氣。此指捨不得。《荀氏靈鬼志·外國道人》：「吾試為君破奴慳囊。」

一　作者簡介與題解

　　范成大（1126～1193）是南宋「中興四大詩人」之一。字致能，號石湖居士，吳郡（今江蘇省蘇州市）人。紹興進士。出任徽州司戶參軍，秘書省正字、吏部員外郎等職。乾道六年（1170）奉命假借資政大學士的官銜出使金朝談判，抗爭不屈，幾乎被殺。回國後，歷任靜江（桂林）、成都、明州（寧波）、建康等地的行政長官，並曾經在淳熙五年（1178）做了兩個月的參知政事（副宰相）。晚年退居故鄉

石湖。後半生創作了他的代表作〈四時田園雜興〉六十首。有《石湖居士詩集》、《石湖詞》等著作傳世。

〈催租行〉原注「效王建」。王建有〈田家行〉，亦寫有輸租事。這是一首反映地方小吏向農民敲榨勒索的諷刺詩，描寫里正的滑頭無賴及農夫的無奈與酸楚。作者另有一首〈後催租行〉。

二　全詩串講及翻譯

　　輸租得鈔官更催，踉蹌里正敲門來。

繳完田租，拿到契據，官吏再來催租了，里正跌跌撞撞敲打起門來。「租」是本詩的中心詞，圍繞田租，里正得租後再次敲門，農夫無奈，演出一幕辛酸的故事。里正為何敲門？讀者一頭霧水，詩巧妙地留下懸念。催租、輸租是古典詩詞中一個老主題，易落俗套，〈催租行〉開頭兩句描寫官吏可憎可笑的嘴臉，從「輸租得鈔官更催」的角度構思，翻出新意，匠心獨運。

　　手持文書雜嗔喜：「我亦來營醉歸耳！」

（里正）手裡拿著官府的文件，嬉皮笑臉地說：「（今天）我來是謀求喝個爛醉而去！」「手持文書」，顯然是拉大旗作虎皮，以官書壓人。然而他未料到這位農民已經交完了租，虎皮大旗亦「無奈我何」。計不成，里正原形畢露，乾脆和盤托出：「我亦來營醉歸耳。」這句話中有話，話裡藏鋒，話中話是「討」幾個酒錢！鋒是幾個酒錢，出則我歸，不出則有你受的！這明明是勒索。勒索總要個「理」

兒，里正之「理」表面看在「酒」——喝幾盅酒也不犯王法，「理」的背後是吏的顯赫地位與權勢。面對流氓小吏，租戶如何是好，作品再次留下懸念。

床頭慳囊大如拳，撲破正有三百錢。

床頭盛錢的瓦罐大如拳頭，打破瓦罐，裡面正好有三百吊錢。「慳囊」，指一種只能存入不能取出的裝錢瓦罐，所以下句有「撲破」二字。「慳」字本意是吝嗇，小氣的意思，這裡有捨不得之意。「大如拳」，極言其小，放在床頭，言其謹慎。「三百錢」，對存錢者而言，來之不易，對勒索者而言，只能充當一次酒錢，用今天的話來說就是「了難」費。

不堪與君成一醉，聊復償君草鞋費。

（三百錢）不夠與你（官爺）一醉方休，姑且當作您（跑路的）草鞋費吧。「不堪」是不夠的意思，刻畫出小吏貪得無厭的狼子野心，「草鞋費」，言跑路錢，極言錢少，並給一個收錢的名目，類似當今社會流行的「誤餐費」、「車馬費」。最後兩句是租戶的話，看似說得輕鬆，實則齒在發抖，心在流血！不是嗎？一生的積蓄、活命的指望，眨眼間化為泡影！在南宋，公差公然向農民伸手要錢已不是什麼秘密，再看范成大〈四時田園雜興（冬日）〉中的一首詩：

黃紙蠲租白紙催，皂衣旁午下鄉來。
「長官頭腦冬烘甚，乞汝青錢買酒回。」

詩寫朝廷下了免租令〔蠲（ㄐㄩㄢ）：免除〕，皂衣（公差）卻拿著公文催租，說什麼上司糊塗，好歹由我做主，你得孝敬幾個酒錢。這兩首詩相比，「里正」要錢遠比「皂衣」「高明」得多。

三 語言藝術賞析

這首詩百讀不厭，語言藝術是一種享受，主要表現在三個方面：一、人物語言直接入詩。全詩共八句，其中三句是人物語言。「我亦來營醉歸耳」一句是小吏說的，饒有風趣地刻畫出里正貪婪、狡詐、恬不知恥的醜惡嘴臉。本來勒索，卻言喝酒，見其狡詐；身為里正，張口要錢，見其貪婪，不知羞恥。「不堪與君成一醉，聊復償君草鞋費」，這兩句是農夫說的，一個老實巴焦、膽小怕事、無可奈何的鄉人形象活靈活現，呼之欲出。用人物語言入詩最能揭示人物的內心世界，這是肖像描寫所不能替代的。二、幽默、冷峻的諷刺。諷刺是一門語言藝術，辛辣的諷刺較為常見。本詩的諷刺則呈現出幽默、冷峻的一面。「踉蹌」用來描寫官員，令人忍俊不禁，活畫出一個溜子或酒鬼的形象。「雜嗔喜」是責備中夾雜著嬉皮笑臉的意思，這一形象如同古裝戲的小丑，可惡又可笑，細細品味，如飲苦蕎酒，苦澀中總有一絲甘醇。詩中農夫的話叫人肝腸斷裂，但詩輕鬆、幽默、冷峻的語言又令人拍案叫絕。三、恰到好處地留下潛台詞。「踉蹌」一詞頗有嚼頭，或許是里正喝醉了酒，走路東倒西歪；或許是他耍流氓，習慣成自然；或許是他腿腳不便，本該這般：這都不重要，作者也不點破，留給讀者去想像。「手持文書雜嗔喜」，這句詩「空白」意思是：里正怒曰：「種田怎不繳租？」曰：「已繳，據在此，請官爺過目。」吏閱據。作品以「不堪與君成一醉，聊復償君草鞋費」作結，也留給讀者無限的聯想。詩的潛台詞如同畫的空白處，別有一番滋味，詩一

覽無遺，畫密不透風，乃方家之所忌。

附　〈四時田園雜興〉一首①（選一）

新築場泥鏡面平，家家打稻趁霜晴。

笑歌聲裡輕雷動，一夜連枷響到明②。

注釋　①〈四時田園雜興〉是范成大晚年退居故鄉石湖的組詩，共六十首，分春日、晚春、夏日、秋日、冬日五部分，各十二首。本篇屬〈夏日〉。②連枷：一種打稻脫粒的農具。數塊竹板與竹棍或木棍相連，抖動手柄，竹板翻跟頭撲打禾穗，響聲較大。

朱熹

觀書有感二首

其一

半畝方塘一鑒開^①，

天光雲影共徘徊^②。

問渠那得清如許^③？

為有源頭活水來^④

其二

昨夜江邊春水生，

蒙沖巨艦一毛輕^⑤。

向來枉費推移力^⑥，

此日中流自在行。

注釋 ①一鑒開：像打開一面鏡子。鑒，鏡子。古時鏡子用鏡伏蓋上，用時打開。②天光：天空的光輝。徘徊：來回（波動）。③渠：文言代詞，代方塘。那：同「哪」，怎麼。如許：如此，這樣。④為：因為。活水：流動的水。⑤蒙沖巨艦：大小戰船。蒙沖，一種蒙著生牛皮的小型戰船。巨艦，巨大的戰船。⑥枉費：白費。

一　兩詩解讀及翻譯

這兩首詩的共同特點，一是「讀書有感」而作，二是均為哲理詩。

先說第一首詩。

　　半畝方塘一鑒開，天光雲影共徘徊。

半畝大的方塘（清澈明淨），就像一面鏡子打開一樣，陽光、雲影在裡面來回波動。這兩句很有美感，像一幅山水畫，引人入勝，但詩句重在突出方塘水清，因為只有水清，才能看清水面蕩漾的「天光雲影」，如果水淺、水濁，那就什麼也看不清了。從全詩看，寫水清不是目的，目的是為下面兩句作鋪墊，匯出這哲理詩的「理趣」來。

　　問渠那得清如許，為有源頭活水來。

（如果）問方塘為什麼這樣清澈，是（因為）有源頭活水不斷地流來。這兩句詩是全詩的重心，也是哲理詩的「理」所在。「問渠那得清如許」是設問，自問自答，有承上啟下的作用，上承前兩句的「清」，下啟最後一句、也是全詩的「理」。因詩用形象說話，「理」隱藏在形象之中，不能直言。從詩題看，作者是「觀書有感」，活水源頭的含義是，書讀得越多，道理就越明。作者的用意是勸人認真讀書，博覽群書，不斷吸收前人的知識以提升自我。朱熹本身就是南宋著名的哲學家、教育家、大學者，著有《四書章句集解》、《周易本義》、《詩集傳》、《楚辭集注》及後人編纂的《晦庵先生朱文公集》和《朱子語類》等。他認為「為學之道，莫先於窮理；窮理之要，必在

於讀書；讀書之法，莫貴於循序而致精。」(《朱文公文集》卷十四《甲寅行宮便殿湊札二》)勸學、「窮理」是朱熹的一貫主張，但「活水源頭」的含義遠不止此，現在人們常用來比喻實踐是認識的源頭。

再說第二首。

昨夜江邊春水生，
蒙沖巨艦一毛輕。
向來枉費推移力，
此日中流自在行。

直譯這首詩是：昨天夜晚突然漲春潮，原來被擱淺的大小戰船像羽毛一樣輕浮上來。往日白費人力推移不動的大船，今天卻在江中自由自在地航行。前兩句寫所見，後兩句是發感慨。所見，落筆在所見的一種現象，即被擱淺的大小戰船在一夜之間因潮漲而輕輕上浮。後兩句是觀察這一現象後進一步言「理」。詩的表面意思是：蒙沖巨艦因水位下降而擱淺，如果用人力去推，就是白費力氣，只有等水位上漲它才會自然上浮。從詩「觀書有感」的角度來分析，詩人的用意也是勸人讀書。朱熹告誡人們，知識是解決問題的基礎和前提，積累知識，厚積薄發，再難的問題也會迎刃而解。但這一現象所涵蓋的意義卻超出了詩人的用意，具有更深遠的意義。今天還可理解為，事物有其必然的規律性，只有按規律辦事，才會收到功效，違背客觀規律，就會事與願違。這是作者用意與今人的理解的差異，符合「形象大於思維」的文學理論。

這兩首詩，前一首似乎更形象，流傳也更廣，但第二首詩語言曉暢，寓意很深，今天讀來仍有啟迪，也不失為一首好詩。

二　關於哲理詩

　　哲理詩，顧名思義，是用鮮明的形象含蓄表達對宇宙、社會、人生宏觀思考的詩。哲理詩常從生活中某一現象觀察入手，經過提煉、概括，上升為普遍道理，然後用形象來表達。如「沉舟側畔千帆過，病樹前頭萬木春」（劉禹錫〈酬樂天揚州初逢席上見贈〉）、「離離原上草，一歲一枯榮；野火燒不盡，春風吹又生」（白居易〈賦得古原草送別〉）。

　　哲理詩在宋代曾掀起一個高潮，文人學者寫之者眾，用來言理，表達某一見解。一部分作者因受道學的影響，或形象思維不足，在詩中「言理而不言情」，缺少意境，顯得蒼白。他們寫談情說愛一類題材，貫用「香草美人」的比興手法，借用情侶的「燕酣之樂、離別之愁」來暗指國家大事或某人身世，多牽強附會，不倫不類，把詩引入歧途。但也出現了一批優秀作品，蘇軾的〈題西林寺壁〉、朱熹的〈觀書有感〉便是其中的佳作。

　　寫詩不一定要寫出哲理，但如果寫哲理詩，一定要寫出意境，「理」最好不直說，用形象說話，即人們常說的形象思維，如果直說就沒有寓意，也不會給讀者以想像的空間。沒有回味的哲理詩味同嚼蠟，甚至稱不上詩。蘇軾〈題西林寺壁〉前兩句「橫看成嶺側成峰，遠近高低各不同」，從視覺的角度寫景，後兩句「不識廬山真面目，只緣身在此山中」，進一步揭示哲理，哲理隱含在形象之中，意味無窮。朱熹〈觀書有感〉就其分類而言，是言理詩，但詩用形象說話，理在形象中滲出，這是該詩為讀者喜愛的一個重要原因。

辛棄疾

清平樂・村居

茅簷低小①，

溪上青青草②。

醉裡吳音相媚好③，

白髮誰家翁媼④？

大兒鋤豆溪東，

中兒正織雞籠。

最喜小兒無賴⑤，

溪頭臥剝蓮蓬。

注釋　①茅簷：代茅屋。②溪上：指溪邊。③吳音：吳地口音。作者所居信州（今江西省上饒市）古屬吳國。相媚好：指兩位老人取笑逗樂。媚，嫵媚，可愛。④媼（ㄠˇ）：老婦人。⑤無賴：指頑皮得可愛。無，一作「亡」，亡通「無」。

一　作者簡介與題解

辛棄疾（1140～1207）是南宋偉大的愛國詞人。字幼安，號稼

軒，歷城（今山東省歷城縣）人。少年時曾率眾二千人參加過耿京的抗金起義軍。失敗後，南歸。曾通判建康府、知徐州。葉衡為相時，歷任提點江西刑獄、湖北轉運副使、知潭州（今湖南省長沙市）兼湖南安撫使，知隆興府兼江西安撫使。辛棄疾一生主張抗金，多次被貶。晚年被起用，先後知紹興府兼浙東安撫使，知鎮江府。滿以為可以施展大才，結果因與宰相韓侂（ㄊㄨㄛ）胄急功近利，草率北伐意見相左，最終被免職。

　　辛詞大多描寫戰鬥生涯，氣勢凌雲，擲地有聲。在〈賀新郎〉中是：「夜半狂歌悲風起，聽錚錚陣馬簷間鐵，南與北，正分裂；」在〈水調歌頭〉中是：「要挽銀河仙浪，西北洗胡沙；」在〈破陣子・為陳同甫賦壯語以寄之〉中是：「馬作的盧飛快，弓如霹靂弦驚；」在〈永遇樂・京口北固亭懷古〉中是：「想當年，金戈鐵馬，氣吞萬里如虎。」

　　〈村居〉是辛棄疾晚年閒居時的一首小詞，是另外一種風格。這首詩通過對農戶一家五口及居住環境的描述，再現了特殊環境下普通農民的生活，同時也曲折反映出作者對官場的淡漠和對普通人生活的羨慕。

二　全詩串講

　　茅簷低小，溪上青青草。

　　開篇寫景，描寫農家茅屋及茅屋門前的景色。「茅簷低小」四個字，活靈活現地勾勒出農家房子的特徵，而溪上青青草給人以清新優美的感受。畫面以茅屋為中心，視野開闊，景色宜人。

> 醉裡吳音相媚好，白髮誰家翁媼？

　　這是五口之家的農戶，詩人先寫這對老夫老妻。老人有些清閒，三杯兩盞淡酒之後，帶著一絲醉意，親熱地用土語交談著什麼。兩位老人給人的印象是悠閒、自在、和睦而有生活情調，這是無憂無慮地生活的一對幸福伴侶。辛棄疾晚年閒居，有更多的機會走進鄉村，接觸農民，其作品大多描寫田園風光，甚至普通農戶。也許作者並不熟悉這戶人家，是散步路過這裡，覺得有趣，正在興致勃勃地觀察體味呢。

　　以上是詞的上片，描寫農舍及其環境，寫一對老年夫妻閒適幸福的生活。

> 大兒鋤豆溪東，中兒正織雞籠。
> 最喜小兒無賴，溪頭臥剝蓮蓬。

　　詞的下片分別刻畫老人的三個兒子。大兒子是全家的勞動主力，正在溪東豆苗中鋤草，二兒子也沒閑著，正在編織雞籠。詩中刻畫得最好的是那個無賴的小兒子。因為他年紀小，小不點天性好玩，正躺在溪邊地上剝蓮蓬享用，這是一個天真、活潑、貪玩、可愛的農家小孩。詩中「無賴」一詞用得極妙，因為他不做事，貪吃、頑皮、淘氣，近乎搗蛋，說他「無賴」是一種親暱的口吻。

三　藝術特色

　　〈村居〉一詞幾乎通篇用白描，不加渲染，卻形象鮮明。成功的原因撇開詩人深厚的文學功底外，主要得力於細心地觀察和捕捉生活

細節的能力。細節描寫往往是詩詞，特別是描寫人物、生活類的短詩小詞成功的關鍵。「醉裡吳音相媚好」，這一細節描寫，不僅寫出了人物的個性，而且寫出了人物的生活情趣。「溪頭臥剝蓮蓬」，是這首詞中引人注目的一個好細節，好在表現出了小兒的「無賴」——「討嫌」得十分可愛！再看他一首小詞：「昨夜松邊醉倒，問松我醉如何？只疑松動要來扶，以手推松曰：『去！』」詩人捕捉四個細節，分別通過「問」、「疑」、「推」、「曰」四個動詞加以描述，一個酒鬼的形象便活生生地呈現在讀者面前。〈村居〉在語言上也很有特色，全詞淺顯，明白如話，就像告訴別人所見一村居景象似的。但這不是辛詞語言的共性，事實上辛詞用典很多，有的晦澀難懂，後人稱之為「掉書袋」，看來詩詞的語言還是像〈村居〉這樣通俗淺顯為好。

辛棄疾

永遇樂・京口北固亭懷古

千古江山，英雄無覓孫仲謀處①。

舞榭歌台②，風流總被雨打風吹去。

斜陽草樹，尋常巷陌③，人道寄奴曾住④。

想當年⑤，金戈鐵馬⑥，氣吞萬里如虎。

元嘉草草，封狼居胥，贏得倉皇北顧⑦。

四十三年⑧，望中猶記，烽火揚州路⑨。

可堪回首，佛狸祠下，一片神鴉社鼓⑩！

憑誰問：廉頗老矣，尚能飯否⑪？

注釋 ①英雄無覓孫仲謀處：無處尋找英雄孫仲謀（那樣的人物）了。覓，尋找。仲謀，孫權的字。他曾打敗來自北方的曹操大軍，並在京口（今江蘇省鎮江市）建立吳都。②舞榭（ㄒㄧㄝˋ）歌台：歌舞的台榭。榭，台上的房子。③尋常巷陌：普通的街道。巷、陌，這裡都指街道。④寄奴：南北朝時南朝宋武帝劉裕的小名。劉裕的祖先由北方移居京口。劉裕在這裡起事，最後建立政權。⑤當年：指劉裕為了恢復中原大舉北伐的時候。⑥金戈鐵馬：代指軍隊。金戈：用金屬製成的長槍。鐵馬：披著鐵甲的戰馬。⑦「元嘉」句：宋文帝劉義隆（劉裕的兒子）在元嘉二十七年（西元 450 年），草率出師北伐，要想建

立像古人封狼居胥（ㄒㄩ）山那樣的功績，只落得自己北望敵軍而倉皇失措。草草：輕率。封狼居胥：漢代霍去病追擊匈奴至狼居胥山（今內蒙古自治區西北部），封山（築土為山以祭山神，紀念勝利）而還。⑧四十三年：作者於一一六二年從北方抗金南歸，至一二〇五年任鎮江知府寫這首詞前後共四十三年。⑨烽火：指金兵南下的戰火。⑩佛（ㄅㄧ）狸……社鼓：（瓜步山上的）佛狸祠下（充滿）一片神鴉的叫聲和社日的鼓聲。佛狸，後魏太武帝拓跋燾的小字。他擊敗宋文帝，率軍追到瓜步山（今江蘇省六合縣東南），在山上建立行宮，即後來的佛狸祠。社鼓，社日祭地神的鼓聲。⑪「憑誰問」句：（現在）憑誰去問：廉頗老了，飯量還好嗎？《史記・廉頗藺相如列傳》記載：廉頗為趙國名將，被讒免職後逃到魏國。後來趙王想再用他，派人去瞭解他的身體狀況。「廉頗之仇郭開多與使者金，令毀之。趙使者既見廉頗，廉頗為之一飯斗米，肉十斤，被甲上馬，以示尚可用。趙使者還報王曰：『廉將軍雖老，尚善飯，然與臣坐，頃之三遺矢（屎）矣。』趙王以為老，遂不召」。

一　題解

　　京口，即今江蘇省鎮江市。三國時孫權在此建都，稱為京城，後遷都建業（今南京市），這裡改稱京口。北固亭又稱北固樓，在京口東北的北固山上，下臨長江。

　　宋寧宗嘉泰三年（1203），六十四歲的辛棄疾被再度起用，任浙江東路安撫使，翌年任鎮江知府。這次直接起用他的是宰相韓侂（ㄊㄨㄛ）胄。韓為鞏固自己的地位，建立戰功，急於出兵進攻金國。辛棄疾上任後，不計前嫌，欲實現自己「功名萬里」的抱負。他立即招募新兵一萬人，作兩淮一帶攻守部署，派人深入金國偵察敵情，以實際行動支持北伐抗金的決策。但辛棄疾認為，金國不可輕視，加之南宋兵備荒弛，尚需充分準備，「欲速則不達」，不能冒險輕進。因意見

分歧,韓借一件小事發難,辛棄疾遭降職處分。六十六歲這年,詩人登京口北固亭,觸景生情,撫今追昔,以懷古的形式寫下了這首詞。〈永遇樂・京口北固亭懷古〉借古抒發感慨:懷念孫權、劉裕,讚揚他們的英雄業績;借劉義隆草草北伐的故事,批評韓侂胄倉促伐金,並預見其必然失敗的結局。

二　全詞串講及翻譯

> 千古江山,英雄無覓孫仲謀處。
> 舞榭歌台,風流總被雨打風吹去。

江山如故,但無處尋找英雄孫仲謀那樣的人物了。昔日的繁華景象、英雄業績,都在歷史的風吹雨打中煙消雲散。孫權是三國時吳國的諸侯,曾在京口建都。在赤壁之戰中,與劉備聯兵,重用大將周瑜,以弱勝強,打敗了氣勢吞吳的曹操大軍,從此形成三國鼎峙的局面。詞從京口(鎮江)的歷史人物起筆,讚揚「坐斷東南戰未休」,稱霸江東的孫權,表達了詞人對古代英雄業績的嚮往,但筆調沉重,隱約表達出對現實失望的心情。詞人一貫支持抗金的主張,晚年有機會得到重用,已大出所望,無奈主戰的執政者韓侂胄急功近利,一意孤行,將草率北伐,令人慷慨憂傷。

> 斜陽草樹,尋常巷陌,人道寄奴曾住。

斜陽下的古木荒草、普通的街巷,人們說,宋武帝劉裕曾在這裡居住。「寄奴」是南朝宋武帝的小名,劉裕曾在京口居住。昔日風流

人物的故里，到如今「尋常巷陌」依稀可見，英雄作古，只有江山永恆，詩人感歎歷史，惆悵縈懷。

想當年，金戈鐵馬，氣吞萬里如虎。

遙想當年，寄奴跨鐵甲戰馬、手舞長槍，率千軍萬馬，氣吞萬里山河，勇猛如虎。「當年」，指劉裕為恢復中原大舉北伐之時。劉裕兩次統晉軍北伐，生擒燕王和秦王，收復洛陽、長安等地，氣壯胡虜。詩人借劉裕英雄功績諷刺南宋王朝主和派屈膝求和的無恥行徑，表達自己抗金的主張與收復中原的決心。

上片：懷念孫權、劉裕，表達對英雄事業的嚮往，感歎南宋朝廷積弱不振。

元嘉草草，封狼居胥，贏得倉皇北顧。

元嘉年間，劉義隆率軍草率北伐，也想登上狼居胥山祭拜天神，結果落得個北望敵軍倉皇而逃的結局。南朝宋文帝劉義隆「自踐位以來有恢復河南之志」（《資治通鑑‧宋紀》）。他曾三次北伐，都沒有成功。元嘉二十七年（西元 450 年），最後一次北伐，戰前，他聽取彭城太守王玄謨陳北伐之策，非常激動，說：聞玄謨之言，「令人有封狼居胥意。」（《宋書‧王玄謨傳》）。結果反倒被北魏主拓跋燾抓住戰機，大敗宋師，追至長江邊，宋軍幾乎遭到覆滅。作者用此典，是希望宋王朝接受這一史訓，不要聽任韓侂胄輕舉妄動，打無把握之仗。「封狼居胥」一典，是引漢代大將霍去病於漢武帝元狩四年（西元前 119 年）追擊匈奴至狼居胥山，到山上祭山神的史料。這個典故與劉義隆輕舉北伐，空想大功告成形成對比。

四十三年，望中猶記，烽火揚州路。

　　四十三年過去了，如今瞭望蒼茫大地，還記得當年揚州一帶戰火遍地、烽煙瀰漫的慘景。作者一一六二年從北方抗金南歸至一二○五年寫作該詞前後共四十三年。詩人南歸這一年，正值金兵南侵，佔領了揚州一帶地區。四十三年過去，戰火燃燒的廢墟仍歷歷在目。也正是一一六二年，金國內亂，金主完顏亮在軍中被部下所殺，以宋高宗為首的統治者卻心有餘悸，不敢反擊，喪失了收復失地的大好時機。這三句含有對偏安一隅南宋朝廷不思進取的暗諷。

可堪回首，佛狸祠下，一片神鴉社鼓！

　　往事不忍回想，佛狸祠下，一片神鴉爭食的叫聲和社日祭拜的鼓聲。史載：北魏太武帝拓跋燾於四五○年，兵分五路，反擊宋軍，從黃河北岸一直追至長江邊，並在揚州瓜步山建立行宮（後人稱太武廟，又稱佛狸祠）。當年異族皇帝的行宮，如今竟成了祭神的寺廟，國之大仇遺忘殆盡，詩人感慨萬千，怎能回首？

憑誰問：廉頗老矣，尚能飯否？

　　現在憑誰去問：廉頗老了，飯量還好嗎？廉頗「以勇氣聞於諸侯」，在秦趙長期相持抗衡中，他是一位能攻能守為秦軍所懾服的老臣宿將。趙王之所以「思復得廉頗」，是因為「數困於秦兵」，廉頗最終未被趙王重新起用，是由於他的仇人郭開玩弄詭計，蒙蔽了趙王。最後三句，作者以廉頗自比，廉頗雖老，尚蒙趙王思念，自己身在抗金重鎮，卻得不到信任，「娥眉曾有人妒」，壯志難酬，空有一腔報國

激情！

下片：借劉義隆冒險北伐和金兵南下的往事，提醒當權者汲取歷史教訓並抒發壯志未酬的怨憤。

三　作品簡評

〈京口北固亭懷古〉激蕩著赤誠的愛國熱忱，同時也流露出滿腹的怨憤，怎樣看待這一問題？關係到作品的思想。詞人本色是愛國將領，辛棄疾二十一歲時曾聚眾兩千人起義，並加入到當時最大的農民起義軍耿京的抗金隊伍。南歸後，他曾上書《美芹十論》、《九議》，力主北伐，收復中原，惜未被採納。之後，他雖做過滁州太守和湖北、湖南、江西、福建、浙江等地的安撫使，但一直未能看到收復中原的那一天。在江西上饒閒居二十年後能有機會參與北伐壯舉，是他人生之大幸。不料因意見不合，含恨離職，悲憤之情油然而生。詞最可貴之處在於，作品所流露的怨憤帶有強烈的憂國、憂君、憂民的色彩，非一般怨恨詞所能比。

本詞最能表現辛詞雄健豪放的風格，是辛詞的代表作。詞起筆悠遠，大筆揮灑，結構起伏，意境宏大，寄意深遠，十分豪放。王國維在《人間詞話》中評價蘇、辛時說：「東坡之詞曠，稼軒之詞豪」，道出了兩位大詞人豪放風格的區別。

這首詞有一個明顯的特點，那就是用典多。岳飛的孫子岳珂在《桯史・稼軒論詞》中說：辛詞的特點是好「掉書袋」。辛詞中確有許多作品貪用典故，欠通俗易懂。一般認為，寫詩填詞還是通俗為上，「掉書袋」確是本詞、乃至辛詞部分作品的缺點。但這首詞是懷古之作，用典多也在所難免。詞中用典除了廉頗一例外，都與京口有關，每個典故凝煉形象，藝術概括力強，而且用得天衣無縫，恰到好處，讀者應當接受、海容不同的風格。

樂府雅詞（無名氏）

九張機

一張機，採桑陌上試春衣。風晴日暖慵無力^①，桃花枝上，啼鶯言語，不肯放人歸^②。

兩張機，行人立馬意遲遲^③。深心未忍輕分付，回頭一笑，花間歸去，只恐被花知。

三張機，吳蠶已老燕雛飛^④。東風宴罷長洲苑^⑤，輕綃催趁^⑥，館娃宮女^⑦，要換舞時衣。

四張機，咿啞聲裡暗顰眉^⑧。回梭織朵垂蓮子^⑨，盤花易綰^⑩，愁心難整^⑪，脈脈亂如絲。

五張機，橫紋織就沈郎詩^⑫。中心一句無人會，不言愁恨，不言憔悴，只憑寄相思^⑬。

六張機，行行都是耍花兒^⑭。花間更有雙蝴蝶，停梭一晌^⑮，閑窗影裡，獨自看多時。

七張機，鴛鴦織就又遲疑。只恐被人輕裁剪，分飛兩處，一場離恨，何計再相隨？

八張機，回紋知是阿誰詩^⑯？織成一片淒涼意，行行讀遍，厭厭無語^⑰，不忍更尋思。

樂府雅詞（無名氏）

九張機

一張機，採桑陌上試春衣。風晴日暖慵無力[1]，桃花枝上，啼鶯言語，不肯放人歸[2]。

兩張機，行人立馬意遲遲[3]。深心未忍輕分付，回頭一笑，花間歸去，只恐被花知。

三張機，吳蠶已老燕雛飛[4]。東風宴罷長洲苑[5]，輕綃催趁[6]，館娃宮女[7]，要換舞時衣。

四張機，咿啞聲裡暗顰眉[8]。回梭織朵垂蓮子[9]，盤花易綰[10]，愁心難整[11]，脈脈亂如絲。

五張機，橫紋織就沈郎詩[12]。中心一句無人會，不言愁恨，不言憔悴，只憑寄相思[13]。

六張機，行行都是耍花兒[14]。花間更有雙蝴蝶，停梭一晌[15]，閑窗影裡，獨自看多時。

七張機，鴛鴦織就又遲疑。只恐被人輕裁剪，分飛兩處，一場離恨，何計再相隨？

八張機，回紋知是阿誰詩[16]？織成一片淒涼意，行行讀遍，厭厭無語[17]，不忍更尋思。

九張機，雙花雙葉又雙枝。薄情自古多離別，從頭到底，將心縈繫，穿過一條絲。

注釋 ①慵無力：謂柔弱無力。慵，困倦。②「啼鶯」二句：意謂黃鶯美妙的歌聲令人著迷，捨不得離開。③行人：指即將遠行的戀人。④吳蠶：吳地（今江蘇省蘇州一帶）是盛產蠶絲的地區，故稱吳蠶。⑤長洲苑：春秋時吳國國王遊樂的苑圍，故址在今蘇州市西南。⑥「輕綃」句：催促織工趕織輕軟的絲羅。趂，同「趁」，趕快。⑦館娃宮：吳王夫差為西施建造的宮，故址在蘇州市西南靈岩山。⑧咿啞：織機聲。咿（一），同「吚」。⑨垂蓮子：「垂憐子」的諧音，意即「愛你」。⑩綰（ㄨㄢˇ）：盤繞。⑪整：理。⑫沈郎：指南朝梁詩人沈約，時人多喜愛沈約的詩。⑬只恁（ㄋㄣˋ）句：意謂相思之情只是寄託在織錦中。恁，這樣、這麼。⑭耍花兒：好玩、可愛的。⑮一晌：片刻。⑯回紋：指回文詩。⑰厭厭：同「懨懨」，鬱悶的樣子。

一　詞牌名與內容提要

〈九張機〉又叫〈醉留客〉，最早見於《樂府雅詞》中宋代無名氏的詞。其詞為聯章體，共兩組：一組為九首、一組為十一首。由於模仿者多，它便成為一種固定的形式：用同一詞調組成九首（或十一首）詞；每首首句固定；民歌敘事體；描寫織女閨中春怨（後不限於此）；一張一張地「織」；有濃厚的抒情色彩。〈九張機〉在《詞譜》中被視為大曲。

本篇〈九張機〉描寫一位織錦少女忠於愛情和追求幸福生活的愉悅心情，愉悅中滲透著離別之苦、相思之愁。從詞的側面看，這是一個被勞役的農家女子。

二 前三首串講及翻譯

> 一張機，採桑陌上試春衣。風晴日暖慵無力，桃花枝上，啼鶯
> 言語，不肯放人歸。

一張機，試著春裝，徑上採桑葉。天氣晴熱人無力，桃花枝上鶯
歌聲悅耳，叫人不忍離去。首章描寫採桑女熱愛生活、熱愛勞動，陶
醉在美麗的大自然中。「一張機」至「九張機」，是這個曲調每章開頭
的固定句式，有起興的作用。「採桑陌上試春衣」，點明勞動的對象、
地點和時令。「風晴日暖慵無力」表現了採桑女陶醉在大自然中的嬌
態。「桃花」三句，不直說鶯歌迷人，而說「不肯放人歸」，是擬人的
寫法，曲中見妙。

> 兩張機，行人立馬意遲遲。深心未忍輕分付，回頭一笑，花間
> 歸去，只恐被花知。

兩張機，情郎站立在馬前，將行又止，猶豫不定。深心相顧，羞
於叮囑，回頭一笑，從花叢中歸去，又怕被花兒看透心思。第二首描
寫採桑女與意中人分別的場景。「行人立馬意遲遲」，是從女主人翁的
眼裡描寫對方遲疑不決的神態。「深心未忍輕分付，花間歸去，只恐
被花知」，描寫少女初戀時春心忐忑不安、羞澀和矜持複雜的心理。
筆調細膩、傳神，很有個性化。

> 三張機，吳蠶已老燕雛飛。東風宴罷長洲苑，輕綃催趁，館娃
> 宮女，要換舞時衣。

　　三張機，吳地桑蠶漸漸成繭，小燕子開始學飛。東風浩蕩，長洲苑遊宴完畢，催著趕織錦緞，館娃宮宮女們要更換新的舞衣。「吳蠶已老燕雛飛」，交代時序推移和季節更變，大約是初夏。「東風」四句，將採桑女的勞動與宮廷之樂聯繫在一起，顯示出採桑女的地位——一個被勞役的織錦女工。這樣寫，豐富了詞的社會內容，昇華了主題。

三　後六首內容概要

　　四張機：用雙關手法寫女主人翁思戀之苦。
　　五張機：織沈郎詩於錦，寫女主人翁相思之情。
　　六張機：織花間雙蝴蝶於錦，寫女主人翁喜憂參半的心情。
　　七張機：織鴛鴦戲水圖於錦，寫女主人翁對愛情的憂慮。
　　八張機：織回文詩於錦，寫女主人翁淒涼的心境。
　　九張機：織連理枝於錦，寫女主人翁對美好生活的執著追求。

四　九章之間的聯繫區別

　　這首〈九張機〉實際上是九首詩的聯章體，獨立成篇，合為組詩，這也是〈九張機〉寫作的基本要求。九章之間的聯繫如下：一、同一主人翁。詩中人物或以採桑女身分出現，或以織女身分出現，同為一人。二、同一故事。女主人翁春天採桑，初夏起忙於織錦，為宮廷提供錦緞，構成故事的基本稜角。三、同一題旨。如果用兩個字概括題旨，那便是「相思」。各章之間的區別主要是內容側重點和表現手法不同。從內容上看，前三首從分別寫採桑、離別、催織。四至九首雖然都是寫織錦，但詩人從不同的錦紋中寫出了不同的相思之情，

或喜、或憂、或怨。表現手法更是異彩紛呈。如第四首「回梭織朵垂蓮子」，用的是諧音雙關（「蓮」與「憐」諧音，「垂蓮子」與「愛你」雙關）的手法。如第五首是用典抒發思愁的手法。沈約〈寄范安仁詩〉云：「夢中不識路，何以慰相思。」〈與徐勉書〉云：「百日數旬，革帶常應移孔，以手握臂，率計月小半分，以此推算，豈能支久？」再如第九首「雙花雙葉又雙枝」，以並蒂花、連理枝為喻，表現出女主人翁對美好生活的執著追求。「從頭到底，將心縈繫，穿過一條絲」，「絲」與「思」諧音雙關，意即同心相思。

五　主人翁形象簡析

　　詞中女主人翁──織女形象鮮明，呼之欲出。就少女而言，她忠於愛情，孜孜追求幸福美好的生活。由於深愛對方，她的織品不是沈郎詩、回文詩，就是垂蓮子、雙蝴蝶、鴛鴦圖、「雙花雙葉又雙枝」。織就鴛鴦戲水圖時，她由圖及人，「只恐被人輕裁剪，分飛兩處，一場離恨……」這種擔憂說白了就是愛的表現。她別無奢求，只希望能與心上人「從頭到底，將心縈繫，穿過一條絲」──相思相愛。就性格而言，她心地善良，多愁善感。「輕綃催趁，館娃宮女，要換舞時衣」，她把理解寫在織機的呼啞聲裡。她性格最突出的是多愁善感。當「回梭織朵垂蓮子」時，她「愁心難整，脈脈亂如絲」；當「橫紋織就沈郎詩」時，她沉思在詩中，「只恁寄相思」；當織就花間雙蝴蝶時，她「停梭一晌，閑窗影裡，獨自看多時」；當織就回文詩時，她「一片淒涼意，行行讀遍，厭厭無語，不忍更尋思」。總之，她身在織機，心在情郎，觸景生情，為情所困。就勞作而言，她織技嫻熟，不辭辛勞。不辭辛勞，代表了我國古代勞動婦女的美德；織技嫻熟，體現在她織錦的作品上。

楊維楨

題蘇武牧羊圖

未入麒麟閣[①]，時時望帝鄉。

寄書元有雁[②]，食雪不離羊。

旄盡風霜節[③]，心懸日月光。

李陵何以別[④]，涕淚滿河梁。

注釋 ①麒麟閣：漢宣帝甘露三年（西元前 51 年），畫功臣十一人像於麒麟閣，第十一人為蘇武。②元：同「原」。③「旄（ㄇㄠˊ）盡」句：《漢書・蘇武傳》：「武既至海上，廩食不至，掘野鼠去草實而食之。杖漢節牧羊。臥起操持，節旄盡落。」旄：指節旄。節以竹為之，柄長八尺，是使者的象徵。風霜節：比喻節操高潔。④「李陵」二句：李陵：漢隴西成紀人，名將李廣之孫。蘇武使匈奴被扣留的第二年，即漢武帝天漢二年（西元前 99 年），李陵率兵五千出居延北千餘里擊匈奴，遇匈奴軍主力，矢盡無援，投降匈奴。漢昭帝時，匈奴與漢和親，武得歸漢，臨行，李陵置酒送別。《文選》李陵詩：「攜手上河梁，遊子暮何之。」後人以為李陵別蘇武詩。河梁：橋樑。

一　作者簡介與題解

　　楊維楨（1296～1370），元代文學家。字廉夫，號鐵崖，別號鐵笛道人，浙江會稽（今浙江省紹興市）人。泰定四年（1327）登進士第，官至建德路總管府推官。他的詩在當時名聲很大，稱「鐵崖

體」，有《鐵崖古樂府》、《東維子集》傳世。

〈題蘇武牧羊圖〉是一首題畫詩，歌頌了蘇武堅貞不渝的民族氣
節和偉大的愛國精神。

二　全詩串講及翻譯

未入麒麟閣，時時望帝鄉。

蘇武未返回漢朝前，時刻南望帝國都城長安。詩一、二句的主語
是蘇武。蘇武，西漢杜陵人，字子卿。武帝時，以中郎將出使匈奴，
單于脅降，不屈被幽，徙至北海，使牧公羊，待羊產子方釋。武持漢
節牧羊十九年。昭帝即位，漢與匈奴和親，幾轉周折，武得歸，拜為
典屬國。麒麟閣，位於未央宮，傳說因漢武帝元狩年間打獵獲得麒麟
而命名。宣帝甘露三年，畫功臣十一人像於其上，大司馬、大將軍博
陸侯霍光和衛將軍富平侯張安世居前，蘇武居第十一位。「時時望帝
鄉」，寫蘇武身在匈奴十九年，時刻眷念朝廷和故土，詩人借此盛讚
其堅貞不渝的民族氣節。

寄書元有雁，食雪不離羊。

蘇武雪與旃（ㄓㄢ）毛並咽，與羊為伴，北海傳書原只好託付南
歸的大雁了。《漢書・蘇武傳》記載：昭帝即位，數年，匈奴與漢和
親，漢求武等，匈奴詭言武死。漢朝使者至匈奴，常惠夜見漢使，教
使者謂單于，言天子射上林中，得雁，足有帛書，言武等在某澤中。
使者如其言責備單于。單于視左右而驚，謝漢使曰：武等實在。「食

雪」句見於《漢書‧蘇武傳》：「（衛）律知武終不可脅，白單于。單于愈益欲降之。乃幽武，置大窖中，絕不飲食。天雨雪，武臥齧雪與旃毛並咽之，數日不死。匈奴以為神。乃徙武北海上無人處，使牧羝（ㄉㄧ），羝乳乃得歸。」

　　旄盡風霜節，心懸日月光。

　　竹節上的氂牛尾都磨光了，更顯高潔的節操，蘇武心中升騰著日月般的光輝。這兩句讚美蘇武經受住時間和惡劣生存環境考驗的崇高民族氣節和偉大愛國精神。「旄盡」，見環境惡劣，言時間之長。「風霜節」，頌讚蘇武心底無私，節操高潔。「日月光」，極言氣節光照千古。

　　李陵何以別，涕淚滿河梁。

　　李陵用什麼方式與蘇武告別啊，分手時該是淚水灑滿橋樑吧！最後兩句是用喪失民族尊嚴和國格的李陵作襯托，寫李陵送別蘇武時的難以為情，烘托出蘇武守節不移，不辱使命的高風亮節和愛國精神。史載蘇武出使匈奴被扣留的第二年，李陵率兵五千出居延北千餘里擊匈奴，遇匈奴軍主力，矢盡無援，投降匈奴。漢昭帝時匈奴與漢和親，武持節歸漢。臨行，李陵置酒送別，歌曰：「攜手上河梁，遊子暮何之。」

附　溫庭筠〈蘇武廟〉①

蘇武魂銷漢使前，古祠高樹兩茫然。

雲邊雁斷胡天月，隴上羊歸塞草煙②。

回日樓台非甲帳③，去時冠劍是丁年④。

茂陵不見封侯印⑤，空向秋波哭逝川⑥。

注釋　①這是一首憑弔之作，同情蘇武的處境，讚揚蘇武的民族氣節和愛國情操。②隴：通「壠」。③甲帳：漢武帝以琉璃、珠玉等珍寶為甲帳，其次為乙帳。甲以居神，乙以自居。「非甲帳」，言漢武帝已死。④丁年：壯年。唐朝規定男子二十一至五十九歲為丁。⑤茂陵：漢武帝陵。封侯：蘇武持節歸來，漢宣帝賜他爵關內侯，食邑三百戶。⑥逝川：喻流逝的時間。《論語‧子罕》：「子在川上，曰：逝者如斯夫。」

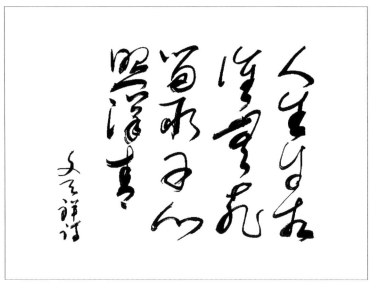

人生自古誰無死，留取丹心照汗青。

（文天祥／過零丁洋／作者手稿）

薩都剌

百字令・登石頭城①

石頭城上，望天低吳楚，眼空無物。

指點六朝形勝地②，唯有青山如壁。

蔽日旌旗，連雲檣櫓③，白骨紛如雪。

一江南北④，消磨多少豪傑。

寂寞避暑離宮⑤，東風輦路⑥，芳草年年發。

落日無人松徑裡⑦，鬼火高低明滅⑧。

歌舞尊前⑨，繁華鏡裡⑩，暗換青青髮⑪。

傷心千古，秦淮一片明月⑫。

注釋 ①石頭城：故址在今南京市清涼山。初為楚金陵邑，孫權重築後改名。一名金陵城，即今南京市。②六朝形勝：指東晉、宋、齊、梁、陳六個朝代地形優越壯美，六朝均在金陵建都。③檣櫓：桅杆和划船工具，這裡代指船隻。④江：長江。⑤離宮，皇帝在京城以外的宮室。⑥輦（ㄋㄧㄢˇ）路：宮殿樓閣間的通道。輦，皇帝、皇后坐的車。⑦松徑：松林間的小路。⑧明滅：忽明忽暗。⑨尊：同「樽」，酒杯。⑩繁華：鮮花盛開，喻青春美麗。⑪暗換青青髮：歲月流逝，不知不覺中黑髮變成了白髮。⑫秦淮：流過石頭城的秦淮河。

一　作者簡介與題解

　　薩都剌（約 1300～1355）是元代後期著名詩人。字天錫，號直
齋，回族人（《四庫全書》說他是蒙古人）。祖父以功留鎮代郡（今山
西代縣），遂為雁門人。泰定四年（1327）進士。官至河北廉訪經
歷、江南行台侍御史。據說晚年曾投方國珍幕下。他在當時以宮詞、
豔情樂府詩著名。今人多喜歡他描繪塞外風光、憂國傷民之作。有
《雁門集》留世。薩都剌還長於書畫，故宮博物館藏有他作的〈嚴陵
釣台畫〉和〈梅雀〉二幅。

　　〈百字令・登石頭城〉是一首懷古之作，描寫六朝覆滅後的蒼涼
景象，抒發出一種風雲易消，青山常在的感悟。

二　全詩串講及翻譯

　　　石頭城上，望天低吳楚，眼空無物。

　　站在高高的石頭城上，放眼望去，天的盡頭與吳、楚兩國相接，
一片空曠。石頭城曾為六朝都城，這裡山勢奇偉，明代詩人高啟筆下
是「鐘山如龍獨西上，欲破巨浪乘長風」（〈登金陵雨花臺望大江〉）。
詞人登高極目，覽雄偉壯麗江山，歎六朝興亡更替，不盡思潮湧動：
「天低吳楚，眼空無物。」「眼空無物」的字面意思是滿眼空無一
物，有歎八百年戰火連綿，滿目蕭條之意，有歎朝代朝暮更替，世事
空蕩之意。

　　　指點六朝形勝地，唯有青山如壁。

指點六朝都城勝地的繁華，如今一切已不復存在，只有青山依舊，壁立古今。這兩句詩接「眼空無物」而來，寫隨著時間的流逝，六朝「金粉世家」、十里酒旗秦淮，「風流總被雨打風吹去」，唯有山河依舊，「笑看秋月春風」。詞人站在歷史的高度，以超脫的眼光評說六朝，從而使全詞具有一種偉岸而深沉的氣韻。作者〈滿江紅‧金陵懷古〉詩句「六代繁華，春去也、更無消息。空悵望，山川形勝，已非疇昔」，與這兩句比，筆調、詞意基本相同。

蔽日旌旗，連雲檣櫓，白骨紛如雪。

遙想當年，旗幟遮天蔽日，船隻的桅杆直插雲天，戰場上白骨累累，有如紛紛落下的大雪。古代戰爭是人海戰役，屠城之災史冊亦有記載，一次戰役，死傷成千上萬、乃至數十萬並不少見。六朝時期各種矛盾尖銳對立，南北戰爭、諸侯混戰此起彼伏。這三句寫戰爭的聲勢和殘酷，是作者指點江山，評說六朝歷史所在。

一江南北，消磨多少豪傑。

長江南北對峙，耗盡多少古代英雄的年華。作者登石頭城，俯瞰奔騰不息的大江，緬懷六朝英雄壯舉，抒發深沉的歷史感慨。在詞人看來，英雄與大江比，只能喧赫一時，終歸消磨殆盡，而大江卻能穿越朝朝代代，永遠奔騰不息，詞句迴盪著一種「人生易老山水依舊」的沉重情感。

以上是詞的上闋，回首六朝戰爭災難，指點江山，抒發人生感慨。

寂寞避暑離宮，東風輦路，芳草年年發。

孤寂避暑行宮的宮車之道，東風吹過，早已是年年芳草萋萋。「寂寞」，寫離宮孤寂清冷的氛圍，與昔日的天子之氣、天子神威暗中對比，表現江山易主，人去樓空，繁華不再的變遷。「芳草年年發」，既是寫實，也是冷峻的諷刺，與「衰草枯楊，曾為歌舞場」（《紅樓夢‧好了歌解》）和「終古垂楊有暮鴉」（李商隱〈隋宮〉）詩句意思有相通之處。

落日無人松徑裡，鬼火高低明滅。

日落天黑時分，松樹林裡幽暗空寂，冥火高低不定，時隱時現。作者渲染松樹林的陰森怪誕，目的是與昔日「六朝形勝」形成對比，表達世易時移，繁華已逝，萬象皆非的意思，同時映襯出詞人吊古傷今暗淡憂傷的情懷。理解此兩句，應與上面「蔽日旌旗，連雲檣櫓，白骨紛如雪。一江南北，消磨多少豪傑」五句、乃至全詞聯繫起來，細心揣摩作者懷古憑弔的旨意及心境。

歌舞尊前，繁華鏡裡，暗換青青髮。

歌舞樓臺之上、推杯換盞之中，繁華鏡裡多少歌伎舞女青絲變成白髮。「商女不知亡國恨，隔江猶唱後庭花。」杜牧〈泊秦淮〉中這兩句詩借對陳叔寶君臣們沉湎聲色，不知國之將亡的描寫，譏諷晚唐步其後塵，政治腐朽，如出一轍。「歌舞」三句暗含此意，也流露出青春易逝，人生短暫的傷感。「暗換青青髮」意即在不知不覺中黑髮變成了白髮。白髮是衰老的象徵，常見於古詩詞中，如：「白髮時下

難久居」（漢樂府〈出東門〉）、「宿昔青雲志，蹉跎白髮年」（張九齡〈照鏡見白髮〉）、「將軍白髮征夫淚」（范仲淹〈漁家傲〉）。

　　傷心千古，秦淮一片明月。

　　千古興亡，令人傷感，只有秦淮一輪明月千年依舊。詞人憑弔六朝，思接廣宇，借明月以忘情，轉移難以抑制的情緒，使詞飄蕩著一種「唯見江心秋月白」的氣韻，餘音繞梁，言盡而意行。
　　下闋寫六朝覆滅後石頭城的衰敗景象，抒發歷史悲傷，極歎人生易逝、繁華轉瞬、明月長存的人生感慨。

附　薩都剌〈上京即事〉①

牛羊散漫落日下②，
野草生香乳酪甜③。
卷地朔風沙似雪④，
家家行帳下氈簾⑤。

注釋　①這首詩是從牧民生活的角度描寫塞外風光和蒙古族的生活習俗。〈上京即事〉描寫在上京見到的景象。元代上京正式稱為上都，是皇帝夏季祭天的地方，在今內蒙古自治區多倫附近。此詩與〈百字令‧登石頭城〉比，代表薩翁詩的另一種風格。②散漫：自由而分散。③乳酪：一種用牛羊奶製成的稠狀的食品。④朔風：北風。⑤行帳：即蒙古包，北方牧民居住的活動帳篷。氈簾：蒙古包外面用獸皮圍成，將獸皮捲起，用來通風、採光，放下用來擋風。

高啟

登金陵雨花臺望大江

大江來從萬山中，山勢盡與江流東。

鐘山如龍獨西上①，欲破巨浪乘長風②。

江山相雄不相讓，形勢爭誇天下壯。

秦皇空此瘞黃金③，佳氣蔥蔥至今王。

我懷郁塞何由開？酒酣走上城南台。

坐覺蒼茫萬古意④，遠自荒煙落日之中來！

石頭城下濤聲怒⑤，武騎千群誰敢渡⑥？

黃旗入洛竟何祥⑦？鐵鎖橫江未為固⑧。

前三國，後六朝⑨，草生宮闕何蕭蕭⑩！

英雄乘時務割據，幾度戰血流寒潮。

我今幸逢聖人起南國⑪，禍亂初平事休息⑫。

從今四海永為家⑬，不用長江限南北。

注釋 ①鐘山：一名紫金山，在南京市中山門外。②「欲破」句：參見〈將進酒〉注⑧。③「秦皇」句：《太平御覽》卷一百七十引《金陵圖》云：「昔楚威王見此有王氣，因埋金以鎮之，故曰金陵。」秦併六國後，曾依風水說，鑿地斷龍脈，改金陵為秣陵。可見「因埋金以鎮之」是楚威王而非秦王。瘞（一ˋ），

掩埋。④坐覺：自然而覺。⑤石頭城：見〈百字令・登石頭城〉注①。⑥「武騎」句：南朝陳末，賀若弼、韓擒虎率領數十萬大軍準備渡江，佞臣孔范卻對陳後主說：「長江天塹，古來限隔，虜軍豈能飛渡？」事見《南史・孔范傳》。⑦「黃旗」句：《三國志・吳志・孫皓傳》裴松之注引《江表傳》云：「初，丹陽刁玄使蜀，得司馬徽與劉廙（一ㄟ）論運命歷數事。玄詐增其文，以誑國人曰：『黃旗紫蓋見於東南，終有天下者，荊、揚之君乎？』又得中國降人，言壽春有童謠曰：『吳天子當上。』皓聞之，喜曰：『此天命也。即載其母、妻、子及後宮數千人，從牛渚陸道西上，雲青蓋入洛陽，以順天命。行遇大雪，道途陷壞，兵士被甲持杖，百人共引一車，寒凍殆死。兵人不堪，皆曰：『若遇敵，便當倒戈耳。』皓聞之，乃還。」祥：吉利。⑧「鐵鎖」句：《晉書・王濬傳》：「吳人於江險磧要害之處，並以鐵鎖橫截之。又作鐵錐長丈餘，暗置江中，以逆距船。……濬乃作大筏數十，亦方百餘步，縛草為人，被甲持杖，令善水者以筏先行。筏遇鐵錐，錐輒著筏去。又作火炬，長十餘丈，大數十圍，灌以麻油，在船前。遇鎖，燃炬燒之，須臾，融液斷絕，船無所礙。」⑨六朝：本指吳、東晉、宋、齊、梁、陳六個朝代，這六個朝代都以金陵為都。詩中特指宋、齊、梁、陳四代。⑩蕭蕭：冷落，淒清。⑪聖人起南國：指朱元璋於江南起事，終成帝業。⑫休息：休養生息。⑬「從今」句：劉禹錫〈西塞山懷古〉詩云：「從今四海為家日，故壘蕭蕭蘆荻秋。」

一　作者簡介與題解

　　高啟（1336～1374），明代文學家。字季迪，自號青丘子，長洲（今江蘇省蘇州市）人。洪武初，應召修元史，授翰林院國史編修。擢戶部右侍郎不受。後隱居吳淞江之青丘，以教讀為生。知府魏觀為移其家於郡中，與之甚密。魏因改修府治獲罪。太祖見高啟為魏觀作上梁文，大怒，腰斬高啟於市。高啟詩文皆工，尤長於詩，為「吳中

四傑」（楊基、張羽、徐賁）之冠。有《高太史大全集》。

〈登金陵雨花臺望大江〉作於明洪武二年（1369），時作者奉詔修《元史》，詩人登上金陵雨花臺俯瞰大江，百感交集。詩開篇寫金陵形勝，中間憑古抒憂，結尾頌揚明之初興，表達了作者對南北統一、休養生息的感激之情，同時也諷喻了金陵建都之非。雨花臺，在南京聚寶山上，相傳梁武帝時，雲光法師講經於此。凡講經，天雨花如雪片，故名。

二　全詩串講及翻譯

大江來從萬山中，山勢盡與江流東。

長江從崇山峻嶺中呼嘯而來，山勢一律順江東向。這兩句寫景氣勢磅礴，似心中翻滾萬頃波濤。作者生於元末，不堪戰亂之苦。明初，他應召參加《元史》修編，登上金陵雨花臺，極目遠眺浩瀚的長江，禁不住思緒飛揚。

鐘山如龍獨西上，欲破巨浪乘長風。

鐘山似蟠龍獨自朝西而上，要乘長風破萬里浪。這兩句描寫鐘山的靈氣、走向與氣勢。「龍」是古代帝王的象徵，鐘山是歷史上吳、東晉和南朝的宋、齊、梁、陳的都城。山勢走向與長江沿江山勢截然不同，由東而西，而且氣勢恢宏，獨具個性。

江山相雄不相讓，形勢爭誇天下壯。

江山相互稱雄，各不相讓，人人爭著誇讚天下山河壯麗的形勢。「江山相雄不相讓」是擬人。詩字面寫江山稱雄，相持不讓，暗指天下各路英才（特別是諸侯）覬覦皇位，虎視眈眈，令人憂心。

以上六句是詩的第一層，寫金陵形勝。金陵形勝與眾不同，詩人重在突出鐘山的「天子之氣」，目的從風水上是對建都金陵提出非議，為下文張本。

　　秦皇空此瘞黃金，佳氣蔥蔥至今王。

秦始皇用埋金之法鎮壓此地的王氣，但至今此地仍是好氣象，鬱鬱蔥蔥，充滿王氣。秦始皇妄圖嬴氏萬世而為君，迷信風水說，鑿地斷龍脈，並改金陵為秣陵，終歸徒勞，至秦二世胡亥便宣告結束，歷史上金陵仍是多個王朝的都城。金陵王氣旺盛，不宜建都，是這兩句、也是全詩的諷喻所在。

　　我懷郁塞何由開？酒酣走上城南台。

我胸懷鬱結之情，用什麼方式來排遣喲？乘著酒興走上城南雨花臺。這兩句點題並引發聯想。「鬱塞」，即抑鬱情結，也即下文的「蒼茫萬古意」，具體指歷代在金陵建都王朝的短暫和詩人對明王朝建都金陵的憂慮。

　　坐覺蒼茫萬古意，遠自荒煙落日之中來！

登臺遠眺，一種空闊遼遠、萬古千秋的思緒自然而覺，好像遠從荒煙落日之中而來。這兩句寫詩人的心緒和感慨。「蒼茫萬古」與

「荒煙落日」均指時空悠遠。「意」，既指前面的「江山相雄不相讓」、「秦皇空此瘞黃金」，也指後面的「前三國，後六朝」等歷史人物故事。

石頭城下濤聲怒，武騎千群誰敢渡？

石頭城下濤聲怒吼，長江天塹，「虜軍豈能飛渡？」《南史‧孔范傳》及《隋書‧韓擒虎列傳》記載：南朝陳末，隋軍解除突厥之患後，兵分八路攻陳，韓擒虎、賀若弼率領數十萬大軍準備渡江擊敵，佞臣孔范卻對陳後主說：長江天塹，古來限隔，虜軍豈能飛渡？結果疏於防務和一連串軍事失誤，陳終為隋所滅。詩引此典故所要表達的意思是，陳滅於金陵，執政者當深刻反思。

黃旗入洛竟何祥？鐵鎖橫江未為固。

孫浩黃旗紫蓋進入洛陽有何吉祥？吳軍抵禦晉軍渡江置鐵鍊鐵鎖於江，不算是險固。這兩個典故都與東吳有關。吳主孫浩輕信方士之言，順天命進入洛陽，途中為大雪所阻，兵怨沸騰，不得不返。九年後，吳軍自恃水戰有方，進行所謂鐵鍊橫江戰法，結果為晉所破。兩個典故意在說明：「黃旗入洛」是滅亡的徵兆；長江天險一旦突破，亡國就在目前；歷史教訓不可淡忘。

前三國，後六朝，草生宮闕何蕭蕭！

前面三國，後面六朝，舊時的宮殿長滿野草，何等蕭條！這三句是作者的感歎，抒發沉重的歷史滄桑感。「三國」本指魏、吳、蜀，

此指建都於金陵的吳國。「六朝」，本指建都於金陵的吳、東晉和南朝的宋、齊、梁、陳，此指南朝的四個王朝。

　　英雄乘時務割據，幾度戰血流寒潮。

　　英雄趁機致力霸佔一方，多少次戰爭血流成河，如湧寒潮。這兩句是上面抒情的繼續，感歎亂世英雄稱雄的野心和戰爭給人民帶來的深重災難。
　　以上是詩的第二層，寫雨花臺憑古抒憂。憑古是抒憂的方式，抒憂是詩的主旨，主旨在憂今，隱藏在憂古之中。

　　我今幸逢聖人起南國，禍亂初平事休息。

　　我今天有幸碰上聖人起事江南，戰亂初步平息，人民得以休養生息。「聖人」，此指明開國皇帝朱元璋。朱元璋，濠州（今安徽省鳳陽縣東）人，曾入皇覺寺（鳳陽城西門外）為小沙彌，二十五歲時參加郭子興領導的紅巾軍反抗蒙元暴政，明洪武元年（1368），於金陵稱帝。「休息」，指休養生息。朱元璋初平戰亂，為了緩和各種尖銳複雜的矛盾，實行了抵禦外侵、革除弊政、恢復和發展生產、安定民生等一系列有利於社會發展的舉措。

　　從今四海永為家，不用長江限南北。

　　從今以後，五湖四海永為家，不再用長江來分割成南北兩國。最後兩句表達了詩人對祖國統一、人民生活安定的欣喜。
　　以上是詩的第三層，讚揚明南北統一，休養生息。這四句與其說

是贊詞，毋寧說是詩人對國家的期望，詩人希望初建的明王朝以史為鑒，不要重蹈覆轍，欣喜中蒙上一層歷史的陰影。

三　作品簡評

〈登金陵雨花臺望大江〉是一首集懷古、憂今、愛國、頌君等複雜思想和情感於一體的詩歌。懷古意在從歷史的高度總結教訓，為執政者提供借鑒。其具體內容是：金陵雖有鐘山之固、長江之險，易守難攻，但六朝曇花一現，歷史的教訓當銘刻於心。憂今的內涵包括憂國、憂君、憂民。愛國不是一個空泛的概念，具體體現在憂國、憂君、憂民上。頌君應從三個方面來理解：一是朱元璋稱帝後，結束了諸侯割據時長期不斷的爭霸戰爭，實施了與民休養生息的政策，詩人打心眼感激涕零；二是實為詩人對明王朝、對祖國前景的期待；三是藏鋒於頌，避免文字獄。

本詩題材有散文「形散神聯」的特點。先說形散：從表現形式看，有寫景、有懷古、有頌詞、有抒情；從寫景範圍看，涉筆長江沿途山勢，具體寫鐘山；從題材時間看，遠至秦王，中有吳國、南朝陳末，近在明初。再說神聯。時間之遙遠、地域之廣闊、人物之眾多，都與金陵相關，金陵好比一根紅線，一線貫珠，提綱挈領，既舒卷自如，又十分緊湊，充分表現出高啟詩豪放的風格。

李夢陽

登石頭城

黃河水繞漢宮牆①，

河上秋風雁幾行。

客子過濠追野馬②，

將軍弢箭射天狼③。

黃塵古渡迷飛挽④，

白日橫空冷戰場。

聞道朔方多勇略⑤，

只今誰是郭汾陽⑥？

注釋　①漢宮牆：指長安城。宮，一作「邊」。②客子：指離家戍邊的士兵。過濠：越過護城河。野馬：浮游的雲氣。③弢（ㄊㄠ）：箭；把箭放在箭囊裡。弢，「韜」的異體字，箭套。天狼：星座名，古人以代表外族入侵。④飛挽：黃河水流湍急，牽引船隻如飛。⑤朔方：唐代郡名，漢武帝時設立，治所在靈州（今寧夏靈武西南），此泛指北方邊防。⑥郭汾陽：郭子儀是唐朝傑出將領，唐玄宗時曾為朔方節度使，唐肅宗時封汾陽王。

一　作者簡介與題解

　　李夢陽（1472～1527）明代中期詩人，是復古派前七子（何景

明、徐禎卿、邊貢、康海、王九思、王廷相）的領袖人物。字獻吉，號空同子。慶陽（今甘肅省慶陽縣）人，後徙河南開封。弘治進士，授戶部主事，遷郎中。因反對宦官劉瑾下獄。瑾誅，任江西提學副使。後因事革職，居家二十年而卒。他宣導復古，提倡「文必秦漢，詩必盛唐」，以反對歌功頌德的臺閣體。七律創作專宗杜甫，感事撫時，托物抒情，但模仿過甚。有《空同集》六十六卷。

〈秋望〉描寫秋日黃河景象，抒發愛國情感，表達作者對邊防將領的擔憂和憂國之情。

二 全詩串講及翻譯

　　黃河水繞漢宮牆，
　　河上秋風雁幾行。

　　黃河之水奔騰不息，繞過漢代的宮牆，河上秋風蕭瑟，掠過幾行大雁。黃河流經陝西長安，「漢宮牆」，指長安城。詩人登石頭城，百感交集，思接漢代。「秋風雁幾行」，勾勒出冷漠、寂寥的景象。首聯點明環境和時令，用白描手法寫景，巧妙地將歷史陳跡與天地畫面揉合在一起，渲染廣漠而蒼涼的氛圍，從而了奠定全詩懷古的基調。

　　客子過濠追野馬，
　　將軍弢箭射天狼。

　　將軍把箭裝進箭袋，戎裝待發，隨時準備反擊來犯之敵；離家戍邊的士兵們越過壕溝，塵土飛揚，雲氣如同野馬。「客」，是客居的意

思，「客子」指遠離家鄉戍邊的戰士們。「野馬」，指浮游的雲氣。《莊子・逍遙遊》：「野馬也，塵埃也，生物之以息相吹也。」「天狼」，星座名，古人以為此星出現預示有外敵入侵，故「射天狼」有抗擊犯境之敵的意思。蘇軾〈江城子・密州出獵〉詞云：「西北望，射天狼。」明代與韃靼（ㄉㄚˊ ㄉㄚˊ）人長年混戰，「天狼」指包括韃靼在內的西北外民族侵略者。韃靼是古代漢族對北方各遊牧民族的統稱，明代指東蒙古人，住在今內蒙古和蒙古國的東部，遍及中亞、北亞、東歐。頷聯將畫面拉回目前，寫將士們備戰時的勇武形象，嚴陣以待，與首聯互相映襯，烘托戰事將起的緊張氣氛。

黃塵古渡迷飛挽，
白日橫空冷戰場。

黃塵漫天，船隻如飛，古渡口一派迷濛。白日行空，古戰場如今卻令人心冷。「飛挽」是「飛芻（草）挽粟（糧）」的省略，指軍中運輸糧草的船隻。古代戰場如今並不平靜，又成為練兵場，戰爭一觸即發。憂心戰事，所以雖是「白日橫空」，詩人筆下卻是一個「冷」字，冷在作者對戰爭勝負未卜的極度擔憂，與尾聯相照應。

聞道朔方多勇略，
只今誰是郭汾陽？

聽說北方將軍勇猛異常，膽略超群，如今誰是威名大振的「郭汾陽」呢？郭汾陽，即郭子儀，華州鄭縣（今陝西省華縣）人，以武舉補左衛長史。玄宗時任九原太守、朔方節度使。因率軍收復洛陽、長安為首功，肅宗時升為中書令，封汾陽郡王。代宗時，他率軍平定僕

固懷恩叛亂，並說服回紇酋長，共破吐蕃，威震天下。明代弘治年間，西北邊境多有戰事，李夢陽去過西北邊陲，耳聞目睹。尾聯借郭子儀之典，以問句作結，表達了詩人對戰事深深的隱憂和對安邊衛國良將的熱切期待，從而使詩章蘊含著深刻的思想內容。

附　李夢陽趣聞一則

　　李夢陽在管理江西學政時，有一位學子與他同姓同名。李夢陽把這個學子叫到面前問：「難道你不知道我的姓名，怎麼敢與我同姓同名？」這名學子回答說：「姓名受之父母，我明知與你的名字相同但不敢更改呀！」李夢陽想了一會說：「我現在出一上聯，來考考你的才學，你如果能對上，我就寬恕了你。」他出上聯道：「藺相如、司馬相如，名相如，實不相如。」上聯的意思是說，你與我雖姓名相同，我們可不是一樣的人物。這位學子思索了一下，對道：「魏無忌、長孫無忌，彼無忌，此亦無忌。」下聯的意思是說，魏無忌和長孫無忌不因為名字相同而彼此有所顧忌，我們何必為此事計較呢？李夢陽聽後，笑了笑，將這位學子支走了。

（摘譯自《古今譚概》）

曹雪芹

好了歌解

陋室空堂①，當年笏滿床②。

衰草枯楊，曾為歌舞場。

蛛絲兒結滿雕梁，綠紗今又糊在蓬窗上。

說甚麼脂正濃，粉正香，如何兩鬢又成霜？

昨日黃土隴頭送白骨③，今宵紅燈帳底臥鴛鴦。

金滿箱，銀滿箱，轉眼乞丐人皆謗④。

正歎他人命不長，哪知自己歸來喪。

訓有方⑤，保不定日後作強梁⑥。

擇膏粱⑦，誰承望流落在煙花巷⑧。

因嫌紗帽小⑨，致使鎖枷扛。

昨憐破襖寒，今嫌紫蟒長⑩。

亂烘烘，你方唱罷我登場，反認他鄉是故鄉⑪。

甚荒唐，到頭來都是為他人作嫁衣裳⑫。

注釋　①陋室：簡陋的屋子。②笏（ㄏㄨˋ）滿床：形容家裡做大官的人多。笏，古時禮制朝臣覲見時拿的用以記事的板子，用玉、象牙、竹製成。③隴頭：土山。隴同「壟」，這裡指墳山。④謗：指責，譭謗。⑤訓有方：教導得

法。⑥強梁：強橫凶霸的人。此指強盜。⑦擇膏梁：選擇富貴人家子弟為婚姻對象。膏，肥肉。梁，精米。⑧煙花巷：開妓院的地方。⑨紗帽：古時官吏所戴的烏紗帽，這裡是官職的代稱。⑩紫蟒：紫色的蟒袍，古代貴官的公服。⑪他鄉是故鄉：他鄉，此指功名富貴、妻子兒孫等塵世生活。故鄉，此指超脫一切塵世生活而歸於空幻虛無或死亡。⑫作嫁衣裳：比喻為別人辛苦忙碌。

一　作者簡介與題解

　　曹雪芹（約 1715～1764）是清代最傑出的的小說作家。名霑（ㄓㄢ），字夢阮，號雪芹、芹圃、芹溪。祖籍河北豐潤縣，移居遼寧鐵嶺。曹雪芹出身於一個「百年望族」的大官僚家庭。康熙六次南巡，五次以曹家的江寧織造署為行宮，後四次在其祖父曹寅任內。雍正五年（1727），他父親曹頫（ㄈㄨˇ）因事受株連，被革職抄家。乾隆初年，再次禍變，曹家徹底衰敗。《紅樓夢》寫於曹雪芹晚年，「披閱十載，增刪五次」，真是「字字看來皆是血，十年辛苦不尋常」。《紅樓夢》未完稿，作者因子夭折，傷感成疾而撒手人間。小說寫了八十回，初名《石頭記》，以手抄本形式流傳。高鶚第一次以活字版排印出版時，已是一百二十回，書名也改為《紅樓夢》。小說以賈寶玉、林黛玉愛情、婚姻悲劇為中心，寫出了賈、史、王、薛四大家族的興衰，揭露了封建社會後期的種種黑暗和罪惡，揭示了必然崩潰的命運。

　　〈好了歌解〉在《紅樓夢》的第一回。甄士隱因丟失獨生女英蓮和因葫蘆廟起火家被燒光兩場橫禍，夫妻倆「幾乎不曾尋死」，只好到鄉下田莊安身。時連年「水旱不收，鼠盜蜂起」，他便變賣了田產，投奔到岳父家。其岳父是個卑鄙貪財之人，把他委託買房的銀子也「半哄半賺」地弄進自己的腰包。甄士隱「急忿怨痛」，「貧病交

攻」，已是走投無路了。一天，他拄著拐杖走到街上，突然見一個「瘋狂落拓、麻履鶉衣」的跛足道人走過來，叩念出幾句言詞，即〈好了歌〉（附後），甄士隱早已徹悟，即以這首詩「解注」，後隨道人飄然而去。本詩和〈好了歌〉均選自二○○○年五月人民文學出版社出版的《紅樓夢》，標點有改動。

二　全詩串講及翻譯

> 陋室空堂，當年笏滿床。
> 衰草枯楊，曾為歌舞場。
> 蛛絲兒結滿雕梁，綠紗今又糊在蓬窗上。

　　簡陋的屋子、空盪盪的廳堂，當年（卻是）笏板堆滿華床。（那長滿）衰敗雜草和枯乾楊柳（的地方），曾經做過輕歌曼舞的劇場。畫棟雕樑（早已）結滿蛛絲，絲草如今又爬到破敗的窗臺上。這六句詩是解讀〈好了歌〉中關於功名富貴的人生觀。〈好了歌解〉與〈好了歌〉思想完全吻合，甄士隱與破足道人希圖淩越人生，視功名利祿如浮雲，實為無可奈何的哀歎。這兩首詩表現出《紅樓夢》作者憤世嫉俗的滿腔憤慨。「綠紗今又糊在蓬窗上」一句，有的版本無「糊」字。

> 說甚麼脂正濃，粉正香，如何兩鬢又成霜？
> 昨日黃土隴頭送白骨，今宵紅燈帳底臥鴛鴦。

　　說什麼（年紀輕輕）正脂濃粉香，（卻）怎麼（彈指間）兩鬢蒼

蒼成雪霜？昨天（才從）黃土山丘埋葬完白骨，今晚（卻又在）紅綃帳裡鴛鴦戲水。這幾句大體是詮釋〈好了歌〉中關於命運、福分無常的人生觀。在甄士隱和破足道人看來，禍作福階，福中伏禍，禍福相生，人生無定數。其中雖含有一點辯證的思想，但浸透著消極處世的哲學思想，應當予以擯棄。《紅樓夢》作者的寫作目的，一是預示書中主要人物形象的結局並定下一個基調，二是暗諷社會的黑暗，吐一腔悲憤。「紅燈」一作「紅綃」。

> 金滿箱，銀滿箱，轉眼乞丐人皆謗。
> 正歎他人命不長，哪知自己歸來喪。

（說什麼積攢得）金子滿箱、銀子滿箱，轉眼間變成乞丐，（卻遭）世人譭謗。正在悲歎別人壽命太短促，哪曉得自己回到家中就一命嗚呼。「金滿箱」等五句是解注「世人都曉神仙好，只有金銀忘不了。終朝只恨聚無多，及至多時眼閉了」四句。道家認為，財富是身外之物，說不定轉瞬即逝，甚至帶來滅頂之災。因此，人應該盡棄物欲，超脫塵世，追求永恆的「道」。這是一種虛無主義與宿命論的思想，應當否定。但《紅樓夢》本質上不是宣揚這種消極思想，仍是暗示人物的命運並借此嘲諷世俗。

> 訓有方，保不定日後作強梁。
> 擇膏粱，誰承望流落在煙花巷。

（且莫說）管教有方，保不定（兒孫）將來不會做強盜。挑選富家子弟作女婿，誰希望看到（女兒）淪落在煙花巷。這四句大致是解釋「世人都曉神仙好，只有兒孫忘不了。癡心父母古來多，孝順兒孫

誰見了」這層意思。可憐天下父母心，一門心事放在子女身上，但社會是個大染缸，管得了一時，管不了一世，男盜女娼世上並不少見。唱詩者從「道」出發，主張無為，顯然是一種不負責任的放縱。作者寫此，是對江河日下世風的冷嘲熱諷。

　　因嫌紗帽小，致使鎖枷扛。
　　昨憐破襖寒，今嫌紫蟒長。

　　（那些）因嫌官小（不擇手段往上爬的人），卻反致枷鎖套在自己的脖子上。以前還哀歎破襖不能禦寒，如今反嫌紫金袍子太長。詩句隱含對「人心不足蛇吞象」和官場醜惡心態的嘲弄，小說中賈赦、賈雨村就是此類政客的代表。

　　亂烘烘，你方唱罷我登場，反認他鄉是故鄉。

　　亂糟糟，這個唱完那個登場，竟把他鄉當做故鄉。「唱」，是登臺唱戲的意思。「唱罷」，即唱完，比喻官員等倒臺。這種「亂烘烘，你方唱罷我登場」的景象，正是晚期封建社會興衰榮枯轉遞變化加速的反應，由於內憂外患，社會經濟基礎已經動搖，上層建築必然混亂不堪，走向崩潰。「他鄉」，此指功名利祿、妻子兒孫等塵世生活。故鄉，此指超脫一切塵世生活而歸於空幻虛無或死亡。賈島〈渡桑乾〉：「客舍并州已十霜，歸心日夜憶咸陽。無端更渡桑乾水，卻望並州是故鄉。」

甚荒唐，到頭來都是為他人作嫁衣裳。

十分荒唐，到最後都是替別人作陪嫁的衣裳，（白白辛苦忙碌）。「甚荒唐」一句，有人歸屬上一層詩意，也自有其道理。「作嫁衣裳」是成語，比喻為人辛苦，為人忙碌，自己一無所獲。唐秦韜玉〈貧女〉詩云：「苦恨年年壓金線，為他人作嫁衣裳。」

三　作品思想簡評

〈好了歌解〉（也包括〈好了歌〉）瀰漫著一種萬境歸空的遁世主義思想。它從宗教的觀點出發，認為人活在世上，建功立業、積累財富、夫妻恩愛、管教子女，都是為情所蔽，尚不「覺悟」的緣故，主張斬斷與塵世的一切聯繫，一了百了。用跛足道人的話說：「好便是了，了便是好。」只有徹底地「了」，才能徹底的「好」。──這是歌消極的一面。但詩歌對世風的鄙視，對官場、名利場、乃至整個社會的揭露卻是十分深刻的，這對於人們認識中國晚期封建社會提供了最形象的歷史畫卷。──這是詩歌積極的方面。

四　寫作特點

〈好了歌解〉的創作特點主要有三：一是它為小說描寫賈、史、王、薛四大家族興衰史奠定了基調，起到預示主要人物結局的作用，可視為全書的主題歌。這兩首詩在小說開篇造成一種「忽榮忽枯、忽麗忽朽」（脂硯齋語）的險惡氣氛，就是對榮寧二府興衰際遇的一種概括和預示。有人認為「陋室空堂」指的是「絳芸軒」；「蛛絲兒結滿雕梁」指的是瀟湘館；「轉眼乞丐人皆謗」指的是甄寶玉和賈寶玉；

「因嫌紗帽小，致使鎖枷扛」指的賈雨村、賈赦等；「昨憐破襖寒，
今嫌紫蟒長」指的是賈蘭、賈菌等等。大體可以這樣理解，但很難一
一對應。如「兩鬢又成霜」不單是指薛寶釵、史湘雲，同時也是四大
家族中大多數女子的共性，因為這是正常人生長的普遍規律。二是全
詩採用對比的手法。如官運變化帶來地位改變的對比：「陋室空堂」
與「當年笏滿床」；興衰際遇的對比：「衰草枯楊」與「曾為歌舞
場」；財富帶來地位的改變的對比：「金滿箱，銀滿箱」與「轉眼乞丐
人皆謗」；地位變化帶來心態變化的對比：「昨憐破襖寒」與「今嫌紫
蟒長」；命運無常的對比：「正歎他人命不長」與「哪知自己歸來喪」
等等。三是語言幽默、辛辣。幽默，表現在亦莊亦諧，自然成趣。雖
解的是「道」，但很難看出是說教，更像是局外人戲說人生。辛辣，
表現在諷刺入木三分，描寫世俗百態，一針見血。

附 〈好了歌〉

人人都曉神仙好，惟有功名忘不了。

古今將相在何方？荒塚一堆草沒了。

世人都曉神仙好，只有金銀忘不了。

終朝只恨聚無多，及至多時眼閉了。

世人都曉神仙好，只有嬌妻忘不了。

君生日日說恩情，君死又隨人去了。

世人都曉神仙好，只有兒孫忘不了。

癡心父母古來多，孝順兒孫誰見了。

曹雪芹

金陵十二釵正冊判詞（林黛玉）

可歎停機德①，堪憐詠絮才②。
玉帶林中掛③，金簪雪裡埋④。

注釋　①停機德：《脂戚本》：「樂羊子妻事。」《後漢書·樂羊子傳》：樂羊子遠出尋師求學，一年後因想家而回，他的妻子拿著刀要割掉織布機上的絹，以此規勸丈夫立志求學，謀取功名。後把樂羊子妻這種行為的道德標準稱為「停機德」。這裡是讚歎薛寶釵。②詠絮才：《晉書·王凝之妻謝氏傳》：一次謝安召集兒女子侄講論文義，俄而下起大雪，謝安問道：「白雪紛紛何所似？」安侄謝朗答：「撒鹽空中差可擬。」安侄女道韞說：「未若柳絮因風起。」眾人讚許之。後指有詩才的女子為「詠絮才」。這裡指林黛玉。③玉帶林中掛：「玉帶林」是「林黛玉」三字倒念，帶，與「黛」諧音。④金簪雪裡埋：金簪，喻寶釵的名字。雪，與「薛」諧音。詩句暗示薛寶釵冷落孤寒的境遇。

一　相關情節與題解

〈金陵十二釵正冊判詞〉在《紅樓夢》第五回〈遊幻境指迷十二釵·飲仙醪曲演紅樓夢〉。其情節是：賈珍之妻尤氏在家中小宴寧榮二府女眷家小，宴畢，賈寶玉因倦怠睡在秦氏房中，夢隨尤氏至幻境，遇放春山遺香洞太虛幻境警幻仙姑，仙姑領他遊玩至薄命司。在這裡，賈寶玉見到了〈金陵十二釵判詞〉（正冊、副冊等）。〈金陵十二釵判詞〉記錄金陵薛寶釵、林黛玉、賈元春、賈探春、史湘雲、妙

玉、賈迎春、賈惜春、王熙鳳、賈巧、李紈、秦可卿十二個紅顏的命運。釵黛判詞合二為一，背景是：「畫著兩株枯木，木上懸著一圍玉帶；又有一堆雪，雪下一股金簪。」

二 全詩串講及翻譯

可歎停機德

　　可歎啊有樂羊子妻般的賢德。這句是讚歎薛寶釵賢淑的品德。薛寶釵是薛姨媽的女兒。她「品格端方，容貌豐美」，「行為豁達，隨分從時」，待人處事圓滑，深得長輩疼愛、姊妹奴婢敬重，是封建時代有教養的大家閨秀的典範。黛玉行酒令時脫口念出閨閣禁書《西廂記》、《牡丹亭》裡的話，她偷偷地提醒黛玉注意，還不讓黛玉難堪。她雖厭惡官場的黑暗，淡泊名利，但仍勸導寶玉走仕途經濟，受到寶玉冷落也不計較。按當時賢慧女子的標準，她幾乎達到無可挑剔的程度，《紅樓夢》少女中「停機德」非她莫屬。

堪憐詠絮材

　　可惜啊有謝道韞（ㄩㄣˋ）那樣的詩才。本句是讚歎林黛玉才華橫溢。林黛玉是林如海與賈敏的獨生女，賈母心愛的外孫女。黛玉母親早故，賈母憐其孤獨，接來榮國府撫養，不久她父親也病故，黛玉便一直居住在榮國府。林黛玉絕麗脫俗，雅若天仙，但生性孤傲，說話率直、刻薄，多愁善感，似乎不沾染人間煙火。當寶玉把聖上所賜北靜王的一串念珠轉贈她時，黛玉卻說：「什麼臭男人拿過的，我不

要這東西！」林黛玉滿腹才學，琴棋書畫、詩詞歌賦堪稱群芳之冠，與謝道韞相比，遠在這位才女之上。

玉帶林中掛

腰中的玉帶兒在林中高掛。「帶」與「黛」諧音，「玉帶林」，即林黛玉名字的倒念。玉帶本繫在腰間，掛在林中屬不正常現象，暗指林黛玉的悲劇命運。林黛玉前世為三生石邊的一株絳珠草，受赤瑕宮神瑛侍者的甘露之惠，願跟其下凡還盡眼淚。後來黛玉病重終於將最後一滴淚還盡，只剩了一句痛苦的呻吟：「寶玉，你好……！」「玉帶林中掛」另一種理解是：暗示林黛玉最後的結局是用自己所繫腰帶自縊身亡，吊死在她葬過花的桃花樹林中，而高鶚的續書未盡原意。

金簪雪裡埋

雲鬢上的金簪兒又被白雪掩埋。金簪指「寶釵」，金簪是髮髻上的金貴飾品。「雪」與「薛」諧音，「金簪雪裡埋」預示薛寶釵婚後，冷落、悲慘的命運。她雖胸前掛著一把嵌有「不離不棄，芳齡永繼」的金鎖，命中註定與賈寶玉要結為「金玉良緣」，但命運無常，最終還是落得個丈夫出家，獨守空閨的結局。薛寶釵死另一種解釋是，按曹雪芹原意，薛寶釵應在四大家族衰敗之後，為求生存，淪為乞丐，最後葬身於暴風雪中。

三　藝術特色

這首詩是一篇判詞，其藝術特色與判詞緊密相關。一是所指不明

說，描寫似是而非，一首判詞的權威解釋不下十多種。「停機德」是寫薛寶釵，「詠絮才」是寫林黛玉，但作者在第五回、乃至全書中並沒有明確肯定，像打啞謎，留給讀者自己去「破譯」。「玉帶林中掛」與「金簪雪裡埋」兩句也一樣，若初次接觸《紅樓夢》，只看了一至五回是很難讀懂的。難怪賈寶玉夢幻中先看了副冊（晴雯、襲人和香菱的判詞），「看了仍不解，他又擲了，再去取正冊看」，正冊判詞也看不懂一首，因為這是「薄命司」的「天書」，肉眼凡胎如何能識破玄機！二是運用類比、借代、諧音、藏名的修辭手法。薛寶釵與樂羊子妻、林黛玉與謝道韞，是類比；「停機德」代薛寶釵、「詠絮才」代林黛玉，是借代；「玉帶林」三字是藏名，同樣，「金簪」加「雪」字，也是藏名。《紅樓夢》中的〈判詞〉、〈十四支〉等組詩寫法奇特，有許多不常用的修辭手法，值得細細品味。

附

金陵十二釵判詞・王熙鳳①

凡鳥偏從末世來②，都知愛慕此生才。

一從二令三人木③，哭向金陵事更哀④。

注釋 ①《紅樓夢》第五回此判詞前云：「後面便是一片冰山，山上有一隻雌鳳。其判云」。王熙鳳是《紅樓夢》中賈璉之妻，王夫人的內侄女，她精明強幹，深得賈母和王夫人的信任，是賈府的實際大管家。她身材苗條，口齒伶俐，諂上欺下，最終卻落得個「機關算盡太聰明，反算了卿卿性命」的結局。②凡鳥：是「鳳」的拆字，隱王熙鳳名。《世說新語・簡傲》記載：晉代呂安訪嵇康不遇，嵇康哥哥邀客進屋，呂不入，在門上題「鳳」字而去。嵇康哥哥很高興，以為說他是神鳥，其實嘲笑他是凡鳥。③一從二令三人木：暗含賈璉與鳳姐關係變化的三個階

段，初聽從（從），然後冷淡（「二令」即冷字），最後休棄（「人木」即休字）。解釋多種多樣，僅舉其一。④「哭向」句：《紅樓夢》一百十四回云：「璉二奶奶的病有些古怪⋯⋯說了好些胡話，要船要轎，只說趕到金陵歸什麼冊子（編者注：金陵十二釵正冊）去。」

山重水複疑無路，柳暗花明又一村。

（陸游／遊山西村／作者手稿）

袁枚

馬嵬

莫唱當年長恨歌①，人間亦自有銀河②。

石壕村裡夫妻別③，淚比長生殿上多④

注釋 ①〈長恨歌〉：白居易寫的一首關於唐玄宗、楊貴妃愛情悲劇的敘事長詩，詩對李、楊愛情悲劇持同情態度。②「人間」句：意謂人世間的有情人也有不少離別的，如同銀河阻隔牛郎、織女一般。③石壕村：杜甫〈石壕村〉詩描寫了官吏抓丁，一對老夫妻家人的傷心離別。④長生殿：華清宮的一座殿。唐玄宗和楊貴妃在此海誓山盟。

一　作者簡介與題解

　　袁枚（1716～1797）是乾隆、嘉慶時期著名的詩人，與趙翼、蔣士銓（ㄑㄩㄢˊ）合稱為「乾隆三大家」。字子才，號簡齋，浙江錢塘（今杭州市）人。二十四歲中進士，後授翰林院庶起士，出任溧水等地縣令。三十多歲時在江寧小倉山購置隋氏廢園，稱隨園，並在此度過中、晚年。主要著作有《小倉山房詩文集》、《隨園詩話》。袁枚主張詩歌抒寫性情，他批評沈德潛的「格調」說、翁方綱的「肌理」說、王士禎的「神韻」說，創「性靈」說（「但肯尋詩便有詩，靈犀一點是吾師」、「作詩不可以無我」）。

　　〈馬嵬〉是一首詠史詩，是乾隆十七年（1752）袁枚赴陝西候補

官缺，與愛妻分別，路過馬嵬驛所作，共四首，本篇原列第四。馬嵬（今陝西興平縣西），又叫馬嵬坡、馬嵬驛，因晉代名將馬嵬曾在此築城而得名。唐天寶間「安史之亂」起，唐玄宗與楊貴妃逃蜀，途徑馬嵬驛，陳玄禮的部下不肯西行，迫使玄宗處死楊國忠和楊玉環。白居易〈長恨歌〉涉筆此事。

二　全詩串講及翻譯

　　莫唱當年長恨歌，人間亦自有銀河。

　　不要去歌唱當年唐玄宗與楊貴妃的悲歡離合，在人間也有「銀河」阻斷，多少恩愛夫妻隔「河」相望。〈長恨歌〉是白居易寫的一首關於唐玄宗、楊貴妃愛情悲劇的長篇敘事詩，詩歌對李、楊愛情持同情和歌頌的態度。之前，陳鴻還寫了一篇〈長恨歌傳〉，歌、傳對李、楊情感故事基本定型。「銀河」，又稱天河。傳說天帝的孫女——織女與牽牛真心相愛，因犯天條，牽牛被貶凡間（投胎後名牛郎），織女被責罰不停地織雲錦。後織女下凡與牛郎結為夫妻，生有一男一女。王母娘娘知情後，派天兵捉拿她上天；牛郎披金牛星化身的牛皮緊隨其後；王母娘娘用金簪劃出一道天河，從此，牛郎、織女被銀河隔斷，不能相會，只有每年七月七日喜鵲搭橋時才能相見。詩人不為傳統題材所囿，不人云亦云，而是將帝王、妃子的所謂愛情悲劇放在民間百姓悲慘遭遇的大背景下加以審視，思想深邃，翻出一層新意。

　　　　石壕村裡夫妻別，淚比長生殿上多。

　　石壕村裡老夫老妻淒慘離別，比李隆基、楊貴妃在長生殿裡盟誓時的淚水多得多。「石壕村」是杜甫詩〈石壕吏〉中的一個村子，詩寫兵役苦民，生離死別。「長生殿」是華清宮的一座殿，唐玄宗和楊貴妃有感於牛郎織女被銀河分隔，七月七日在殿裡海誓山盟。詩人認為石壕村裡那兒子戰死沙場、媳婦守寡，老翁逾牆、老嫗應徵的故事比玄宗和貴妃的愛情悲劇更催人淚下，非帝王、妃子的生離死別所能比，所謂「天長地久有時盡，此恨綿綿無絕期」，只是虛無縹緲間的太真仙子所感受的相思之苦和唐玄宗個人失去所愛的痛苦，真正的苦難在於冷酷的現實之中。這兩句詩是本詩的名句，詩句的藝術感召力主要在其深邃而不落俗套的思想給讀者以全新的啟迪。

三　本詩的修辭手法

　　一、對比。「石壕村裡夫妻別，淚比長生殿上多」，是兩種典型環境中離別的對比。詩將李楊帝妃愛情悲劇放在民間悲慘遭遇的背景下加以對照，強調社會底層的苦難遠非帝妃可比，這樣寫起到了點明、深化主題的作用。二、諷刺。諷刺表現在借古諷今上，即借唐玄宗荒淫腐朽招致禍亂，婉諷當朝統治者應以國事為重，勿重蹈覆轍。詩以「馬嵬」為題，而馬嵬正是楊貴妃被縊死的地方，諷刺意味較為明顯。詩句「石壕村裡夫妻別，淚比長生殿上多」亦帶有諷刺的筆調。除以上兩點外，本詩還運用了比喻（人間亦自有銀河）、借代（詩中「石壕村」是用特殊借代一般）等修辭手法。

附　李商隱〈馬嵬〉①

　　海外徒聞更九州②，他生未卜此生休。

　　空聞虎旅傳宵柝③，無復雞人報曉籌④。

　　此日六軍同駐馬⑤，當時七夕笑牽牛⑥。

　　如何四紀為天子⑦，不及盧家有莫愁⑧。

注釋　①這是一首政治諷刺詩，與其他同題材的唐人詩不同，不是怪罪楊貴妃，矛頭直指唐玄宗，譏笑、諷刺其荒淫誤國，迷信方士之言，為天下笑。②更：更有，還有。③柝（ㄊㄨㄛˋ）：古代打更用的梆子。④雞人：宮中掌管時間的人。⑤六軍駐馬：指馬嵬坡禁軍請誅楊貴妃事。⑥七夕笑牽牛：指玄宗在長生殿裡笑牛郎織女一年一度相見短暫，未想到馬嵬兵變。⑦四紀：歲星十二年行天一周，稱為一紀。玄宗在位四十五年，約四紀。⑧莫愁：古代洛陽女子，嫁為盧家婦。

龔自珍

詠史

金粉東南十五州^①，萬重恩怨屬名流^②。

牢盆狎客操全算^③，團扇才人踞上游^④。

避席畏聞文字獄^⑤，著書都為稻粱謀。

田橫五百人安在^⑥，難道歸來盡列侯？

注釋　①金粉：古時婦女化妝用的鉛粉，這裡指追逐華麗庸俗的生活。東南十五州，泛指江南富庶之地。②名流：知名之士。③牢盆：煮鹽的器具。狎客：此指鹽商的幫閒清客。操全算：指機關算盡，操縱鹽政。④團扇才人：泛指流連聲色的文人。⑤避席：古人席地而坐，離席而起，表示敬意，謂之避席。此句說士大夫聽到文字獄之事，無不驚懼，離席而起。⑥田橫：狄縣（今山東省高青縣東南）人。楚漢戰爭中自立為齊王。劉邦建立漢朝，田橫逃至海島，劉邦招安，橫終因恥事劉邦而自刎。

一　作者簡介與題解

龔自珍（1792～1841）是晚清改良主義先驅者、思想家、文學家。浙江仁和（今浙江省杭州市）人。龔自珍出身於世宦學者家庭，祖父、父親均為京官，母親善吟詩繪畫，外祖父段玉裁是著名的文字學家。道光九年（1829）龔自珍中進士。曾任內閣中書、宗人府主事

和禮部主事等職。四十八歲辭官南歸，不久病故。龔精於經學、小學
和史地之學，為金文學派的主要人物。他主張革除弊政，抵制外國侵
略，支持林則徐禁除鴉片，被柳亞子譽為「三百年來第一流」。著有
《定庵文集》，今人輯為《龔自珍全集》。

　　本篇〈詠史〉是詩人於道光五年（1825）十二月客居昆山時所
作。詩借詠史諷今，揭露政治黑暗，並對東南地區一批留連聲色、醉
心功名利祿的所謂名流人物加以諷勸。

二　全詩串講及翻譯

　　　　金粉東南十五州，萬重恩怨屬名流。

　　東南一帶聲色狗馬，名士們沉溺於兒女重重恩怨之中。詩中的名
士們是上流社會中依附在權貴門下，沽名釣譽、無廉恥之心、為恩怨
所困、自甘墮落的群體，是社會上「多餘的人」。詩人感歎世風（包
括士風）日下，不禁義憤填膺。梁啟超「舉國方沉酣太平，而彼輩
（指龔自珍、魏源）若不勝其憂危」（《清代學術概論》）說的許是此
種感慨。

　　　　牢盆狎客操全算，團扇才人踞上游。

　　鹽商幫閒把持著鹽政，穩操勝券，那些搖著團扇的才人捷足先
登，如佔上游。頷聯揭露那些大官僚的幸臣和門客，披著才子的外
衣，官商勾結，假公營私，大飽私囊。「踞上游」，指操縱鹽政、佔據
要津、掌控市場、囤積居奇而穩占先機。「踞上游」與「操全算」是

因果關係。

　　避席畏聞文字獄，著書都為稻粱謀。

　　　　　　　　　　　　　for daily needs.

　　離席而去，是因為害怕文字獄，寫文章、寫書也都是謀求混口飯
吃。這兩句詩勾畫出了清代大多數知識份子的典型心理：因害怕文字
獄惹禍上身，不敢集會，言行謹慎，著書立說，也只是為了養家餬
口，不敢追求真理，直抒己見。頸聯揭露晚晴統治對文人的高壓政
策，諷刺封建文人明哲保身，喪失氣節。在作者筆下，這些文人早已
被文字獄嚇破了膽，全沒有一點社會責任感，完全是一群苟且偷生的
庸俗之輩。從全詩看，作者對這些文人是哀其不幸，怒其不爭，真正
的矛頭是指向造成高壓政策的社會制度，揭露可謂力透紙背。

　　田橫五百人安在，難道歸來盡列侯？

　　田橫及其部下五百人今在何處？難道歸順朝廷都位列諸侯！這裡
用了一個典故。田橫本齊國貴族。秦末農民起義時，從兄田儋起兵，
重建齊國。楚漢戰爭中橫自立為齊王。後為漢軍所滅，投奔彭越。劉
邦滅項羽後，田橫帶領五百多人逃至渤海孤島。劉邦招安，曰：「田
橫來，大者王，小者乃侯耳！」田橫率隨從二人前往洛陽，終因恥事
劉邦，自刎。二隨從亦自刎。海島中五百餘人聞橫死，亦皆自殺。尾
聯的言外之意是：如今在那些東南名流中，再也找不到像田橫那樣有
骨氣的人了；封官許願只不過是收買籠絡人心罷了。

三 讀者喜愛本詩的原因

這是一首膾炙人口的七律，大凡讀者津津樂道的原因如下：首先是有著抨擊時政、針砭世風的極大勇氣。作品雖題為〈詠史〉，但明眼人一看就知道是借古諷今，揭露世風日下，矛頭直指達官貴人乃至清廷。清朝文字獄是出了名的，九州「萬馬齊喑」，「避席畏聞文字獄，著書都為稻粱謀」，文壇籠罩在白色恐怖之中，稍稍出格的文人因為莫須有的罪名被殺掉不知凡幾。這不能不驚歎龔自珍的膽量和勇氣！

其二，也是很重要的一點，就是詩中名句「避席畏聞文字獄，著書都為稻粱謀」的藝術感染力。文人集會、創作誰不想說真話、發牢騷、抒一孔之見？但礙於政治的淫威，封建文人們只好三緘其口，或「王顧左右而言他」或「卻道秋涼好個秋」。正因為如此，這兩句詩一直受到時人的熱捧，尤其是文人騷客體會尤深。今天我們品味，亦回味無窮。

再次是這首詩寫法特別。一般七律或五律最後兩句多是抒發感慨，很少用典，而〈詠史〉打破常規，用典收束全篇，巧妙之處在用典中敘事與抒情融於一體。此外，本詩體現了龔詩「清議」政治的獨特風格，即以政論作詩，不具體詳細地描寫社會現象，只是把現實政治的普遍現象，提到社會、歷史的高度，發抒感慨。

附 龔自珍〈己亥雜詩〉①

九州生氣恃風雷②，萬馬齊喑究可哀③。

我勸天公重抖擻④，不拘一格降人才⑤。

注釋 ①〈己亥雜詩〉是龔自珍的一組七絕詩集，共三一五首。道光十

九年（1839）為己亥年，這一年，龔自珍辭官南歸，後又北上迎娶眷屬，詩集寫於往返途中。所選詩作原列第一百二十五首。本詩是一首激情澎湃的政治詩，描寫晚晴「萬馬齊喑」的社會局面，疾呼要改變這種沉悶、腐朽的現狀，就必須依靠風雷激蕩般的社會變革，希望朝廷「不拘一格降人才」。②恃：依靠。生氣：活力。此指生氣勃勃的局面。③萬馬齊喑（一ㄣ）：比喻社會政局毫無生氣。喑，啞。究：終究、畢竟。④天公：造物主，喻最高統治者。抖擻：振作（精神）。⑤不拘一格：不拘守一定的規格，意即不必依照舊規格。

參考文獻

一 古近代學者著述

《毛詩序》

《清統一志》

〔宋〕朱　熹　《詩集傳》

〔清〕沈德潛　《唐詩別裁》

〔清〕王國維　《人間詞話》

俞平伯　《唐宋詞選釋》

二 當代學者著作

中科院文學研究所　《中國文學史》

朱東潤主編　《中國歷代文學作品選》

余冠英選注　《漢魏六朝詩選》

金性堯注　《唐詩三百首新注》

林庚、馮沅君主編　《中國歷代詩歌選》

胡雲翼選注　《宋詞選》

游國恩等主編　《中國文學史》

《中學語文》（課本）

國家圖書館出版品預行編目(CIP)資料

古典詩詞選講 / 張叔言著. -- 初版. -
臺北市 : 萬卷樓, 2012.08
　面 ；　公分. --（文學研究叢書）
ISBN 978-957-739-769-0(平裝)

831　　　　　　101017138

古典詩詞選講

2012 年 11 月 初版 平裝

ISBN 978-957-739-769-0　　　　　定價：新台幣 **460** 元

作　　　者	張叔言	出　版　者	萬卷樓圖書股份有限公司
	張江暉	編輯部地址	106 臺北市羅斯福路二段 41 號 9 樓之 4
發 行 人	陳滿銘	電話	02-23216565
總 編 輯	陳滿銘	傳真	02-23218698
副總編輯	張晏瑞	電郵	editor@wanjuan.com.tw
編　　　輯	吳家嘉	發行所地址	106 臺北市羅斯福路二段 41 號 6 樓之 3
編　　　輯	游依玲	電話	02-23216565
封面設計	斐類設計	傳真	02-23944113
		印　刷　者	百通科技股份有限公司

如有缺頁、破損、倒裝　　　　網 路 書 店　www.wanjuan.com.tw
請寄回更換　　　　　　　　　劃 撥 帳 號　15624015